by

Kira Mohn
Kelly Moran

BECAUSE IT'S TRUE

Tausend Momente und
ein einziges Versprechen

KySS

Die englische Ausgabe von Kelly Moran
erschien 2022 unter dem Titel
«A Thousand Moments».

Originalausgabe
Veröffentlicht im Rowohlt Taschenbuch Verlag,
Hamburg, Januar 2023
Copyright © 2023 by Rowohlt Verlag GmbH, Hamburg
Redaktion von Kelly Moran «Because It's True –
Tausend Momente»: Christiane Wirtz
Redaktion von Kira Mohn «Because It's True –
Ein einziges Versprechen»: Nadia Al Kureischi
Covergestaltung ZERO Werbeagentur, München
Coverabbildung PixxWerk
Satz aus der Karmina
Gesamtherstellung CPI books GmbH, Leck
ISBN 978-3-499-01020-0

INHALTSVERZEICHNIS

Kelly Moran

BECAUSE IT'S TRUE

Tausend Momente

Aus dem Englischen von
Vanessa Lamatsch

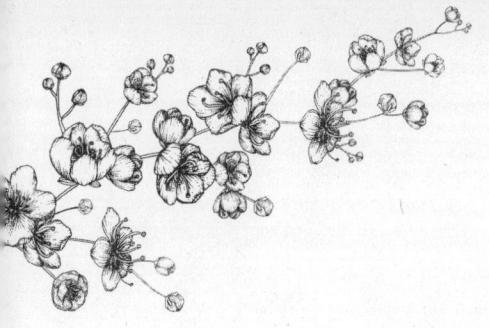

Best Always,
Kelly Moran
XO

Liebe Besucher,

*willkommen in Vallantine, Georgia, wo nur die Ein-
wohner noch bezaubernder sind als die «Belle of
Georgia»-Pfirsiche, die uns berühmt gemacht haben.
Gegründet 1870 von William und Katherine Vallantine, bietet unser gemütliches, pittoreskes Städtchen
zwischen Statesboro und Savannah 2500 Menschen
ein Zuhause. Das idyllische Vallantine schmiegt sich
an den Ogeechee River und ist vom Highway 16 leicht
zu erreichen. Für einen geruhsamen Schlaf stehen je
nach Wunsch drei Pensionen und zwei B&Bs oder ein
Hotel kurz hinter der Stadtgrenze zur Verfügung,
und mehrere familiengeführte Restaurants bieten
für jeden Geschmack kulinarische Genüsse an.
Bei Ihrem Besuch sollten Sie unbedingt auf unserem
Marktplatz vorbeischauen. Außerdem erwarten Sie
45 außergewöhnliche, inhabergeführte Geschäfte in
den kleinen gepflasterten Straßen. Gönnen Sie sich
eine Flussschifffahrt bei Sonnenuntergang oder eine
Kutschfahrt durch das historische Plantagenviertel.
Genießen Sie einen Spaziergang über den Vallanti-
ne-Friedhof oder durch den Peach Park, wo Statuen
an wichtige historische Persönlichkeiten erinnern
und hundertjährige Eichen überwuchert von Louisiana-Moos Schatten spenden. Sie können sogar die
ursprüngliche, immer noch erhaltene Bibliothek be-
sichtigen, die William 1875 für seine Bücher liebende*

Katherine erbaut hat. Manche sagen, sie habe das Gebäude nie wirklich verlassen und man könne zwischen den Regalen immer noch ihrem Geist begegnen, wie sie in einem ihrer Lieblingsbücher liest, nur darauf wartend, einem Besucher auf der Suche nach Wissen behilflich zu sein.

Vielleicht sind Sie vom jährlichen Pfirsichfest oder dem Pekannuss-Festival in die Stadt gelockt worden, aber unser Südstaatencharme wird dafür sorgen, dass Sie am liebsten nie wieder abreisen würden. Gastfreundlichkeit ist unser zweiter Vorname. Vergessen Sie nicht, vor Ihrer Abreise auf jeden Fall Miss Katie Hallo zu sagen – dem ersten «Belle of Georgia»-Pfirsichbaum, der je in der Stadt gepflanzt wurde, benannt nach der hochgeschätzten Katherine Vallantine. In unserer Gegend ist man davon überzeugt, dass einem dies Glück und ein Leben voller Liebe beschert. Und hin und wieder, wenn sie in der richtigen Stimmung ist, erfüllt Miss Katie sogar Wünsche.

Ich hoffe, Sie alle bald wiederzusehen!

Gunner Davis,
Bürgermeister von Vallantine

PROLOG

D orothy Wilson stemmte eine Hand in die Hüfte und starrte den Bürgermeister von Vallantine an, als wäre er gerade aus einem der berühmten Pfirsichbäume der Stadt gestürzt und hätte sich dabei mehrfach den Kopf angestoßen. Denn ehrlich ... seine Worte ergaben absolut keinen Sinn.

Um Geduld bemüht und in der Hoffnung auf etwas Erleichterung in der schwülen Hitze fächelte sie sich mit der Aktenmappe, die er ihr gereicht hatte, Luft zu. Die historische Bibliothek besaß keine Klimaanlage. Oder sonst irgendwelche modernen Annehmlichkeiten, um ehrlich zu sein. Die Bibliothek war vom Stadtgründer William Vallantine 1875 für seine Frau Katherine erbaut worden, weil sie ein Bücherwurm gewesen war. Das atemberaubende, wenn auch ziemlich heruntergekommene Gebäude im alten Kolonialstil befand sich seitdem im Familienbesitz.

Es gab kaum einen Ort auf Erden, den Dorothy mehr liebte. Und jetzt schien der Bürgermeister den Verstand verloren zu haben, weil er gerade behauptete, die Bibliothek gehöre ihr. Na ja, ihr und ihren zwei besten Freundinnen.

«Gunner Davis, bei allem gebotenen Respekt, aber ich glaube, Sie sind verrückt geworden.»

Er bedachte sie mit einem vernichtenden Blick und

zog seine Hose höher – zumindest versuchte er es. Sein runder Bauch verhinderte das jedoch recht effektiv. Aber dies war eine seiner Gewohnheiten, wenn er zum Punkt kommen wollte oder etwas zu sagen hatte. Was eigentlich immer der Fall war. Gunner Davis war ein wirklich netter Mensch, aber auch ein Wichtigtuer.

«Miss Wilson, ich versichere Ihnen, ich bin absolut bei klarem Verstand.» Er fuhr sich mit den dicklichen Fingern durch sein schütteres weißes Haar, das schweißnass an seinem Kopf klebte. Auch der Kragen seines weißen Polohemds war nass geschwitzt. «Als Anwalt von Sheldon und Rosemary Brown habe ich die Papiere persönlich nach ihren Wünschen aufgesetzt.»

Er war einer von nur wenigen Anwälten in der Stadt, praktizierte aber kaum mehr, seitdem er vor zwanzig Jahren Bürgermeister geworden war. Er unterhielt immer noch seine Kanzlei auf der Belle Street und nahm Aufträge an, doch der Großteil seiner Klienten hatte seine besten Jahre um den Vietnamkrieg herum erlebt. Dorothy wusste in der Tat, dass Sheldon Brown, Nachkomme von William Vallantine, ein Klient von Gunner war. Allerdings ...

«Er ist nicht tot. Und dasselbe gilt für seine Frau Rosemary.» Es fühlte sich seltsam an, Ms. Fillmore beim Vornamen zu nennen. Sie war Dorothys Lehrerin gewesen. Ihre Lieblingslehrerin, genau genommen. «Ich habe beide gestern an der Eisdiele gesehen. Fit wie ein Paar Turnschuhe. Und selbst wenn sie gestorben wären ... wieso sollten sie die Bibliothek *uns* hinterlassen?»

Der Bürgermeister schob das Kinn vor. «Sie haben Ihnen einen Brief geschrieben. Er liegt in der Aktenmappe.

Sie sind die Einzige, die heute aufgetaucht ist, also dürfen Sie den anderen die frohe Nachricht überbringen.»

Die anderen waren ihre besten Freundinnen seit … eigentlich ihrer Geburt. Schon ihre Mütter hatten sich näher gestanden als Schwestern. Sie hatten den ersten Buchclub in der Stadt gegründet. Dorothy und ihre Freundinnen waren sogar nach Romanheldinnen aus den Südstaaten benannt worden. Die Einwohner hatten die drei Mädchen die Bookish Belles, die Bücherschönheiten, getauft, noch bevor sie in den Kindergarten gekommen waren. Rebecca hatte Vallantine direkt nach der Highschool verlassen, um aufs College zu gehen, und dann woanders ihre Karriere begonnen. Sie kam nur ein paarmal im Jahr zurück in die Stadt, um ihre Großmutter zu besuchen. Scarlett lebte ebenfalls noch in Vallantine, und so, wie Dorothy ihre Freundin kannte, verspätete sie sich wahrscheinlich nur. Vielleicht.

Die ganze Sache war seltsam. Die Browns waren nicht verstorben. Himmel, in einer Stadt dieser Größe hätte Dorothy noch nicht mal ihren morgendlichen Kaffee austrinken können, bevor sie erfuhr, wann und wie – und zwar ohne sich danach erkundigt zu haben. Sie hätte die Neuigkeit von ungefähr hundert Leuten zugetragen bekommen, denn es wäre das Stadtgespräch gewesen. Die Bibliothek hatte sich immer im Besitz der Vallantine-Nachfahren befunden, und ein Brief für Dorothy und ihre Freundinnen klang verdächtig danach, als wären die beiden umgezogen. Oder weitergezogen. Oder irgendwas.

Sie drückte eine Hand an ihre schweißfeuchte Stirn. «Ich bin verwirrt.»

«Die Sache ist ziemlich klar, Miss Wilson. Sie, Rebecca

Moore und Scarlett Taylor sind jetzt die stolzen Besitzerinnen der Vallantine-Bibliothek.»

«Mr. Davis», stieß sie seufzend hervor, «das ist in etwa so klar wie der Ogeechee.»

«Falls Sie mich brauchen, ich bin in meinem Büro.» Damit nickte er und watschelte durch die offene Tür davon.

Sie starrte ihm hinterher. «Was zur Hölle ...?» Sie warf die Hände in die Luft und sah sich um.

Das Erdgeschoss der Bibliothek hatte ungefähr hundert Quadratmeter, mit noch mal rund fünfzig Quadratmetern im ersten Stock. Eine schmiedeeiserne Wendeltreppe mit wunderschönem Geländer führte nach oben in die offene zweite Ebene, wo das Licht durch ein großes Buntglasfenster fiel, auf dem ein Buch im Gras unter einem Pfirsichbaum dargestellt war. Die Decke war mit Kupferplatten verkleidet, und die Bodendielen aus Kirschholz stammten noch aus der Bauzeit. In der Mitte des Erdgeschosses erhob sich ein Marmortresen, groß genug, dass zwei Leute bequem daran arbeiten konnten. An der rechten, linken und hinteren Wand standen deckenhohe Bücherregale.

Das waren die Highlights der Bibliothek.

Allerdings hing ein leichter Geruch von Staub und Schimmel in der Luft. Die Bodendielen hätten schon vor zwei Jahrzehnten abgeschliffen werden müssen, und die Spinnweben an dem großen Bleiglas-Kronleuchter hatten inzwischen eigene Spinnweben entwickelt. Die Rohre und Elektroleitungen stammten noch vom Beginn des zwanzigsten Jahrhunderts. In der oberen Etage blätterte an vielen Stellen der Putz von der Wand, und Dorothy war sich nicht ganz sicher, wie viel Stabilität die griechischen Säulen dort noch boten, nachdem eine davon sich gefährlich nach links neigte.

Sheldon Brown hatte getan, was er konnte, um das wunderschöne alte Gebäude zu erhalten. Aber ihm hatten die finanziellen Mittel gefehlt ... und die Spendensammlungen in der Stadt hatten auch nicht viel eingebracht. Diese Tatsache hatte ihm das Herz gebrochen, Tag um Tag, Jahr um Jahr. Aber er hatte es versucht. Mit aller Kraft.

Als Kind hatte Dorothy hier viele Stunden verbracht, war in Büchern versunken, verloren zwischen den Regalen. Sie hatte nach Katherine Vallantines Geist gesucht, der laut den städtischen Legenden die Bibliothek heimsuchte. Dorothy war ihm nie begegnet, und sie vermutete, dass auch niemand anders ihn je gesehen hatte. Wahrscheinlich hatte der Bürgermeister die Geschichte erfunden, um Touristen anzulocken.

Zugegeben, sie hatte oft davon geträumt, die Bibliothek zu übernehmen. Zusammen mit ihren Freundinnen. Aber das war weder wahrscheinlich noch möglich gewesen, weil sie keine Nachfahren der Familie Vallantine waren.

Stirnrunzelnd senkte sie den Blick auf die Aktenmappe, die der Bürgermeister ihr gegeben hatte, und klappte sie auf. Darin befanden sich drei Ausgaben der Besitzurkunde. Sie wirkten echt. Außerdem fand sie einen Gebäudeprüfbericht, ein Schätzgutachten und einen Briefumschlag. Sie nahm den Umschlag heraus, öffnete ihn und las den Brief darin.

An unsere Bücherschönheiten!

Vor langer Zeit haben drei Mädchen einer Lehrerin und einem Bibliothekar geholfen, die Liebe zu finden. Und das habt ihr innerhalb dieser Wände getan, die vor einem Jahrhundert von einem Gentleman erbaut wurden, der seine Frau so sehr angebetet hat, dass er ihr einen persönlichen Rückzugsort schenken wollte. Wir möchten, dass diese Liebe fortbesteht, dass sie in der nächsten Generation weiterlebt. Aber für diese Aufgabe ist nicht jeder geeignet. Nachdem wir keine eigenen Kinder haben und wir nur euretwegen unser persönliches Happy End gefunden haben, haben wir euch erwählt. Niemand liebt und respektiert diesen Ort mehr als ihr drei jungen Damen. Unsere geliebte Bibliothek ist gefüllt mit Bänden voller Wissen und aufregenden Abenteuern, die nur darauf warten, erkundet zu werden. Ihr versteht, wie wichtig das ist und was das wirklich bedeutet. Wir halten euch für am besten geeignet, dieses Vermächtnis in Ehren zu halten, und sind uns sicher, dass ihr die Bibliothek auf eine Weise restaurieren werdet, wie es uns nicht möglich war. Ihr dürft damit tun, was auch immer ihr für richtig haltet.

Was uns angeht: Wir treten das große Abenteuer an, die Welt zu erkunden. Wir wissen nicht, wie lange wir unterwegs sein werden, aber eines Tages werden wir mit Sicherheit zurückkehren. Wenn es so weit ist, werdet ihr uns und dem Vallantine-Vermächtnis ohne Zweifel alle Ehre gemacht haben. In dieser Aktenmappe befindet sich unser Beitrag, der euch bei der Finanzierung helfen soll. Gunner Davis kann alles erklären. Wir sind euch unglaublich dankbar und sehr stolz zu sehen, zu was für wunderbaren jungen Frauen ihr herangewachsen seid.

Fröhliche Lesestunden wünschen euch
Sheldon & Rosemary Brown

Wow. O Gott! Dorothy war schockiert, und Zweifel stiegen in ihr auf, wenn auch begleitet von Hoffnung.

Mit tränenverschleierten Augen sah sie ein weiteres Mal in die Mappe – und hätte sie fast fallen lassen. Hinter den Besitzurkunden kam ein Verrechnungsscheck zum Vorschein, der auf sie, Rebecca und Scarlett ausgestellt war. Ein Scheck über eine wirklich ansehnliche Summe.

Dorothy stockte der Atem, bevor sie anfing zu lachen. Hysterisch. Hemmungslos.

Dann ließ sie sich langsam in den Stuhl neben dem Tresen sinken und begann zu weinen.

KAPITEL 1

Frühling, 2004

Sie sollten sich wirklich mal Ihr Haar hochstecken, Ms. Fillmore.»

Rosemary sah von ihrem Schreibtisch im Klassenzimmer auf, an dem sie gerade Aufsätze korrigierte – schrecklich schlechte Buchbesprechungen –, und sah Rebecca Moore an. Das Mädchen gehörte zu ihren Lieblingsschülerinnen in der achten Klasse. Aufgeweckt, ehrgeizig und selbstkritisch, wie sie war, erinnerte sie tatsächlich an Tom Sawyers Freundin in *Huckleberry Finn*, nach der ihre Mutter sie benannt hatte. Und sie war auch ähnlich frech. Ein blonder, blauäugiger, schlanker Wildfang, der schon bald Herzen brechen würde.

Sie und ihre zwei besten Freundinnen – bekannt als die Bookish Belles – waren freiwillig noch geblieben, um die Tafel zu wischen und das Klassenzimmer vor den Frühlingsferien aufzuräumen. Was das allerdings mit Rosemarys Frisur zu tun hatte, erschloss sich ihr nicht.

«Ich meine nur, vielleicht könnten Sie mal etwas Neues ausprobieren.»

«Oh.» Rosemary strich sich mit den Fingern über ihre braunen Locken und hoffte inständig, dass sie angesichts der Luftfeuchtigkeit nicht bereits aussah wie ein Pudel. «Ähm, nun ...» Hmmm.

«Ja!» Scarlett Taylor wollte gerade einen Stuhl auf einen Tisch stellen und hielt inne. Lieblingsschülerin Nummer zwei, ein Mädchen, so dramatisch wie ihre Namensvetterin O'Hara in *Vom Winde verweht*. Obwohl ihre Familie wohlhabend war – quasi reich –, war Scarlett kein Snob, sondern kümmerte sich aufmerksam um ihre Mitmenschen. Allerdings mochte sie Aufmerksamkeit. Kakaofarbene Locken, schlanker Körperbau und strahlend goldbraune Augen – die gerade vor Interesse aufleuchteten. «Vielleicht ein Stufenschnitt mit Strähnchen? Das würde Ihnen toll stehen. O mein Gott! Und Kontaktlinsen!»

«Hm.» Rosemary rückte ihre Brille zurecht. Sie wusste nicht, wieso diese plötzlich ein Problem darstellen sollte. Das dicke schwarze Kunststoffgestell war ein wenig zu groß für ihr Gesicht, aber die Auswahl beim Optiker war damals nicht besonders groß gewesen. Und sie hatte keine Lust gehabt, eine Stunde nach Savannah oder zwei Stunden nach Statesboro zu fahren, nur um sich eine Brille zu kaufen. Es interessierte sowieso niemanden. Sie trug diese Brille schon zwei Jahre.

Verlegen – weil kaum jemand in der Stadt sich ihrer Existenz überhaupt bewusst war – sah sie ihre dritte Lieblingsschülerin an, die gerade die Tafel putzte. Dorothy Wilson, von ihrer Mutter benannt nach der Heldin aus dem *Zauberer von Oz*, hatte kastanienbraunes Haar, blaue Augen und eine gut proportionierte, leicht mollige Figur. Sie war bodenständig, stark und – wie ihre Freundinnen – sehr klug. Sie war die ruhigste der drei, wahrscheinlich weil ihr Selbstbewusstsein noch nicht gefestigt war. Kinder konnten manchmal grausam sein. Dorothy folgte dem Gespräch, sagte aber nichts.

«Was denkst du?», fragte Rosemary nach.

«Ich finde, Sie sind hübsch so, wie Sie sind, Ms. Fillmore.»

Wow. Sie war seit ... na ja, Ewigkeiten nicht mehr hübsch genannt worden. «Danke schön. Das ist sehr nett von dir.»

«Natürlich ist sie hübsch.» Scarlett seufzte genervt und verdrehte die Augen. «Wir meinen doch nur, sie könnte, na ja, mehr tun.»

Wieso sollte sie? Und wieso sprachen die drei das jetzt an, nachdem Rosemary sie schon ein Jahr in Englisch unterrichtet hatte? Außerdem: Mauerblümchen wie sie begannen nicht plötzlich zu blühen.

«Ja. Sie sollten mal was anderes ausprobieren.» Rebecca schob sich eine Strähne hinters Ohr. «Ein schickes Kleid oder so.»

«Was stimmt nicht mit meinem Kleid?» Rosemary sah an sich herunter: kurze Ärmel, hoher Kragen, knöchellang, marineblau mit weißen Rosen darauf. «Es ist bequem.»

«Es wirkt ein wenig altmodisch.» Rebecca wedelte mit den Händen. «Es betont Ihre Figur nicht.»

Figur? «Ihr Lieben, ich weiß eure Ratschläge zu schätzen. Wirklich. Aber ...»

«Und ein bisschen Make-up, oder?» Scarlett drehte sich nickend zu Rebecca um, als wäre Rosemary gar nicht im Raum oder als redeten sie über jemand anderen.

Das entsprach schon eher ihrer Lebensrealität.

«Ich bin dafür.» Rebecca sah zu Dorothy, als warte sie auf ihre Meinung. «Findest du nicht auch?»

Dorothy atmete einmal tief durch, dann musterte

sie Rosemary von Kopf bis Fuß. «Ich finde, sie sollte sie selbst bleiben. Aber es könnte vermutlich nicht schaden, wenn sie mal ein paar Sachen ausprobiert.»

«Also ...» Rosemary räusperte sich und rutschte unangenehm berührt auf ihrem Stuhl herum. «Ich bin immer bereit, mit euch zu diskutieren und mir eure Meinung anzuhören, aber wie kommt ihr jetzt darauf?»

Alle drei senkten den Blick, traten von einem Fuß auf den anderen oder spielten an ihren Haaren herum.

Irgendwann traute sich Rebecca zu sagen: «Wir wollen nur helfen.»

Verflixt. Rosemarys Magen verkrampfte sich vor Schuldgefühlen. «Wobei helfen, Süße?»

Rebecca sah Hilfe suchend zu Scarlett.

Scarlett seufzte dramatisch. «Sie sind nicht verheiratet oder irgendwas. Von all unseren Lehrern sind Sie die Netteste. Ich meine, Sie hören uns zu, wenn andere Erwachsene das nicht tun ... und Sie vertrauen uns, dass wir selbst denken können. Sie behandeln uns nicht wie Kleinkinder oder erklären uns ständig, was wir tun sollen. Wenn wir ein Problem haben, können wir immer zu Ihnen kommen. Sie sind eigentlich ziemlich cool, obwohl Sie eine Lehrerin sind. Wir dachten einfach nur, Sie wären vielleicht einsam oder so. Wir haben Sie noch nie mit jemandem gesehen und dachten, ein paar Vorschläge könnten nicht schaden.»

Also wollten sie Rosemary attraktiver für das männliche Geschlecht machen. Gute Absicht, schlechte Ausführung. Aber sie waren Teenager und dementsprechend nicht so geschickt wie, na ja, erwachsene Leute.

Mit einem Mal hatte Rosemary vor Rührung einen Kloß

im Hals. Lehrer sollten keine Lieblinge haben, und sie behandelte diese drei nicht anders als ihre anderen Schüler, aber die drei waren ihr im letzten Jahr ans Herz gewachsen. Sie teilten einige ihrer Interessen und vor allem ihre Liebe für das geschriebene Wort. Rosemarys Arbeit war ihr Leben. Sie liebte es, den Kindern die Bedeutung von Literatur nahezubringen und ihnen zu zeigen, dass sie aus Büchern Erkenntnisse fürs Leben gewinnen konnten. Da die Mädchen versuchten, ihr Leben zu beeinflussen und ihr einen kleinen Schubs zu geben, war sie offensichtlich zu ihnen durchgedrungen und hatte eine Verbindung zu ihnen aufgebaut. Eigentlich konnte sie sich nicht mehr wünschen, als dass sie jemandem etwas bedeutete und einen bleibenden Eindruck hinterließ.

Allerdings hatte sie sich bei Verabredungen nie besonders wohlgefühlt. Aufgrund ihrer Nervosität brauchte Rosemary lange, bis sie mit einem Mann wirklich warm wurde. Gewöhnlich waren diese zu diesem Zeitpunkt schon gelangweilt oder die Beziehung hatte sich totgelaufen. Um ehrlich zu sein, war sie vermutlich kein besonders interessanter Mensch. Daher hatte sie die Idee, ihren Seelenverwandten zu finden, so gut wie aufgegeben.

Männer aus Fleisch und Blut konnten selten mit Romanhelden mithalten.

Diese Mädchen waren in ihrer Klasse ziemlich beliebt – und damit hatte Rosemary keinerlei Erfahrung. Die drei waren hübsch, klug, witzig und aufrichtig. Die anderen Schüler sahen zu ihnen auf. Die Tatsache, dass diese Mädchen sie bemerkt hatten – und auf ihre eigene Art sogar versuchten, ihr zu helfen –, war wirklich liebenswürdig. Sie versuchte ihre Schüler immer zu Freundlichkeit zu ermuntern, und dieser Versuch hatte die drei sicherlich Mut gekostet. Auch wenn Kontaktlinsen, ein neues Kleid oder eine neue Frisur letztendlich nichts ändern würden, konnte sie die Mädchen doch für die Geste belohnen, damit sie auch in Zukunft ohne Zögern ähnlich handelten.

«Ich weiß das wirklich zu schätzen. Allerdings ist es wichtig, dass ihr euch bewusst macht, dass jeder, mit dem ihr ausgeht oder in den ihr euch verliebt, euch als die Person mögen sollte, die ihr seid. Sonst verschwendet ihr nur eure Zeit. Beide Seiten haben etwas Besseres verdient. Ihr solltet immer ihr selbst sein, statt anderen etwas vorzuspielen.» Lächelnd sah sie von einem Mädchen zum anderen, und die drei nickten. «Aber wisst ihr was? Wahrscheinlich kann ein wenig Veränderung in meinem Leben nicht schaden. Vielleicht komme ich aus den Frühlingsferien als neue Frau zurück.»

Die Mädchen lachten und entspannten sich sichtbar erleichtert.

Dorothy wedelte theatralisch mit der Hand. «Wir werden Sie nicht wiedererkennen.»

Rebecca wippte auf den Zehenspitzen. «Ich bin so aufgeregt.»

Dorothy grinste nur wortlos.

«Seid ihr fertig mit dem Aufräumen?»

Sie nickten.

Mit einem Seufzen schob Rosemary die Buchbesprechungen zur Seite. Die meisten davon verursachten ihr sowieso Kopfschmerzen. «Dann kommt mal her. Vielleicht finden wir ein Kleid für mich.»

Mit begeistertem Jubel stürmten die Mädchen heran, was Rosemary darin bestärkte, dass sie auf das Hilfsangebot der drei richtig reagiert hatte.

Sie loggte sich in ihren Computer ein, wartete, bis die Internetverbindung stand, und rief die Seite eines Onlineshops auf.

«Wonach suchen wir?», fragte sie und hoffte inständig, dass sie am Ende nicht aussehen würde wie ein Popstar vergangener Zeiten, der sich an einem verzweifelten Comeback versuchte.

«Ich schau mal.» Scarlett lehnte sich vor und tippte auf der Tastatur herum, um die Suche einzugrenzen. Dann scrollte sie. «Nein, nö, bäh», murmelte sie, dann hielt sie inne. «Das hier.»

Rosemary betrachtete den Vorschlag. Es war ein einfaches rotes Kleid mit halblangen Ärmeln, figurbetontem Oberteil und ausgestelltem Rock, dessen Saum knapp unter dem Knie endete. Hübsch, aber für sich selbst hätte sie die Farbe niemals gewählt. «Es ist irgendwie ... leuchtend.»

«Genau!» Scarlett grinste. «Das ist ein guter Farbton für Sie.»

Die anderen nickten.

«Nun, dann okay.» Rosemary öffnete ein Drop-down-Menü, suchte ihre Größe und legte das Kleid in den Einkaufskorb. Trotz der Farbe war es nicht schrecklich. Sie konnte sich vorstellen, das Kleid zu tragen. «Möchtet ihr beide auch etwas aussuchen?»

Rebecca schob Scarlett zur Seite und tippte ebenfalls los. Ihre Suche dauerte ein paar Minuten, dann richtete sie sich auf. «Mir gefällt der hier.»

Ein knielanger Jeansrock, laut Beschreibung aus Stretchstoff, mit einem Schlitz seitlich am Knie. Das abgebildete Model trug ein weißes Spitzentanktop aus fast durchsichtigem Stoff dazu. Auch dieses Teil hätte Rosemary sich nicht selbst ausgesucht, aber sie könnte es anziehen. Außerdem hatte sie einige Pullis und Blusen im Schrank, die sie mit dem Rock kombinieren konnte.

«Das Outfit ist wirklich hübsch. Gefällt mir.» Sie legte beide Kleidungsstücke in den Einkaufswagen. «Dorothy? Möchtest du auch schauen?»

Das Mädchen zögerte, doch letztendlich trat auch sie an den Computer. Konzentriert klickte sie sich durch die Resultate, bis sie bei einer Anzugkombination verweilte: waldgrün mit einer blassgelben Seidenbluse, locker fallende Hose, kurzes Jackett, abgerundetes Revers. Feminin, aber doch professionell. Und erneut besaß Rosemary mehrere Blusen, die sie mit dem Anzug kombinieren konnte – oder sie trug einfach die Hose ohne Jackett.

«Gefällt dir dieses Outfit, Dorothy?»

Das Mädchen sah kurz Rosemary an, bevor sie den Blick wieder auf den Bildschirm richtete. «Ja.»

Mit einem Nicken legte Rosemary es in den virtuellen Einkaufskorb. Dann traf sie ihre eigene Wahl – mit der Zustimmung der Mädchen. Es wurde ein kobaltblaues Kleid mit Spaghettiträgern, dessen Rock bis an die Waden reichte. Die Gesamtsumme war nicht so hoch, wie sie befürchtet hatte, und die Lieferung sollte nicht einmal eine Woche dauern.

«So, das hätten wir. Alles bestellt. Ich danke euch, ihr Lieben.» Und da ihre letzte Augenuntersuchung mehr als zwei Jahre zurücklag, würde sie diese Woche einen

Termin beim Optiker vereinbaren. Wenn sie danach das Gefühl hatte, sie könnte mit Kontaktlinsen zurechtkommen, dann würde sie sich welche kaufen. «Wie wäre es, wenn wir jetzt alle in die Ferien starten?»

Die Mädchen lachten und packten ihre Sachen zusammen, viel aufgedrehter als noch vor einer Stunde.

Rosemary sah ihnen lächelnd hinterher, als sie gingen. Sie freute sich, dass sie die Mädchen aufgemuntert und ihnen dabei gleich noch eine Lektion über Ehrlichkeit vermittelt hatte. Allerdings war sie sich nicht sicher, ob der Plan, einen Ehemann für sie zu finden, irgendwelche Resultate mit sich bringen würde. Wahrscheinlich nicht. Aber ihr war es sowieso mehr darum gegangen, den Mädchen zuzuhören und einfach mal ihre Garderobe zu aktualisieren.

Zufrieden schob sie die Buchbesprechungen in ihre Tasche, fuhr ihren Computer herunter und schaltete das Licht aus.

Rosemary öffnete kurz darauf die Eingangstür der Schule, trat in die Abendsonne hinaus und atmete den Duft des Frühlings ein. Nach der kalten Jahreszeit genoss sie die Gerüche der Blüten, des frisch geschnittenen Grases und den Hauch von Fluss vom Ogeechee in der Ferne. Auch wenn die Winter hier gewöhnlich mild waren – es herrschten fast immer Plusgrade –, hatte es in der vergangenen Saison zweimal Frost gegeben. Jetzt freute sie sich auf die Hitze. Weil sie nur ein paar Blocks von der Schule entfernt lebte und es heute Morgen warm gewesen war, war sie zu Fuß gegangen. Nun war sie froh, dass sie ihr Auto stehen gelassen hatte.

Sie ließ sich Zeit und lächelte die Touristen auf ihrem

Weg an. Die meisten kamen aus der Richtung des Hafens, wo die Flusskreuzfahrten starteten. Vallantine lag an einer hübschen Stelle am Ogeechee. Die Gerüche waren oft widersprüchlich, weil das Süßwasser des Flusses am Rand des Countys ins Salzwasser des Meeres überging, während es sich auf der anderen Seite im Sumpf verteilte. Der Ostwind trug den Geruch von Algen heran, der sich mit dem Duft der Pollen in der Luft vermischte. Die Leute nutzten wahrscheinlich das schöne Wetter, um einen Schaufensterbummel bei den Geschäften am Ufer zu machen. Die Urlauber freuten sich auch immer, wenn sie Wildtiere erspähten. Fischadler, Weißkopfseeadler und Waldstörche, überwiegend. Hin und wieder tauchte zwischen den dicht mit Zypressen bewachsenen Privatgrundstücken auch mal ein Alligator am Flussufer auf.

Rosemary bog in ihr Viertel ab und winkte hin und wieder jemandem aus ihrer Nachbarschaft, den sie kannte. Angesichts der fragenden Blicke und halbherzigen Reaktionen erkannten ihre Nachbarn sie entweder gar nicht oder erst, wenn sie direkt vor ihnen stand. So war das Leben. Ihr Leben. Aber das ging in Ordnung. Sie hätte sowieso nicht gewusst, wie sie mit Aufmerksamkeit umgehen sollte.

Ihr Zuhause befand sich in einer Gegend mit verwinkelten Seitenstraßen, in denen sich baugleiche einstöckige Häuser in verschiedenen Farben aneinanderreihten, alle erbaut in den Achtzigerjahren. Die kleinen Grundstücke waren umgeben von weißen Lattenzäunen und ordentlich geschnittenen Rasenflächen. Sie liebte diese Nachbarschaft. Das Plantagenviertel auf der anderen Seite der Stadt war zwar geschichtsträchtiger, mit riesigen

Eichen, von denen Louisiana-Moos herunterhing, und es gab dort Kutschfahrten für die Touristen. Aber ihr Viertel war moderner, es passte zum Alltag von ganz normalen Leuten. Außerdem lag es ein gutes Stück vom Marktplatz entfernt und war dementsprechend ruhiger.

An Hartriegel und Weiden zeigten sich die ersten Knospen. Die duftenden weißen Blüten der Magnolien öffneten sich bereits, während dekorative Kreppmyrten pink, purpurfarben und weiß blühten. Die Schäfchenwolken vor dem blauen Himmel bildeten einen fast surreal schönen Hintergrund. Heute war ein perfekter Abend, um auf ihrer winzigen Veranda zu sitzen, den Sonnenuntergang zu genießen und zu lesen. Vielleicht würde sie heute keinen heißen Kamillentee trinken, sondern lieber Eistee. Ein schöner Auftakt für eine freie Woche.

Sie bog auf den kleinen Weg zur Eingangstür ihres gelben Hauses mit den weißen Fensterläden ab und stellte fest, dass es an der Zeit war, die Wände mit dem Druckstrahler zu bearbeiten. Das grüne Haus nebenan, bewohnt von den Hendersons, war letztes Wochenende gereinigt worden, aber das lachsfarbene Haus auf der anderen Seite hätte eine Reinigung wirklich dringend nötig. Es gehörte Mrs. Widmeyer, einer älteren Witwe. Rosemary nahm sich vor, bald einen Termin für beide Häuser zu vereinbaren.

Sie schloss die Tür auf und stellte ihre Tasche auf den Beistelltisch im Flur. Poe sprang laut maunzend aus der Küche heran.

Rosemary lachte. «Du Armer. Musstest du wirklich eine zusätzliche Stunde auf dein Abendessen warten?»

Sie hob das schwarze Fellknäuel hoch, schüttelte ihre

Ballerinas ab und ging über den Teppich im Wohnzimmer in die Küche, wo sie wie immer in ihre Slipper schlüpfte. Sie hasste das Gefühl kalten Linoleums an den Füßen. Während sie mit einer Hand eine Dose Katzenfutter öffnete, schnüffelte Poe an ihr.

«Ich habe dich heute nicht mit einer anderen Katze betrogen, versprochen.»

Lächelnd setzte sie den Kater auf den Boden und schaufelte Futter in seine Schüssel. Da er nun für eine Weile beschäftigt war, ging sie zurück durchs Wohnzimmer und den kurzen Flur ins Bad, wo sie die Dusche anmachte.

Sie hatte sich gerade einen Bademantel übergeworfen, als es an der Tür klingelte.

Mit einem Stirnrunzeln drehte sie das Wasser ab. Niemand klingelte je an ihrer Tür – außer dem Paketlieferdienst. Aber dafür war es schon zu spät am Abend.

Sie öffnete die Tür und entdeckte die Bookish Belles auf ihrer Schwelle. Rosemary musterte ihre Schülerinnen mit schräg gelegtem Kopf und hoffte, dass alles in Ordnung war. Bisher hatten die Mädchen ihre Lehrerin nie, nicht ein einziges Mal, zu Hause besucht. Und sie hatten sich doch gerade noch in der Schule gesehen.

Scarlett hielt eine kleine Stofftasche in die Höhe. «Wir haben alles Nötige dabei.»

«Ähm.» Rosemary zog den Bademantel enger um ihren Körper, nur für alle Fälle. «Wofür?»

«Ihr Makeover.» Rebecca verdrehte die Augen. «Was sonst?»

Makeover? Rosemary hatte gedacht, mit der Kleiderbestellung wäre alles erledigt. «Jetzt bin ich verwirrt.»

Dorothy zuckte mit den Achseln. «Ich habe ihnen gesagt, dass wir nicht einfach so vorbeikommen sollten.»

«Sei nicht albern.» Scarlett schob sich an Rosemary vorbei und betrat das Haus.

Rebecca folgte ihrer Freundin.

Dorothy zuckte wieder mit den Achseln. «Tut mir leid. Es ist wohl am besten, wenn Sie einfach mitspielen. Wenn die beiden sich mal etwas in den Kopf gesetzt haben, sind sie nicht mehr davon abzubringen. Einmal, als wir zehn waren, wollte Scarlett ein Baumhaus. Also haben wir eines gebaut. Aber es war so schrecklich wackelig, dass Aden Abner – er ist jetzt in der neunten Klasse – es für uns in Ordnung bringen musste. Damit wir uns ‹nicht unsere hübschen Sturköpfe einschlagen›, meinte er.»

«Ich verstehe.» Eigentlich verstand sie gar nichts, aber Rosemary winkte das Mädchen trotzdem ins Haus. Sie schloss die Tür und wandte sich den drei Freundinnen zu. «Weiß jemand, dass ihr hier seid?»

«Ich habe Gammy Bescheid gesagt. Für sie ist es in Ordnung.»

«Meinen Eltern ist egal, wo ich bin, solange ich den bedeutsamen Namen der Familie Taylor nicht in den Schmutz ziehe.»

Die erste Antwort kam von Rebecca, deren Eltern bei einem Unfall ums Leben gekommen waren, als sie acht gewesen war. Ihre Großmutter war ihr Vormund. Die zweite Antwort stammte von Scarlett, deren Familie reicher war als Krösus und sich oft mehr Sorgen um den schönen Schein machte als um die Gefühle ihrer Tochter. Rosemary taten beide unglaublich leid, aber die Mädchen schienen ihr Schicksal mit Fassung zu tragen.

Sie sah zu Dorothy. «Und du?»

«Mama und Daddy haben es erlaubt, solange ich mit ihnen zusammen bin» – sie deutete auf ihre Freundinnen – «und vor der Bettgehzeit wieder nach Hause komme. Das ist um elf Uhr, wenn am nächsten Tag keine Schule ist.»

In Ordnung. Diese Art von Vertrauen gab es vermutlich nur in Kleinstädten.

Rosemary verschränkte die Arme vor der Brust und räusperte sich. «Was hat es mit diesem Makeover auf sich?» Es klang unheilvoll. Und irgendwie gefährlich, wenn der Begriff von Teenagern kam. Es war eine Sache, sie ein paar Kleidungsstücke aussuchen zu lassen, aber etwas ganz anderes ...

«Ich habe eine Packung Färbemittel für Strähnchen besorgt. Und ich habe eine Schere dabei, um Ihnen die Haare zu schneiden.» Rebecca schäumte quasi über vor Begeisterung.

Scarlett hob erneut ihren Stoffbeutel, ebenso aufgeregt. «Und ich habe Make-up dabei.»

Jepp. Genau *das* hatte Rosemary befürchtet. Sie öffnete den Mund, doch Dorothy kam ihr zuvor.

«Ich habe alles für eine Maniküre mitgebracht. Und Snacks.»

Oh Mann. «Es ist wirklich nett, dass ihr euch an einem Freitagabend dafür Zeit nehmen möchtet. Aber ich bin mir nicht sicher, ob ich für diese Art von Veränderung wirklich bereit bin.» Mit dieser eindeutigen Antwort sollte diese Aktion zu stoppen sein ... aber anscheinend verhallten ihre Worte ungehört.

«Wo sollen wir es machen?» Scarlett sah sich um,

musterte das Erkerfenster mit den Topfpflanzen auf dem Fensterbrett, den kleinen Kamin mit den Drachenfiguren auf dem Sims, den selten genutzten Fernseher, die zwei Bücherregale und die grün karierte Couch. Ihr Blick verweilte auf dem Couchtisch, auf dem sich Magazine stapelten. «Die Küche wäre vielleicht besser. Hier drin ist Teppichboden.»

«Finde ich auch.» Rebecca stapfte zur Tür und spähte in die Küche. «O ja. Viel besser.»

«Mädels ...»

«Sie haben eine Katze!» Dorothy ging in die Hocke und streckte Poe die Hand entgegen. Der Kater warf Rosemary einen missbilligenden Blick zu, wahrscheinlich wegen der Besucher. «Ich liebe Katzen, aber Mom hat eine Allergie, also dürfen wir keine haben.»

«Das ist wirklich schade. Aber hört mal, Mädels ...»

«Sie tragen schon einen Bademantel. Perfekt.» Scarlett klatschte in die Hände. «Lassen Sie uns anfangen.»

Rosemary warf frustriert die Hände in die Luft und folgte ihren Schülerinnen. Vielleicht irrte sie sich ja, aber sie war doch hier die Erwachsene im Raum, oder? «Wisst ihr überhaupt, wie man Haare schneidet oder färbt?» Schminke konnte man abwaschen und Nagellack entfernen. Ein missglückter Haarschnitt müsste erst herauswachsen.

Rebecca stoppte neben dem kleinen Ahorntisch mit vier Stühlen und begann, ihre Tasche auszupacken. «Meine Großmutter hat es mir beigebracht. Sie schneidet mir die Haare.»

Aha. Okay. Was war also der schlimmste Fall? Dass Rosemary morgen einen Termin im Salon *Shearly Be-*

loved in der Stadt buchen musste. Sie hatte neun Tage frei. Niemand würde sie sehen oder etwas bemerken.

«Wir können es lassen, wenn Sie nicht möchten?» In Rebeccas Blick lagen Enttäuschung und ein Hauch von verletztem Ego.

«Nein.» Rosemary rückte ihre Brille zurecht. «Ist schon okay. Aber lass uns ...» Wie war sie nur in diese Situation geraten? «Lass uns subtil bleiben.»

Rebecca grinste. «Kein Problem.»

In den nächsten paar Stunden saß Rosemary auf einem Stuhl, während Rebecca etwas mit ihrem Haar anstellte und dabei Alufolie verwendete. Dorothy kümmerte sich um Finger- und Fußnägel. Sobald Rosemary sich in der Küchenspüle die Haare gewaschen hatte, wurde sie erneut auf ihren Stuhl gesetzt, damit Rebecca ihre Haare schneiden und Scarlett sie schminken konnte. Dabei erläuterte das Mädchen jeden Schritt ganz genau, damit Rosemary sich das nächste Mal selbst schminken konnte. Sie hatte nie viel Make-up getragen. Ein bisschen Lipgloss und Lidschatten, mehr nicht. Bei Scarlett klang es so einfach, und sie erklärte, dass sie Rosemary die Kosmetika überlassen würde, da sie diese Marke nicht länger verwendete. Sie aßen Süßigkeiten und Chips und sprachen über Jungs, Bücher und Fernsehserien, von denen Rosemary noch nie gehört hatte.

Als sie schließlich fertig waren, lag Rosemary vor Nervosität ein Stein im Magen. Alle drängten in ihr winziges Badezimmer, um sich gemeinsam das Ergebnis des Makeovers anzusehen. Entgeistert starrte Rosemary in den Spiegel.

Ihr lockiges braunes Haar, das vorher bis über ihre

Schlüsselbeine gereicht hatte, war nun schulterlang, mit rötlichen Strähnen, die ihren Teint strahlen ließen. Es war nicht auffällig, und es passte zu ihr. Das Make-up wirkte dazu sehr natürlich. Kupferroter Lidschatten, Mascara und ein Lipgloss, der nur einen Hauch dunkler war als ihre natürliche Lippenfarbe. Dank der Grundierung schien ihre Haut viel ebenmäßiger. Was für ein Unterschied! Auch ohne Kontaktlinsen sah sie aus wie eine bessere Version ihrer selbst, ohne deswegen wie ein anderer Mensch zu wirken.

«Wow.» Sie musterte ihre dunkelrot lackierten Finger- und Fußnägel. Es sah gut aus. Anders, weil sie bisher nie Nagellack getragen hatte, aber schön. «Das ist unglaublich.»

Die Mädchen klatschten begeistert.

Rosemary hätte dieses Makeover nicht einmal bereut, wenn sie hinterher katastrophal ausgesehen hätte. Auf ihre Weise hatten die Mädchen jemand anderem etwas Gutes getan und Spaß dabei gehabt.

«Ihr habt tolle Arbeit geleistet. Vielen Dank.»

Die drei strahlten vor Stolz.

«Sie sollten morgen in die Bibliothek gehen, Ms. Fillmore.» Rebecca schob sich eine Strähne hinters Ohr. «Sie wissen schon, um das Buch auszuleihen, über das wir gesprochen haben.»

Scarlett nickte bestätigend. «O ja. Definitiv.»

Was für ein seltsamer Themenwechsel. Rosemary versuchte, sich an den Titel des Jugendbuches zu erinnern, von dem die drei in der Küche so geschwärmt hatten. Die Freundinnen hatten die Bibliothek bereits ein paarmal erwähnt ... und auch, dass das Buch verfilmt werden sollte. Was das allerdings mit ihrem Makeover zu tun hatte, erschloss sich Rosemary nicht.

Trotzdem ... «Vielleicht werde ich das tun.»

KAPITEL 2

Sheldon Brown ließ den Blick vom Computerbildschirm an die Decke wandern, als die Teenagermädchen erneut wie wild loskicherten.

Sie waren in seiner Bibliothek erschienen, kaum dass er die Tür aufgeschlossen hatte, um es sich unter dem Vorwand, lesen zu wollen, auf der Couch gemütlich zu machen. Obwohl jedes der Mädchen ein Buch in der Hand hielt, hatten sie bisher kaum auf die Seiten geschaut. Was seltsam war. Die Bookish Belles waren in Vallantine berühmt-berüchtigt und machten ihrem Spitznamen stets alle Ehre. Sie konnten genauso problemlos über *Moby Dick* und *Wer die Nachtigall stört* sprechen wie andere Leute in dieser Gegend über die Bibel. Obwohl der Rest ihrer Generation den Kontakt zur Literatur verlor und sich lieber an Fernsehen, Videospiele oder gar nichts hielt. Natürlich war das eine krasse Verallgemeinerung seinerseits, aber die drei Mädchen waren die einzigen Schüler der Highschool, die seine Bibliothek nicht nur dann aufsuchten, wenn sie ein Referat halten mussten.

Gewöhnlich freute Sheldon sich, wenn er die drei sah, und genoss ihre Gegenwart. Aber er musste einen Abgabetermin bei einem Verlag einhalten, der ihm hin und wieder Aufträge zukommen ließ. Das Manuskript vor ihm musste bis Montag fertig überarbeitet sein. Das Bibliothekssystem wurde immer älter, das historische Gebäude brauchte Reparaturen, und bei der letzten Spendensammlung war gerade mal genug zusammengekommen, um die Fassade zu streichen.

Es war traurig. Und er war jämmerlich.

Vor einhundertneunundzwanzig Jahren hatte sein Vorfahre, der Stadtgründer William Vallantine, diese Bibliothek auf dem Anwesen der Familie erbaut, weil seine Ehefrau Bücher liebte. Und William hatte Katherine mehr geliebt als das Leben selbst. Zusätzlich hatte er in der Mitte des Marktplatzes der Stadt einen Pfirsichbaum gepflanzt, da Katherine diese Frucht nach ihrem Umzug in die Gegend das erste Mal gekostet und sich sofort in den Geschmack verliebt hatte. Das Paar und ihr Anwesen waren 1898 dem schlimmsten Hurrikan zum Opfer gefallen, der je im Staat Georgia gewütet hatte, doch durch einen glücklichen Zufall hatten ihre zwei Söhne, die Bibliothek und der Pfirsichbaum überlebt.

Der Baum hatte sich mit der Zeit zu einer Legende entwickelt, weil diese Sorte Pfirsichbäume nur selten zu einer Höhe von fast acht Metern heranwuchs, mit einem Kronendurchmesser von sechs Metern. Dieser Baum aber hatte das getan.

«Belle of Georgia»-Pfirsichbäume wurden gewöhnlich auch nicht älter als fünfzehn, höchstens zwanzig Jahre. Dieser Baum hingegen florierte jetzt seit über einem Jahrhundert, auch wenn er schon lange keine Früchte mehr trug. Die Stadtbewohner hatten ihn in Erinnerung an Katherine Vallantine ‹Miss Katie› getauft und behaupteten, er (oder vielmehr sie) würde Wünsche erfüllen. Kleine Läden und Restaurants hatten sich mit der Zeit um den Platz und den Baum herum angesiedelt, sodass er sich zum Herz von Vallantine entwickelt hatte. Irgendwann hatte man eine kleine Steinmauer um den Stamm errichtet, um den kostbaren Baum zu schützen, mit ein paar Blumenbeeten zur Zierde. Es gab sogar eine Infoplakette, die von der Geschichte des Baums berichtete, und Bänke, auf die Besucher sich setzen konnten, um ihn in all seiner Schönheit zu bewundern.

Die Bibliothek dagegen? Für sie gab es so gut wie keine Unterstützung.

Der Treuhandfonds der Familie war bereits vor Jahren aufgebraucht worden. Sheldons Großvater hatte die letzten Ländereien verkaufen müssen, um die Bibliothek am Laufen zu halten, lange bevor Sheldons Vater das Licht der Welt erblickt hatte. Jetzt erstreckte sich dort ein Park mit Statuen wichtiger historischer Persönlichkeiten. In Sheldons Kindheit hatte sein Vater das Gerücht von Katherine Vallantines Geist in die Welt gesetzt, in der Hoffnung, auf diese Weise mehr Besucher in die Bibliothek zu locken. Manchmal funktionierte es sogar, aber nur phasenweise, und das Geld reichte nie aus, um wirklich einen Unterschied zu machen.

Sheldon konnte sich keine Angestellten leisten, weswegen er sich auch keinen anderen Job suchen konnte. Würde ihm der Verlag nicht seit fünf Jahren jeden Monat Manuskripte zur Korrektur schicken, müsste er wahrscheinlich in der Bibliothek hausen. Er durfte dieses Abgabedatum nicht verpassen.

«Hey, Mr. Brown?»

Sheldon schloss für einen Moment die Augen und atmete tief durch. Die Mädchen konnten nichts für seine Probleme. Ob sich in dieser Geschichte wohl irgendwo eine Pointe versteckte? *Eine Blondine, eine Brünette und eine Rothaarige gehen in eine Bibliothek ...*

Er nahm die Brille ab, rieb sich die Augen und schob sich das Gestell wieder auf die Nase. «Ja, Scarlett?»

«Haben Sie den Rest der Serie schon bekommen?»

Ohne sich auf seinem Platz am Schreibtisch in der Mitte der Bibliothek umzusehen, wusste er, worauf sie sich bezog. Sie hatte schon letzten Monat danach gefragt. Er hatte sich die Bücher nicht leisten können, nicht einmal zu verbilligten Preisen.

«Es tut mir leid, nein. Hoffentlich bald. Das Geld ist gerade ein bisschen knapp.» Das war eine schreckliche Antwort auf eine ganz gewöhnliche Anfrage. Er ließ eine Dreizehnjährige genauso im Stich wie seine Vorfahren.

An manchen Tagen hasste er sich selbst.

«Mist. Brauchen Sie mehr Spenden, Mr. Brown?»

Heute war einfach einer dieser Tage. «Spenden sind immer willkommen. Danke dir.»

Hin und wieder wartete eine Kiste mit brandneuen Büchern vor der Bibliothek auf ihn, wenn er morgens ankam. Manchmal klebte auch ein Umschlag mit Geld an der Tür. Er ging davon aus, dass er das den Familien der Mädchen oder Scarlett Taylors Clan zu verdanken hatte, der ihren Forderungen nachgab, doch die Spenden waren immer anonym. Die Bewohner von Vallantine sollten die Bibliothek besuchen und hier finden können, was sie lesen wollten. Stattdessen belieferten ihn drei Teenager mit Büchern.

Rebecca räusperte sich. «Wir haben Ms. Fillmore erzählt, dass die Serie verfilmt werden soll.»

«Oh, wirklich?» Wahrscheinlich konnte nur ein Film

dem Rest ihrer Klassenkameraden den Inhalt der Bücher näherbringen. «Das ist toll.»

«Ich hoffe, die Macher werden der Story gerecht.» Das kam von Dorothy. «Filme versauen Bücher.»

Er lachte schnaubend. «Da hast du recht.»

«Also», meldete Scarlett sich wieder zu Wort, in einem seltsam verschmitzten Ton, «Ms. Fillmore meinte, sie wolle heute vorbeischauen, um sich die Bücher anzusehen.»

Sheldon sah vom Bildschirm auf. Sein Herzschlag beschleunigte sich in sinnloser Hoffnung, als er zum leeren Türrahmen sah.

Die Mädchen hatten ihm schon unzählige Male erzählt, dass sie Rosemary von all ihren Lehrern und Lehrerinnen am liebsten mochten. Und sie war tatsächlich eine wunderbare Person. Rosemary war nach Vallantine gezogen, als er und sie in die elfte Klasse der Highschool gingen. Sie war scheu und zurückhaltend und hatte dennoch über die Jahre hinweg immer wieder sein Interesse erregt. Andere in der Stadt hatten sie unscheinbar genannt, aber sie besaß eine ruhige, natürliche Schönheit, die so subtil war, dass man im Spektakel des Lebens genau hinsehen musste, um sie zu bemerken. Wann immer er sie mal in ein Gespräch verwickeln konnte, enthüllte Rosemary einen trockenen, geistreichen Sinn für Humor. Doch er sprach nicht oft mit ihr, weil er nicht gut mit Leuten umgehen konnte. Besonders bei Frauen, für die er sich interessierte, stellte er sich oft ungeschickt an – und von Rosemary fühlte er sich sehr angezogen.

Allerdings mochte sie ihn nicht. Oder zumindest vermutete er das. Er begegnete ihr so gut wie nie in der Stadt, also fanden die meisten ihrer Begegnungen in der Bibliothek statt. Ihr unzufriedener Blick, wann immer sie sich in den Räumlichkeiten umsah, sprach Bände.

Verdammt, er bemühte sich wirklich.

«Mr. Brown?»

Verflucht. Was hatte sie doch gleich gesagt? «Tut mir leid, Scarlett. Ich habe gearbeitet. Ja?»

«Haben Sie gehört, was ich über Ms. Fillmore gesagt habe?»

«Habe ich.» Er rückte seine Brille zurecht. «Es wäre schön, sie zu sehen.»

Es folgte ein Moment der Stille, dann Kichern.

Rebecca erholte sich als Erste. «Sie ist sehr hübsch, nicht wahr?»

«Bildhübsch.» Das schien eine akzeptable Antwort, aber die Mädchen kicherten wieder. Oder immer noch.

Scarlett stieß ein summendes Geräusch aus. «Wir haben ihr gestern Abend ein Makeover verpasst.»

Makeover? War das so etwas, wie ein Zimmer nach Feng-Shui-Regeln neu einzurichten – nur eben für einen Menschen? Er war sprachlich nicht auf dem neuesten Stand, und es fiel ihm schwer, eine passende Antwort zu finden. «Inwiefern?»

«Haare, Schminke, Maniküre. Solche Sachen eben.»

Ah, okay. «Klingt unterhaltsam.» Eigentlich nicht. Abgesehen davon brauchte Rosemary kein Makeover. Sheldon griff nach seiner Tasse.

«Wir glauben, dass sie einen Ehemann will.»

Er verschluckte sich an seinem Kaffee. Wild hustend schnappte er sich seine Serviette und presste sie sich vor den Mund. Seine Augen tränten.

Und natürlich schlenderte die betreffende Frau just in diesem Moment durch die Tür. Großartig.

Sie trug ein langes beigefarbenes Kleid mit grünen Blumen und musterte ihn besorgt. «Geht es Ihnen gut?»

Er hustete noch ein paarmal, dann räusperte er sich, den Blick auf ihre grünen Flip-Flops gerichtet. «Ja, Ma'am.» Seine Stimme stockte, und er hustete noch einmal. «Ich habe Kaffee in den falschen Hals bekommen.»

«Wollen Sie etwa sagen, Sie hätten ein Problem mit dem Trinken?»

Ha. Wie gesagt: trockener Humor. «Anscheinend.»

Sie nickte, trat näher heran und sah um ihn herum. «Hi, Mädels.»

«Hallo, Ms. Fillmore», erklang es hinter ihm im Chor. Dann Kichern.

Sie unterhielt sich noch ein wenig mit den Teenagern, während er versuchte, sich zusammenzureißen.

Ihr Haar sah anders aus. Es war nun kürzer, mit rötlichen Akzenten. Nicht viele, aber ihre hellbraunen Strähnen fingen das Sonnenlicht ein, das durch die Doppeltür fiel, die er zur besseren Belüftung offen gelassen hatte. Außerdem war Rosemary geschminkt. Auch hier: nicht allzu auffällig, aber mehr als gewöhnlich. Das Make-up betonte ihre Augen und Lippen sehr vorteilhaft. Rosemary verbarg ihren schlanken Körper oft unter Kleidern, die ihr etwas zu groß waren, und dasselbe galt für die Brille und ihr Gesicht. Sie trug kleine Goldohrringe. Sonst keinen Schmuck.

Ihr Lachen auf einen Kommentar der Mädchen hallte melodisch durch den Raum und hellte die trostlose Atmosphäre auf. Zum ersten Mal seit einer gefühlten Ewigkeit lächelte er. Er starrte ihren Mund an – ihre Oberlippe war etwas schmaler als die Unterlippe – und stellte sich vor, wie es sich anfühlen würde, sie zu küssen.

«Sheldon?»

Er blinzelte, dann schüttelte er den Kopf. «Entschuldigung. Ja?» Er konnte nur hoffen, dass sie sein Starren nicht bemerkt hatte.

«Ist das für Sie in Ordnung?»

Verdammt, er musste sich konzentrieren. «Ist was in Ordnung?»

Sie lächelte, doch ohne Wärme. «Wenn die Mädchen die Regale abstauben und ich im Austausch dafür ein paar Bücher kaufe, die Sie nicht im Bestand haben? Das haben die drei gerade vorgeschlagen.»

Sein Magen verkrampfte sich. Jetzt wollten Teenager hier körperlich arbeiten, während ihre Lehrerin Geld spendete ... und das alles, weil er seiner Aufgabe nicht gerecht wurde.

Vielleicht wurde es Zeit, die Bibliothek an die Stadt zu übergeben. Sollte sie den Laden doch aufmöbeln. Sheldon könnte das Eigentum einfach überschreiben und die Verantwortung abgeben. Aber das entsprach nicht den Wünschen der Familie. Ob nun lebendig oder tot, die Vallantines hätten gewollt, dass die Bibliothek im Familienbesitz blieb und an den nächsten Erben übergehen wurde. In diesem Punkt hatte er ebenfalls versagt. Mit siebenunddreißig erschien es eher unwahrscheinlich, dass er noch Kinder bekommen würde. Himmel, er hatte nicht mal eine Ehefrau. Freundin. Heimliche Geliebte. Aussichtsreiche Kandidatin. Er hatte niemanden.

Rosemary starrte ihn mit hochgezogenen Augenbrauen an, offenbar in Erwartung einer Antwort.

«Ich werde die Bücher bestellen.» Wenn nötig, würde er die Kosten auf eine seiner Kreditkarten buchen.

«Aber Mr. Brown!» Scarlett sprang von der Couch auf und eilte zu ihm. Die beiden anderen folgten ihr. «Wir können helfen!»

Nicht so, wie er es gebraucht hätte. Es sei denn, sie polsterten die Wände, verabreichten ihm einen Regenbogen aus verschiedenfarbigen Pillen und drückten ihm die Materialien zum Körbeflechten in die Hand – oder ein Gewinnerlos der Lotterie.

«Ich weiß das zu schätzen, aber ich komme schon klar. Danke euch.»

Rosemarys Lippen zuckten leicht, als sie ihn musterte. «Ihr Lieben, wieso wartet ihr nicht einen Moment draußen? Dann besprechen Mr. Brown und ich, welche Optionen es gibt.»

«Oder», flötete Rebecca, «Sie beide könnten sich bei einem Mittagessen unterhalten, und wir passen in der Zwischenzeit auf die Bibliothek auf.»

«Genau.» Scarletts Augen wurden groß. «Lassen Sie sich ruhig Zeit.»

Dorothy lächelte und nickte zustimmend.

Rosemary öffnete leicht den Mund, schien aber unfähig, ein Wort herauszubringen. Ihre Miene verriet Verwirrung über das Angebot der drei Mädchen, gepaart mit einem Hauch von Misstrauen.

Auch Sheldon fragte sich, was hier eigentlich vor sich ging, aber er hatte Rosemary schon seit längerer Zeit um ein Date bitten wollen. Das hier war die perfekte Gelegenheit. «Ich kann die Bibliothek auch für ein paar Stunden schließen. Samstags kommt sowieso kaum jemand her. Hätten Sie Lust auf ein kleines Mittagessen?»

«Ähm ...»

«Ja! Gehen Sie, Ms. Fillmore!» Rebecca packte Scarlett und Dorothy an den Handgelenken. «Wir gehen zu mir. Gammy backt Pfirsich-Cobbler.» Sie zerrte ihre Freundinnen regelrecht zur Tür. «Bis dann!»

Die beiden sahen den Mädchen gute zwanzig Sekunden lang hinterher, bevor Rosemary sich mit der Hand übers Haar strich. «Sie benehmen sich in letzter Zeit sehr seltsam. Gestern Abend sind sie vor meiner Haustür aufgetaucht, um mir ein Makeover zu verpassen.»

«Die Mädchen haben es erwähnt. Ihr Haar sieht übrigens sehr hübsch aus. Ähm, es sieht immer gut aus, aber die neue Frisur gefällt mir.» Er sollte wirklich die Klappe halten. «Steht Ihnen. Die Farbe oder der Schnitt.» Er vermasselte es. Vollkommen. «Wie auch immer ihr Damen so was nennt. Es ist hübsch.»

Sie sah ihm kurz in die Augen, dann huschte ihr Blick zur Seite. «Vielen Dank?»

Jepp. Wenn ihr Dank wie eine Frage klang, hatte er es ganz eindeutig verbockt. Er war so außer Übung, was Verabredungen anging. Und selbst als er noch aktiver gewesen war, hatte man ihn kaum als souverän oder charmant bezeichnen können.

«Mittagessen?» Er wippte nervös mit dem Fuß. «*What A Pickle* sollte um diese Zeit nicht allzu voll sein. Aber wenn Sie nur einen Kaffee möchten, könnten wir uns den und ein Croissant im *Busy Bean* gönnen.» Er hätte sich am liebsten selbst geohrfeigt, weil er ihr die Restaurants

47

aufzählte, als wohnte sie nicht selbst in der Stadt. «*Pizza My Heart*? Oder mexikanisch im *Guac On*? Wonach steht Ihnen der Sinn?»

Kein Wunder, dass er Single war. Ehrlich. Wieso schaltete er nicht einfach in den Höhlenmenschenmodus und zerrte sie …?

«Pizza klingt gut.»

Er stieß den Atem aus und wiederholte ihre Antwort im Kopf, um zu verifizieren, dass er sich nicht verhört hatte.

«Sind Sie sich sicher, dass Sie eine Weile schließen können? Ich möchte auf keinen Fall …»

«Ja. Sicher. Ich meine. Ich bin mir sicher.» Konnte ihn bitte jemand erschießen?

Sie stieß ein Geräusch aus, das verdächtig nach einem Lachen klang. «Okay. Bereit, wann immer Sie es sind.»

Er stand auf und speicherte das Dokument, das er bearbeitet hatte, dann schnappte er sich seine Schlüssel vom Tisch. Er tastete nach seiner hinteren Hosentasche und bejubelte sich selbst dafür, dass er am Morgen an seinen Geldbeutel gedacht hatte.

Lächelnd trat er um den Tisch. «Nach Ihnen, Ma'am.»

«Ich habe dem Mittagessen zwar schon zugestimmt, aber wenn Sie nicht aufhören, mich Ma'am zu nennen, muss ich noch mal darüber nachdenken.» Sie lächelte amüsiert. «Ich weiß, dass es eine in den Südstaaten übliche, respektvolle Anrede ist, aber ich fühle mich dabei uralt.»

Er folgte ihr zum Ausgang. «Ja, Ma'am.»

Oh, um Himmels willen … Er wandte ihr den Rücken zu, schloss die Türflügel und verriegelte sie. Er öffnete den Mund, um sich für seinen Ausrutscher zu entschuldigen, doch sie lachte.

Lachte. Als hätte er einen Witz gemacht, statt sich wie ein Trottel zu benehmen. Wohlklingend und sorglos erinnerte ihn das Geräusch an das Windspiel, das seine Großmutter im Sommer immer auf die Veranda gehängt hatte. Gott, wie er dieses kleine Glockenspiel und sein beruhigendes Gebimmel geliebt hatte.

«Sehr witzig.» Sie hielt inne. «Sir.»

Okay, er hatte verstanden. «Touché.»

Sie gingen auf dem gepflasterten Bürgersteig Richtung Innenstadt. Die Bibliothek lag am Ende der Hauptstraße, mit kleinen Geschäften auf beiden Seiten. Manchmal saß er bei offenen Türen an seinem Tisch und genoss die Aussicht auf das geschäftige Treiben. Aber er nahm nur noch selten selbst daran teil.

Touristen und Einwohner mischten sich auf den Gehwegen, an den Cafétischen und unter den farbenfrohen Markisen der Läden. Im Sommer und Herbst würde es noch voller werden, aber auch jetzt, zu Beginn des Frühlings, waren schon einige Leute unterwegs. Die pinken Blütenblätter der Kirschbäume fielen allmählich herab und verteilten sich mit dem Wind. In den Blumenkästen um sie herum wuchsen immer noch winterliche Stiefmütterchen. In ein paar Wochen würde der Gartenclub sie gegen Ringelblumen, Zinnien, Begonien und Springkraut austauschen. An den historischen schmiedeeisernen Laternen zwischen den Bäumen hing pastellfarbene Osterdekoration.

Es war knapp über zwanzig Grad warm, doch dank der Sonne, die vom wolkenlosen Himmel strahlte, wirkte es wärmer, beinahe schwül. «Ich könnte mich vielleicht an diese Sache mit dem ‹Draußensein› gewöhnen.»

Sie lachte. Er hatte einen echten Lauf. Fantastisch.

«Sie kommen wohl nicht oft aus der Bibliothek raus?»

«Nicht so oft, wie ich möchte.»

Sie hatten das Ende der Straße erreicht. In der Seitenstraße zur Linken gab es eine Kneipe, Bäckereien, Süßigkeitenläden und eine Eisdiele. Vielleicht konnte er sie nach der Pizza zu einem Eisbecher oder einer Waffel überreden. Sie bogen nach rechts ab. An dieser Straße lagen mehrere Restaurants. Er atmete die verschiedenen Düfte ein: Cajun-Gewürze, gebratenes Hühnchen, frisch gemahlener Kaffee, gegrillte Burger und … ah, italienisch. *Pizza My Heart* lag ungefähr auf halber Höhe.

Er hielt ihr die Tür auf, und sie lächelte dankbar.

Mehrere Tische und Sitznischen waren besetzt, doch es gab noch genügend freie Plätze. Mit einem schnellen Blick durch die Hintertür auf die Terrasse entdeckte er weitere Tische mit Sonnenschirmen. Nur die Hälfte war besetzt.

«Wollen wir draußen essen?», fragte er.

«Definitiv. Das Wetter ist so schön heute.»

Sie stellten sich an, um zu bestellen. Der Boden war in einem grün-weißen Karomuster gefliest, und über der halbhohen Wandverkleidung hingen Bilder von Italien an den rot gestrichenen Wänden. Über dem Tresen an der hinteren Wand prangte die Speisekarte. Sheldon kniff nachdenklich die Augen zusammen. Ihm war gar nicht bewusst gewesen, wie hungrig er war, bis er das Essen hier gerochen hatte.

«Ernste Frage: einzelne Stücke oder eine ganze Pizza?»
Er könnte eine halbe Pizza verdrücken.

Sie lachte. Schon wieder. Sein dämliches Herz raste vor Freude.

«Ähm, ich weiß nicht. Jetzt, wo wir hier sind, habe ich richtig Hunger. Und was den Belag angeht ... Ich esse alles außer Fisch.»

Er lachte. «Dito. Dreißig Zentimeter Durchmesser, mit allem? Außer Sardellen.»

Sie nickte.

Als sie drankamen, warf sich Sal, der Besitzer, ein Handtuch über die Schulter. Auf seiner weißen Schürze leuchteten rote Soßenflecken, Hände und Arme waren weiß gepudert von Mehl.

Er kratzte sich den kahlen Kopf und musterte die beiden. «Ich wusste gar nicht, dass Sie miteinander ausgehen.»

Sheldon versuchte, eine angemessene Antwort zu finden, doch bevor er etwas sagen konnte, lachte Rosemary los. Ein Prusten, das sie offenbar nicht zurückhalten konnte. Laut. Sie hielt inne, sah ihn an und lachte wieder. Unkontrolliert, hemmungslos – als wäre die Vorstellung, mit ihm zusammen zu sein, vollkommen lächerlich.

Sie presste sich die Hand auf die Brust. «Tut mir leid.» Mit der anderen Hand fächelte sie sich Luft zu, nur um sofort wieder hysterisch zu kichern. «Wirklich, es tut mir leid. Mir ist nur gerade klargeworden, was hier vor sich geht.»

Vielleicht konnte sie es ihm verraten? Als sie jedoch nichts weiter sagte, richtete er seine Aufmerksamkeit wieder auf Sal, bestellte die Pizza und zwei Eistee und zahlte. Sie konnte währenddessen einfach nicht aufhören zu lachen.

Sal reichte Sheldon das Nummernhütchen für den Tisch und musterte Rosemary mit einem irritierten Blick. «Viel Spaß noch.»

Sie fächelte sich noch einmal Luft zu, seufzte und wandte sich der Terrasse zu.

Sheldon folgte Rosemary nach draußen und setzte sich ihr gegenüber an einen Tisch am Rand. «Ich vermute, mit mir auszugehen, kommt für Sie nicht infrage?» Ehrlich, er war sich nicht sicher, ob er beleidigt, genervt oder am Boden zerstört sein sollte. Vielleicht alles gleichzeitig.

«Nein, darum geht es nicht.» Sie atmete tief durch, als versuchte sie, sich wieder in den Griff zu bekommen. Ihre Brille rutschte auf ihrer kecken Nase nach unten. «Die Mädchen ...», erklärte sie ruhiger. «Das Makeover und ihr Drängen, dass ich die Bibliothek besuchen soll? Ich glaube, sie versuchen, uns zusammenzubringen.»

Sheldon blinzelte.

«Sie wissen schon ... verkuppeln?»

«Oh.» Er richtete sich auf seinem Stuhl auf. «Oh», murmelte er noch mal, als die Erkenntnis langsam zu ihm durchdrang. Tja, das war wirklich eine Überraschung.

Die Kellnerin kam vorbei, um Teller, Servietten, Besteck und den Eistee zu bringen.

Rosemary dankte ihr, dann rückte sie ihre Brille zurecht.

«Nun, in diesem Fall fühle ich mich geehrt.» Er musterte ihre vom Lachen geröteten Wangen, dann fing er ihren Blick ein. Ihre Augen waren von einem tiefen, dunklen Braun. «Sie sind ihre liebste Lehrerin. Ich finde es recht schmeichelhaft, dass sie ausgerechnet mich für Sie auserwählt haben.»

Rosemary stützte einen Ellbogen auf den Tisch und ließ den Kopf in die Hand sinken. «Es sind wirklich süße Mädchen. Ich verstehe nur nicht, was in die drei gefahren ist.»

«Sie wollen Sie einfach glücklich sehen, da bin ich mir sicher.» Er verschränkte die Arme auf dem Tisch. «Ich wollte Sie schon länger um eine Verabredung bitten.»

Ooops. Die Nervosität, die Rosemarys Gegenwart in ihm auslöste, schien ihm jeden Filter geraubt zu haben.

Sie legte den Kopf schief, dann senkte sie offensichtlich verwirrt den Blick und spielte an ihrer Serviette herum. «Warum haben Sie es nicht getan?»

Gute Frage. «Ich hatte den Eindruck, Sie würden mich nicht mögen.» Er kniff die Augen zusammen und seufzte. Dämlich! «Das habe ich vielleicht falsch ausgedrückt.»

Die Kellnerin stellte die Pizza auf den Tisch und verschwand wieder.

Sie starrten beide das Essen an, bis er schließlich die Initiative ergriff und jedem zwei Stücke auf den Teller legte.

«Ich mag dich.»

Er hob ruckartig den Kopf und starrte sie an.

Sie runzelte die Stirn, ihr Gesichtsausdruck wirkte hin- und hergerissen. «Hättest du mich gefragt, hätte ich Ja gesagt.»

«Wirklich?» Hatte er ihr Verhalten etwa die ganze Zeit falsch interpretiert?

«Es ist nur ...» Sie schluckte schwer, dann sah sie zur Seite. «Um die Bibliothek ist es nicht gut bestellt. Das weißt du. Jeder weiß es. Aber es scheint dich nicht zu interessieren.»

Wut sorgte dafür, dass seine Schläfen pulsierten. Doch er war nicht wütend auf sie, sondern auf die Gesamtsituation. «Es interessiert mich. Es sind alle anderen in der Stadt, die sich einen Dreck darum scheren.» Den anderen Einwohnern fiel es leicht, über ihn zu urteilen. Die Last dieses Familienvermächtnisses lag nicht auf ihren Schultern. Sie mussten die nötige Arbeit nicht leisten. «Mir sind die Hände gebunden, und ich tue, was ich kann. Viel Hilfe bekomme ich dabei nicht.»

Sie schien darüber nachzudenken, während sie den ersten Bissen nahm. «Ich habe heute meine Hilfe angeboten, aber du hast abgelehnt.»

Der Stolz, sein größter Gegner. «Auch wenn ich das sehr zu schätzen weiß, das war nicht die Art von Hilfe, die ich gerade gemeint habe. Du solltest keine Bücher kaufen, und deine Schülerinnen sollte keine Zwangsarbeit leisten müssen.»

«Es ist keine Zwangsarbeit, sondern freiwillige Hilfe. Und es wäre gut für sie.»

Aus diesem Blickwinkel hatte er das noch nicht betrachtet. «Guter Punkt. Ich werde mit ihnen reden und darüber nachdenken.»

Sie aßen drei Viertel der Pizza auf und nahmen den Rest in einem Karton mit. Auf dem Weg zurück zur Bibliothek herrschte Schweigen. Sheldon suchte nach einer

Möglichkeit, die Stimmung zwischen ihnen wieder etwas aufzuheitern.

Sie stoppte neben ihrem Auto und lächelte ihn an. «Vielen Dank für das Mittagessen. Es war wirklich lecker.»

«War mir ein Vergnügen. Pizza ist meine liebste Lebensmittelgruppe.»

Sie brummte leise. «Streng genommen ist es eine Kombination aus allen Lebensmittelgruppen.»

«Und genau deswegen bist *du* die Lehrerin.»

Ihr Lachen verklang langsam, bis nur ein Grinsen zurückblieb. Ihm wurde bewusst, dass er sie öfter zum Lachen bringen wollte. Wann immer es ihm möglich war. Sie sah wirklich schön aus mit der Mittagssonne auf dem Gesicht und dem Leuchten in ihren Augen. Er mochte ihren Sinn für Humor und ihre ruhige, unaufdringliche Persönlichkeit.

Sie streckte die Hand nach dem Türgriff aus, und er verfiel in Panik.

«Geh mit mir aus!» Jesses Maria. Er hob das Gesicht zum Himmel. «Ich wollte das als Frage formulieren, wirklich. Du machst mich nervös.» Er sollte sich einfach Panzerband über den Mund kleben.

«Wieso mache ich dich nervös?»

Liebenswerterweise wirkte Rosemary ehrlich verwirrt.

«Weil ich dich mag.» Sie stellte irre Dinge mit seinem Pulsschlag an und erinnerte ihn irgendwie mühelos daran, dass er tatsächlich am Leben war. «Würdest du bitte ein Date mit mir in Erwägung ziehen?»

Ihr Lächeln blühte langsam auf und sah entzückend aus. «Ja.»

KAPITEL 3

Rosemary musterte sich im Badezimmerspiegel und presste eine Hand auf ihren Bauch, um ihre Nerven zu beruhigen. Ihre neuen Outfits waren gestern geliefert worden, und ihr Optiker hatte erklärt, dass sie problemlos Kontaktlinsen ausprobieren konnte. Sie hatte sie die letzten drei Tage lang ab morgens getragen und erst abends ihre neue Brille aufgesetzt. Außerdem hatte sie die Schminktipps der Mädchen angewandt und festgestellt, dass es tatsächlich viel einfacher war, als sie gedacht hatte. Sie war immer noch sie selbst, nur eine frischere, modernere Version. Die subtilen Veränderungen hatten ihr Selbstbewusstsein gestärkt.

Bis jetzt.

In der Vergangenheit hatte Rosemary nicht groß über Sheldon Brown oder ein Date mit ihm nachgedacht. Selbst in der Highschool hatten sie sich nicht oft unterhalten und waren auch nicht in denselben Kreisen unterwegs gewesen. Eigentlich war sie ihm immer nur in der Bibliothek begegnet, und ehrlich gesagt hatte sie sich stets ziemlich darüber aufgeregt, wie er dieses atemberaubende Wahrzeichen der Stadt verkommen ließ. Doch seine Andeutungen letztes Wochenende ließen sie inzwischen vermuten, dass er sich wirklich bemühte und sie sich vielleicht irrte. Sie würde ihm heute Abend weitere Fragen dazu stellen.

Himmel. Ein Date. Das hatte sie seit einiger Zeit nicht mehr erlebt. Sie kannte Sheldon, war zusammen mit ihm in derselben kleinen Stadt aufgewachsen, aber sie wusste nicht viel über ihn. Sie waren beide eher Menschen, die für sich blieben und nicht in den Fokus des Tratsches gerieten.

Sie hatten Telefonnummern und E-Mail-Adressen ausgetauscht, bevor sie sich nach dem Mittagessen voneinander verabschiedet hatten. Er hatte nicht angerufen, ihr aber am Montag unerwartet eine Mail geschrieben. Dies war der Anfang eines unterhaltsamen Hin und Hers gewesen, das sich über die ganze Woche gezogen hatte und geprägt war von Witzeleien über alles Mögliche: von den Eigenheiten der Stadt bis zu ihren Lieblingsbüchern. Dadurch hatte sie ein wenig mehr über seinen Charakter erfahren. Aber der Austausch über den Computer war etwas vollkommen anderes als eine persönliche Begegnung.

Er konnte jede Minute auftauchen, um sie abzuholen. Sie hatte das neue rote Kleid angezogen, das Scarlett ausgesucht hatte, fragte sich aber inzwischen, ob sie es damit nicht übertrieb. Sie hatte keine Ahnung, wohin er sie ausführen wollte.

Sie warf einen Blick zu Poe, der auf dem geschlossenen Toilettendeckel saß und nur gelangweilt blinzelte. «Sehe ich okay aus?»

Wenn Katzen die Augen verdrehen könnten, hätte er es getan. Er sprang auf den Boden und schlenderte aus dem Bad.

«Na danke.» Vielleicht hatte sie sich zu schick gemacht?

Die Türglocke klingelte. Sie umklammerte den Rand

des Schminktisches, weil ihr Magen einen Sprung machte. «Oh Mann.»

Sie atmete noch einmal tief durch, dann wappnete sie sich, um die Tür zu öffnen.

Sheldon trug eine beige Stoffhose und ein langärmliges blaues Anzughemd, also war sie vielleicht doch angemessen gekleidet. Sein sandblondes Haar war ordentlich gekämmt, statt wie üblich in alle Richtungen abzustehen. Braune Augen mit grünen und blauen Flecken starrten sie durch eine schwarze Brille an, glitten langsam über ihren ganzen Körper.

Er stand scheinbar erstarrt auf der Veranda. Nur der Blumenstrauß in seiner Hand zitterte leicht. «Wow. Du siehst toll aus.»

Hitze flutete ihre Wangen. «Vielen Dank.»

«Hier. Für dich.» Er reichte ihr den Strauß.

«Wie hübsch. Danke.» Sie winkte ihn ins Haus und schloss die Tür hinter ihm. «Ich stelle die Blumen schnell ins Wasser.»

Er folgte ihr in die Küche, wo er sich gegen die Arbeitsplatte lehnte, während sie eine Vase füllte und die Stängel anschnitt. Tausendschönchen, Nelken in diversen Farben, ein paar Lilien und Farnwedel fanden nacheinander ihren Platz. Ein fröhliches Bouquet.

«Ich liebe Lilien. Das sind meine Lieblingsblumen. Noch mal danke.»

«Das werde ich mir merken. Und gern geschehen.» Er hielt inne. «Wo ist deine Brille?»

«Oh.» Sie lachte atemlos und hob die Hand, als müsste sie eine Brille nach oben schieben, die sie nicht trug. «Die Mädchen haben mich zu Kontaktlinsen überredet.

Ich gewöhne mich gerade daran.» Sie stellte die Vase auf den Tisch.

«Du siehst mit oder ohne Brille fantastisch aus.»

Wow. War er heute Abend nicht wirklich charmant? «Danke.» Sie sah sich um. «Bist du bereit?»

«Ja, Ma'am.» Er schloss die Augen und brummte. «Mein Fehler. *Rosemary*.»

Sie lächelte ihn an. Er war auf eine unerwartete Art gut aussehend – eine Art, die vielen anderen Frauen wahrscheinlich nicht auffiel. Schlanker, fast athletischer Körperbau. Und er war ein gutes Stück größer als sie, womit er wahrscheinlich an den ein Meter achtzig kratzte. Ein breiter Mund über einem kantigen Kinn, auf dem blonde Stoppeln glänzten, und eine aristokratische Nase. Und dann waren da noch seine Augen. Freundlich und ausdrucksvoll. Gütig.

Er hielt ihr sogar die Autotür auf, als sie sich auf den Beifahrersitz sinken ließ, dann umrundete er den Wagen und setzte sich hinters Lenkrad. «Ich hoffe, du hast Hunger.»

«Habe ich.» Während der Fahrt musterte sie sein Profil, aber seine Miene war nicht zu durchschauen. «Wo gehen wir hin?»

Er stieß ein Lachen aus. «Das hätte ich wahrscheinlich erwähnen sollen. Tut mir leid. Ich dachte, wir könnten eine Dinner-Fahrt auf dem Fluss machen. Ist das okay?» Dann murmelte er leise: «Wäre wahrscheinlich clever gewesen, wenn ich vorher gefragt hätte, ob du seekrank wirst.»

Sie vermutete, dass sie ihn immer noch nervös machte, was sie heute genauso beruhigte, wie es letzten Samstag der Fall gewesen war. «Das wollte ich immer schon mal machen, bin aber irgendwie nie dazu gekommen. Klingt toll. Und nein, ich werde nicht seekrank.»

Er seufzte in offensichtlicher Erleichterung. «Gut.»

Er fuhr ans andere Ende der Stadt und zum Flussufer, dann parkte er auf dem Parkplatz für die Flusskreuzfahrten. Zwei große Boote warteten am Ufer. Sie schwankten im flachen Wasser, die Beleuchtung an Deck ein fahles Gelb vor den letzten pink- und orangefarbenen Streifen des Sonnenuntergangs am Horizont. Eines der Boote wurde für Dinner- und Tagestouren eingesetzt und war zwei Stockwerke hoch. Das andere bot mit einer Tanzfläche und großer Cocktailbar Party-Freunden eine Anlaufstelle. Es hatte drei Stockwerke und wurde auch oft für Hochzeiten oder andere Feiern gebucht.

Es roch nach frischem Wasser und Fisch, als sie den Steg betraten und sich in der Reihe vor dem Boot anstellten. Die Leute unterhielten sich aufgeregt. Die meisten sahen aus wie Touristen, gekleidet in T-Shirts und Shorts. Rosemary entdeckte niemanden aus der Stadt, aber sie kannte auch nicht jeden. Eine warme Brise vertrieb einen Teil der Schwüle, und Glühwürmchen blinkten im hohen Gras des Ufers.

«Eine schöne Nacht», kommentierte sie.

«Dem kann ich nur zustimmen.» Er hob das Gesicht zum sich verdunkelnden Himmel. «Scheint mir eine gute Idee, das hier zu machen, bevor der Sommer wirklich anbricht und es zu heiß wird.»

«Stimmt.»

Sobald sie das Boot betreten hatten, sahen sie sich im unteren Stockwerk um, in dem es einen kleinen Souvenirladen, ein Café und eine Bar gab.

Sheldon zog eine Tourismusbroschüre aus einem Ständer und brummte, bevor er ihr Bürgermeister Gunner Davis' Brief zeigte, der von mehreren Fotos ihres Städtchens flankiert wurde. «Ich kann mich nicht erinnern, wann die Bibliothek das letzte Mal so gut ausgesehen hat. Das Foto muss aus der Zeit meines Urgroßvaters stammen.»

Sie musterte das Bild. «Ich kann keinen Park im Hintergrund sehen, also hast du wahrscheinlich recht.»

Sie wanderten nach oben und zu einem Zweiertisch am Fenster. Auf dem weißen Tischtuch mit einer kleinen Laterne darauf warteten bereits Besteck und Stoffservietten auf sie. Lichterketten zogen sich kreuz und quer über die Decke, und die Wände waren mit Fischernetzen und Ankern dekoriert. Jede Menge poliertes Holz, eine gemütliche Atmosphäre. Es gefiel ihr hier.

Während Sheldon die Karte musterte, beobachtete Rosemary einfach nur den Sonnenuntergang. Das tat sie bei Weitem nicht oft genug.

Ein Kellner in schwarzer Hose, weißem Hemd und schwarzer Fliege erschien an ihrem Tisch. Er brachte eine Karaffe mit Eiswasser und erkundigte sich nach ihren Getränkewünschen. Sie bestellten eine Flasche Wein.

Das Boot setzte sich in Bewegung, also vertiefte sie sich in die Speisekarte, die eine Auswahl an verschiedenen Steaks und Fischgerichten bot. Letztendlich entschied sie sich für den gegrillten Lachs mit Spargel und Röstkartoffeln. Sheldon bestellte ein Ribeye-Steak mit Kartoffelbrei und Okraschoten.

Er goss ihnen beiden Wein ein – Pinot Noir – und legte sich die Serviette auf den Schoß. «Wolltest du immer schon Lehrerin werden?»

«Ja.» Rosemary überlegte, wie sie das Gespräch in Richtung Bibliothek lenken konnte, ohne zu weit zu gehen. Sheldon schien eine Hassliebe zu dem Gebäude zu hegen. «Ich habe auch über andere Berufe nachgedacht, aber letztendlich war das meine Berufung. Was ist mit dir? Wolltest du immer Bibliothekar werden?»

Er brummte nachdenklich und nippte an seinem Wein. «Ja und nein. Ich liebe Literatur, mein gesamter Stammbaum ist voller Bibliophiler. Aber im Grunde hatte ich eigentlich keine andere Wahl, als die Bibliothek zu übernehmen.»

Ah, jetzt kamen sie voran. «Wieso nicht?»

Ein Achselzucken, dann lehnte er sich in seinem Stuhl zurück. «Sie ist das Familienvermächtnis. Ich bin ein Einzelkind und somit der einzige Erbe. Auch wenn ich meinen Job und Bücher liebe, ist es manchmal ein erdrückendes Gefühl. Eigentlich würde ich eines Tages gerne reisen und all die Orte sehen, von denen ich bisher nur gelesen habe, aber ich bin durch die Bibliothek gebunden.»

Sie nickte verständnisvoll. «Warum stellst du niemanden ein?»

«Kein Geld.» Er schüttelte langsam den Kopf. Offensichtlich wägte er seine nächsten Worte sorgfältig ab. Einen Augenblick später lehnte er sich vor und nahm die Brille ab, um sich die Augen zu reiben. Sein Blick blieb auf den Tisch gerichtet, als er sich das Gestell wieder auf die Nase schob, und seine ganze Haltung wirkte niedergeschlagen. «Die Bibliothek ist pleite. Da wir eine private Sammlung sind, haben wir keinen Anspruch auf Zuschüsse aus Steuergeldern, wie es bei öffentlichen Institutionen der Fall wäre. Wir sind von Spenden abhängig, und davon bekommen wir nicht viele. Der Treuhandfonds ist schon seit langer Zeit leer. Ich zahle alles selbst. Und ich kann keinen Job annehmen, den ich nicht in der Bibliothek erledigen kann, weil wir sonst schließen müssten. Ich habe einen Haufen Probleme geerbt – dringend nötige Reparaturen und veraltete Ausstattung –, aber keinerlei Geld, um diese Probleme zu lösen. Abgesehen von verirrten Touristen und den Bookish Belles haben wir kaum Besucher. Ich ...» Er rieb sich seufzend den Nacken, seine Miene erschöpft. «Ich kann so einfach nicht weitermachen. Und ich habe keine Nachkommen. Ein Teil von mir will die Bibliothek jemand anderem übertragen, aber damit würde ich ein ganzes Jahrhundert an Vorfahren und die Stadt enttäuschen. Es ist wie bei dieser Maus, die auf der Jagd nach dem Käse immer im Kreis läuft ... nur dass kein Käse mehr an der Schnur hängt. Ich weiß nicht. Ich weiß es einfach nicht mehr. Es ist sinnlos.»

Lieber Himmel, sie hatte ja keine Ahnung von den Problemen gehabt, denen er sich gegenübersah. Ihre Brust wurde eng, und ihr Magen verkrampfte sich. Sie war nicht besser gewesen als die Klatschbasen in der Stadt und hatte es nur für eine Schande gehalten, dass die Bibliothek so verkam. Sie hatte gedacht, ihm wäre der ideelle Wert vollkommen egal. Hätte Sheldon sich wirklich nicht für die Bibliothek interessiert, wäre er nicht jeden Tag wieder aufgetaucht und hätte getan, was er eben tun konnte. Er hätte das Gebäude einfach verkaufen und sein Leben leben können. Die Bibliothek gehörte ihm. Er konnte damit anstellen, was auch immer er wollte.

Der Kellner brachte das Essen.

Sobald er sich wieder entfernt hatte, sah Rosemary Sheldon an. «Ich finde es bewundernswert, was du tust.»

Der Blick, den er ihr schenkte, war so hoffnungsvoll, dass es ihr fast das Herz brach.

«Die Geschichte deiner Familie und der Bibliothek in Ehren zu halten, ist wichtig, und du bemühst dich sehr. Vielleicht fallen uns gemeinsam noch ein paar Dinge ein, die helfen könnten.»

«Im Moment wäre jede Kleinigkeit hilfreich, aber ich will das weder dir noch anderen aufhalsen.» Er schnitt sein Steak und schob sich einen Bissen in den Mund.

«Ich habe meine Hilfe selbst angeboten, also halst du mir nichts auf. Mir ist aufgefallen, dass du keine Bibliotheksgebühr verlangst. Das wäre vielleicht ein guter Anfang.»

Er schob das Kinn vor, als wollte er ihr zustimmen. «Mein Vater fand die Idee immer entsetzlich, aber ich bin nicht dagegen. Ich habe eine E-Mail-Liste von allen, die einen Bibliotheksausweis haben. Wir könnten mit einer geringen jährlichen Gebühr für die Erneuerung des Ausweises anfangen und ein Schild auf dem Schreibtisch für alle aufstellen, deren Adressen ich nicht habe.»

«Guter Plan. Ich würde auch Ausleihfristen und Überziehungsgebühren einführen.»

Er lächelte. «Das mache ich.»

«Außerdem könntest du eine kleine Auswahl von Souvenirs für die Touristen anbieten, die die Bibliothek besuchen. Schlüsselanhänger oder Lesezeichen, die man günstig produzieren kann. Das würde zusätzlich ein bisschen Geld einbringen.»

Seine Augenbrauen wanderten nach oben, bis sie fast

den Haaransatz berührten. «Ja. Darauf bin ich gar nicht gekommen. Ich werde mich schlaumachen.»

«Okay.» Sie kostete ihr Essen, und es war wirklich lecker, der Lachs war frisch und auf den Punkt gegart, der grüne Spargel noch leicht bissfest. Die Kartoffeln waren für ihren Geschmack ein wenig zu stark gewürzt, aber sie schmeckten dennoch. «Mein Essen ist sehr lecker.»

«Meines auch. Ich hatte kein richtig gutes Steak mehr, seit mein Dad gestorben ist. Er war ein Meister am Grill.»

«Es hat mir sehr leidgetan, als ich letztes Jahr von seinem Tod hörte. Bei uns hat auch immer mein Dad gekocht. Tut er immer noch, wenn auch nur für sich und Mama.»

«O ja? Das ist toll.»

Das Interesse, das aus seiner Haltung und seinen Augen sprach, ließ darauf schließen, dass Sheldon nicht mehr so aufgewühlt war. Es freute Rosemary, dass er sich jetzt wohler fühlte und langsam mit ihr warm wurde. Er war ein angenehmer Gesprächspartner mit einem ganz eigenen Witz.

Sie aß den letzten Bissen Lachs. «Kochst du auch?»

Nickend legte er die Serviette zur Seite. «Müsli ist meine Spezialität.»

Sie lachte ehrlich amüsiert, bevor sie sich noch einen Schluck Wein gönnte.

«Und du solltest mal mein Erdnussbutter-und-Gelee-Sandwich probieren. Unschlagbar.»

«Wirklich?» Lächelnd senkte sie den Blick auf seine Hände. Bisher war ihr gar nicht aufgefallen, wie groß sie waren. Wie sexy. «Das würde ich gerne irgendwann mal tun.»

Er kniff spielerisch die Augen zusammen. «Willst du damit sagen, dass du dir ein zweites Date vorstellen könntest?»

«Ja, könnte ich. Ich habe viel Spaß mit dir.»

«Ich auch.» Sein Grinsen verklang zu einem Lächeln. «Ich glaube, deine Schülerinnen hatten den richtigen Riecher. Tut mir leid, dass ich dich nicht früher um eine Verabredung gebeten habe.»

«Jetzt sind wir ja hier.»

«Das sind wir in der Tat.» Er stieß mit ihr an. «Wie wäre es mit einem Spaziergang auf dem Deck?»

«Gerne.»

Sie verließen den Speisesaal und stiegen aufs Oberdeck, wo sie sich eine Bank am Bug sicherten. Es waren noch andere Gäste hier, aber es war dennoch ruhig. Friedlich.

Das sanfte Schaukeln des langsamen Bootes wirkte hypnotisch und entspannend. Zu ihrer Linken war das Ufer, an dem sie immer wieder kurze Blicke auf Vallantine erhaschen konnten. Rechts öffnete sich das Wasser etwas weiter, dort am Ufer wuchsen Schilf, hohes Gras und Seerosen. So wie es aussah, hatte das Schiff bereits gedreht und die Rückfahrt angetreten.

Die Sterne funkelten am marineblauen Himmel, zu viele, um sie zu zählen. Sie betrachteten den Nachthimmel in zufriedenem Schweigen. Es war schön, mit einer Person zusammen zu sein, die nicht den Drang verspürte, Stille mit unnötigen Worten zu füllen. Man konnte auch ohne Worte so viel sagen. Sein Schweigen sorgte dafür, dass sie ihn nur umso mehr mochte.

Nach einer Weile hob er den Arm und legte ihn über

die Lehne der Bank hinter ihr. Aber die Bewegung wirkte nicht wie ein cleverer Move, sondern lediglich, als suchte er nach einer bequemeren Position. Er hielt den Blick abgewandt und sah zur Stadt. Erneut musterte Rosemary sein Profil. Sehr attraktiv. Kantiges Kinn und lange Wimpern. Volle Lippen. Er roch leicht nach Aftershave, Kieferndurft und etwas vage Vertrautem, das sie gerade nicht benennen konnte. Papier oder Bücher vielleicht. Zweifellos, weil er sich so viel in der Bibliothek aufhielt.

Er strich ihr geistesabwesend mit dem Daumen über den Oberarm. Zärtlich. Die Berührung war leicht, wie um ihn oder sie zu beruhigen. Sheldon schien sich seiner Handlung gar nicht bewusst zu sein, doch es ließ Erregung durch ihren Körper prickeln. Ihr gefiel seine Subtilität. Seine körperliche Erscheinung. Seine Ehrlichkeit. Er besaß ein Charisma, das sie an die Schauspieler in alten Klassikern erinnerte. James Stewart oder Cary Grant. Sie erschauerte, obwohl ihr Gesicht und ihr Innerstes glühten.

«Ist dir …» Er drehte den Kopf, und ihre Nasen berührten sich. «… kalt», beendete er seinen Satz, allerdings nicht mehr als Frage, sondern flüsternd. Sein warmer Atem glitt über ihre Wangen, roch leicht nach Wein. Sein ausdrucksvoller dunkler Blick huschte zwischen ihren Augen hin und her, das Interesse darin war nicht zu übersehen. Das Blau und Grau und Grün und Braun in seinen Augen verband sich zu einer atemberaubenden Mischung.

«Mir ist nicht kalt.» Ganz im Gegenteil.

«Küsst du beim ersten Date, Rosemary?»

Grundgütiger, wie er ihren Namen aussprach. Tief,

besitzergreifend, ohne übergriffig zu klingen, und mit einem rauen Unterton, der Intimität suggerierte. Sie fand keine Worte, also nickte sie nur.

«Gut. Das ist gut. Weil ich dich jetzt küssen werde.»

Sie wusste nicht, ob er sich selbst oder sie vorwarnen wollte, doch sie fand es erregend und süß, dass er ...

Er presste die Lippen auf ihre. Sanft. Zärtlich. Eine leichte Berührung, dann ein Streichen, das jedes Neuron in ihrem Körper feuern ließ und alle Gedanken zu Staub verbrannte.

Rosemary seufzte zufrieden.

Scheinbar deutete er das Geräusch, wie von ihr beabsichtigt, als Zustimmung, weil er eine Hand in ihrem Haar vergrub und die andere an ihre Wange legte. Er neigte den Kopf und küsste sie etwas fester, brachte sie mit sanftem Druck dazu, ihre Lippen zu öffnen, und ihre Zungenspitzen berührten sich. Nach dem ersten Kontakt vertiefte er den Kuss. Ließ seine Zunge kreisen, einmal, mehrmals.

Mehr, mehr, mehr.

Ja. O wow, *ja*. Sie stöhnte leise. Ihre Hände suchten nach Halt und fanden Sheldons Schultern. So breit. Stark. Sie vergrub die Finger im Stoff seines Hemdes. Er war gut. Zärtlich, verführerisch. Erfahren genug, um gewisse Fähigkeiten zu besitzen, aber bescheiden genug, nicht damit anzugeben. Er ließ sich Zeit, ihre Vorlieben zu erspüren. Erkundete sie. Und brachte sie damit vor Verlangen fast um den Verstand.

Er stöhnte ebenfalls, dann zog er sich zurück und presste die Stirn an ihre. «Das war so heiß, dass meine Brille beschlagen ist.»

Sie lachte atemlos, die Augen immer noch geschlossen. «Ja, war es.»

Später brachte er sie nach Hause, sie planten, bald wieder miteinander auszugehen. Und mit der Euphorie, die er in ihr entzündet hatte, rauschte sie durch den folgenden Morgen.

Sie stürzte sich aufgedreht, fast glückselig, in den nächsten Tag, entschlossen, Sheldon bei der Rettung der Bibliothek zu unterstützen. Ihr kamen Ideen für die Reparaturen, die er gestern beim Essen erwähnt – und die sie ihm bei der Fahrt nach Hause aus der Nase gezogen – hatte, noch bevor ihr Kaffee fertig durchgelaufen war.

Mit einem Reisebecher voller Kaffee in der Hand marschierte Rosemary in den Farbenladen *Brush Hour* und sah sich nach Zeke um. Sein Sohn ging bei ihr in die siebte Klasse. Sie entdeckte ihn an der linken Wand, scheinbar mit der Inventur beschäftigt. Er trug mit Farbe bekleckste Jeans, ein weißes T-Shirt und eine umgedrehte Baseballkappe auf dem Kopf, unter der dunkles Haar hervorlugte.

«Hey, Zeke.»

Er drehte sich um, ein Klemmbrett in der Hand. Seine Augen wurden groß. «Ms. Fillmore. Was hat Beau jetzt angestellt?»

Sie lächelte. «Sie können mich außerhalb des Klassenzimmers gerne Rosemary nennen.» Das hatte sie ihm schon mehrfach angeboten. «Und er hat absolut nichts getan.» Heute zumindest. «Ich bin hier, weil ich Sie um einen Gefallen bitten möchte.»

«Ma'am, jemand, der sich den ganzen Tag mit meinem Jungen rumschlagen kann, bekommt alles von mir, was er will. Sie müssen es nur sagen.»

Zumindest wussten die Eltern ihrer Schüler sie zu schätzen. «Tatsächlich geht es um einen Gefallen für die Bibliothek. Ich möchte dort helfen. Eine Frage: Wenn Leute speziell gemischte Farbe bestellen und sie nicht abholen – oder zurückbringen –, was tun Sie dann damit?»

Zeke schnaubte und deutete auf ein deckenhohes Regal, in dem sich unzählige Fünf-Liter-Eimer stapelten. «Manche der Farben sind so schrecklich, dass ich sie entsorge. Andere verkaufe ich mit einem ordentlichen Preisnachlass. Warum?»

«Die Innenwände der Bibliothek müssten mal wieder gestrichen werden, genauso wie die Regale. Haben Sie etwas, was ... nicht allzu schrecklich ist?»

«Lassen Sie uns nachschauen.» Zeke zog eine Leiter heran. Gemeinsam gingen sie die Möglichkeiten durch. Letztendlich entschieden sie sich für ein helles Blau für die Wände und ein Graugrün für die Regale, weil von beiden Farben genug da war und sie sich gut ergänzten. «Wissen Sie was? Die Mertons haben die Arbeiten in ihrer Küche verschoben, weil ein Schrank erst später geliefert wird. Ich spende gerne die Farbe und meine Zeit.»

Wow. «Wirklich?»

«Ja, Ma'am. Ich freu mich, wenn ich helfen kann. Sollte mich weniger als zwei Tage kosten. Und außerdem helfen Sie mir, einen Teil der Ware aus den Regalen zu bekommen.»

«Vielen, vielen Dank!»

Gary von der Klempnerfirma war genauso hilfreich. Er erklärte sofort, er könne das tropfende Waschbecken und die Dichtung der Toilette in weniger als einer Stunde mit übrig gebliebenen Teilen reparieren, die er noch im

Wagen hatte – und zwar umsonst. Jen vom Elternausschuss kündigte an, eine Mail herumzuschicken und die Eltern um Bücherspenden zu bitten. Betty vom Gartenclub wollte die Mitglieder darum bitten, die Pflanzen zu spenden, die sie aus ihren Beeten ausgedünnt hatten, um sie vor der Veranda der Bibliothek einzupflanzen. Josephine, die Schreinerin, erklärte, sie würde aus übrig gebliebenem Holz eine große Spendenbox für Bücher und eine kleinere Kiste für Geldspenden bauen und vor der Bibliothek anbringen.

Die Elektrik und die Arbeiten am Dach stellten ein größeres Problem dar. Shawn von *Zap-it* erklärte, die Bibliothek hätte eine veraltete Anlage und bräuchte eine komplette Neuinstallation mit Sicherungskasten – ein teures Unterfangen. Doch er wollte immerhin die alten Sicherungen austauschen, ein paar Glühbirnen für Sheldon wechseln und ihm einen gewissen Vorrat spenden. Natalie und Porter von der Dachdeckerfirma hatten ihr dargelegt, dass die Bibliothek ein ganz neues Dach brauchte. Anscheinend hatten sie irgendwann bereits einen Kostenvoranschlag für Sheldon erstellt. Doch Rosemary überredete sie zumindest, eine undichte Stelle auszubessern, da von anderen Projekten immer ein paar Schindeln übrig blieben.

Sie beendete ihren Nachmittag damit, in ein paar Läden kleine Dankesgeschenke für die Helfer zu kaufen. Da Sheldon sie nicht bezahlen konnte, handelten ihre Mitbürger aus reiner Freundlichkeit, und Rosemary wollte sich erkenntlich zeigen. Sie würde die Geschenke heute bei Sheldon in der Bibliothek vorbeibringen, damit er sie nächste Woche jedem geben konnte, der zum Helfen kam.

Mit einem zufriedenen Seufzer stoppte sie ihr Auto auf dem Parkplatz vor der Bibliothek. Die Fassade des zweistöckigen Gebäudes im Kolonialstil war erst letztes Jahr neu gestrichen worden. Von außen sah alles wunderbar aus. Auf der kleinen Veranda gab es zwar keine Möbel, die zum Verweilen einluden, und davor standen nur ein paar Ilexbüsche, aber es sah hübsch aus. Innen allerdings? Dort fiel langsam alles auseinander. Was sie heute in die Wege geleitet hatte, war nur oberflächliche Kosmetik, aber immerhin ein Anfang.

Sheldon hielt sich seit Jahren mehr schlecht als recht über Wasser. Es wurde langsam Zeit, dass jemand ihm Hilfe anbot. Er hatte es verdient.

Verdammt, *die Bibliothek* hatte es verdient.

Rosemary kletterte aus dem Wagen in die nachmittägliche Wärme und atmete den Duft von Kiefern und Blumen ein. Dunkle Wolken kündigten im Westen Regen an, als sie die Stufen nach oben stieg und zu der großen Doppeltür ging.

Sheldon saß hinter dem Marmortresen in der Mitte des Raums, einen Bleistift hinter dem Ohr und einen Laptop vor sich. Die schwarze Brille hing fast auf seiner Nasenspitze. Sein sandblondes Haar war verwuschelt, wahrscheinlich weil er sich mit den Fingern hindurchgefahren war. Er sah auf, dann blinzelte er, als wäre er unsicher, ob sie wirklich da war.

Dieser hinreißende Mann. «Hallo.»

«Ähm, hi.» Er straffte die Schultern, dann stand er auf und rückte seine Brille zurecht. «Waren wir verabredet?»

«Erst morgen Abend, aber ich muss dir etwas gestehen. Eigentlich sogar mehrere Dinge.» Sie hob die kleinen Geschenktüten hoch, bevor sie sie auf den Tresen stellte. Dann erzählte sie ihm, welche Einwohner der Stadt sie angesprochen hatte, wann sie jeweils in die Bibliothek kommen würden und weswegen. Je länger sie sprach, desto mehr weiteten sich seine Augen, bis sie groß waren wie Untertassen. «Das sollte sich alles gleichzeitig in der nächsten Woche erledigen lassen und den Betrieb nicht zu sehr aufhalten. Diese Geschenke sind für die Helfer, wenn du so nett wärst, die Tüten zu verteilen?»

«Wie ...?» Er rieb sich den Nacken. «Wie hast du das angestellt?»

«Im Grunde habe ich einfach gefragt.» Sie zuckte mit den Achseln. «Die wirklich großen Probleme löst das natürlich nicht ... aber zumindest werden die kleinen Reparaturen erledigt und alles ein bisschen aufgepeppt.»

Er schüttelte fast ehrfürchtig den Kopf und wirkte fassungslos. Doch dann trat er hinter dem Tisch hervor. Ohne zu zögern, ging er zu ihr, umfasste ihr Gesicht mit seinen großen, warmen Händen und küsste sie. Einfach so, mitten auf den Mund.

Er stöhnte leise, dann presste er mit geschlossenen Augen die Stirn an ihre. «Danke. Aber ich habe dir mein Leid nicht geklagt, damit du es dir auf die Schultern lädst.»

«Das tue ich nicht. Ich helfe dir nur. Dieses Gebäude ist ein Kleinod unserer Stadt und Teil unserer Geschichte. Ganz zu schweigen davon, wie sehr du dich angestrengt hast, es zu erhalten.» Sie drückte ihm einen kurzen Kuss auf die Lippen und lächelte. «Du kannst mir immer gerne einen Teil deiner Bürden aufladen.»

KAPITEL 4

Sheldon rieb sich das Gesicht, dann setzte er die Brille wieder auf. Auf dem Küchentisch stand das bestellte Essen, und im DVD-Player wartete schon ein Film auf Rosemarys Ankunft. Abendessen und ein Film. Das hatte sie sich ausgesucht. Es mochte eine seltsame Wahl für ein Date sein, aber er hatte den Vorschlag für ihre Verabredung gern akzeptiert. Sheldon war in dieser Woche keine Sekunde zur Ruhe gekommen. Doch jetzt, wo ihm endlich mal Zeit zum Durchatmen und Nachdenken blieb, fragte er sich, ob sie das nur vorgeschlagen hatte, weil sie davon ausging, dass er es sich nicht leisten konnte, sie irgendwohin einzuladen.

Wollte sie nett sein? Hatte sie Mitleid mit ihm?

Zur Hölle, er war schon die ganze Woche über leicht reizbar gewesen. Er wusste nicht, warum – abgesehen davon, dass sein Zeitplan vollkommen durcheinandergeraten war. Und zwar deswegen, weil ständig Leute aufgetaucht waren, um ihm zu helfen. Umsonst. Maler, Klempner, Elektriker, Dachdecker, Gärtnerinnen, Schreiner. Dazu war noch eine Bücherspende nach der anderen angekommen ... Sheldon schwirrte der Kopf. Er mochte Ordnung. Ruhe. Die letzten zwei Tage waren das absolute Gegenteil davon gewesen. Und statt dankbar zu sein, benahm er sich, als hätte ihm jemand den Lolli weggenommen. Er wusste die Hilfe zu schätzen, aber ... Himmel.

Es war einfach ... Nun, er fühlte sich minderwertig.

Er hatte Rosemary erzählt, wie schlimm die Dinge standen, weil sie sich tatsächlich für seine Nöte zu interessieren schien. Diese seelenvollen braunen Augen, ihre verständnisvolle, einfühlsame Art und ihr Talent, Lösungen für Probleme zu finden, hatten seine Zurückhaltung untergraben, und er hatte sich geöffnet. Er hatte diese Bürde so lange mit sich herumgeschleppt, dass er gar nicht mehr gemerkt hatte, wie sehr sie ihn inzwischen in die Knie gezwungen hatte.

Rosemary hatte nichts anderes getan, als Dinge in Ordnung zu bringen, um die er sich auch selbst hätte kümmern können ... hätte er denn den Verstand eingesetzt, den Gott ihm geschenkt hatte. Aber hatte er das getan? Nein. Er war nie auf die Idee gekommen, die Ressourcen der Stadt zu nutzen, mit den Handwerksbetrieben zu sprechen oder ... Er seufzte. Oder um Hilfe zu bitten. Stolz war manchmal wirklich eine Plage. Und da er versagt hatte, musste Rosemary das für ihn übernehmen.

Ein Teil von ihm wollte sie küssen, bis sie nicht mehr klar denken konnte, wollte den Boden anbeten, auf dem sie stand, bis sie nur noch ihn sah und sich mit niemand anderem mehr eine Zukunft vorstellen konnte. Ein anderer Teil wollte trotzig eine Grimasse ziehen, ihr den Rücken zuwenden und sich seiner bockigen Wut hingeben, weil sie versehentlich sein Ego angekratzt hatte. Letztere Variante würde in die Katastrophe führen. Und in die Einsamkeit.

Er benahm sich irrational und wusste es auch. Rosemary hatte ihre Hilfe angeboten, hatte sich engagiert, weil sie die Geschichte, die Bibliothek, das geschriebene

Wort liebte und ihn als Mann mochte. Das hatte sie sogar gesagt. Sie hatte mehr als einmal zugestimmt, mit ihm auszugehen. Sie redete mit ihm. Sie hatten sich immer wieder Mails geschrieben und miteinander telefoniert. Sie schaute ab und zu in der Bibliothek vorbei, einfach nur, um Hallo zu sagen. Das waren die Höhepunkte seiner sonst so trostlosen Existenz. Sie hatte seine Leidenschaft erwidert, als er sie geküsst hatte. Sie hatte auf ihn reagiert. Was bedeutete, dass sie ihn attraktiv fand. Und er fühlte sich auch von ihr angezogen – sogar mehr als das. Sie war freundlich und liebenswürdig und hübsch und klug. Er konnte mühelos und mit Freuden weiter diesem Pfad folgen.

Was in aller Welt also stimmte nicht mit ihm? Hatte er einfach zu viel Zeit allein verbracht? War er zu eingefahren in seiner Art? Hatte er sich so sehr auf die Bibliothek konzentriert, dass er nicht mehr über ihre Regale hinausschauen konnte?

Es klingelte an der Tür, bevor er seine Gedanken ordnen konnte.

Egal. Zumindest benahm er sich in ihrer Nähe nicht mehr wie ein kompletter Trottel. Immerhin, ein Fortschritt.

Er öffnete die Tür und zwang sich zu einem Lächeln, doch allein ihr Anblick sorgte auf der Stelle dafür, dass seine angespannten Muskeln sich lockerten. Sie trug graue Leggins und einen langen weißen Pullover, der bis auf die Mitte ihrer Oberschenkel reichte. Ihr Haar war zu einem dieser Knoten hochgesteckt, die verwirrenderweise der Schwerkraft zu widerstehen schienen, mit losen Strähnen, die ihr Gesicht umrahmten. In einer Hand hielt sie eine Flasche Wein, in der anderen einen Pappbehälter, vermutlich mit Kuchen.

Und weil er nun mal ein normaler Mensch war, beugte er sich als Erstes vor und musterte den Inhalt des Kartons.

Sie lachte. «Apfelkuchen.»

Sein Lieblingskuchen. Nicht Pfirsich, auch wenn Vallantine für Pfirsiche berühmt war und quasi darin ertrank, sondern Apfel. «Du bist unglaublich.» Er hatte das in einem ihrer vielen Gespräche erwähnt, und sie hatte sich daran erinnert. Details waren ihm immer wichtig gewesen, weil sie so viel über eine Person aussagten, und sie achtete ebenfalls auf Details.

«Nun, vielen Dank, werter Sir.»

Er winkte sie ins Haus, nahm ihr die Flasche und den Karton ab und drückte ihr einen kurzen Kuss auf die Lippen, bevor er sich zur Küche umdrehte. «Ich meine das ernst: unglaublich.»

«Genau wie du.»

Witzig. Bis Rosemary aufgetaucht war, hätte er niemandem diese Aussage geglaubt außer seinem Vater. Fast sein gesamtes Erwachsenenleben lang hatte Sheldon immer das Gefühl gehabt, alle nur zu enttäuschen. «Danke.»

Sie stellten Wein und Kuchen in der Küche ab. Da sie noch nie in seinem Haus gewesen war, führte er sie kurz durch die drei Etagen.

Er war in diesem Haus aufgewachsen und hatte es seiner Mutter vor ein paar Jahren abgekauft, als die Krankheit seines Vaters offensichtlich geworden war. Sie lebte immer noch in dem betreuten Wohnkomplex, in den sie damals gemeinsam gezogen waren, und beharrte darauf, dass sie auch nach Dads Tod dortbleiben wollte. Sheldon erwähnte das gegenüber Rosemary, als er sie durch die Räume führte. Glücklicherweise hatte die Bank ihm einen Kredit bewilligt, um die nötigen Renovierungen vornehmen zu können.

«Oh, ich liebe diesen Kamin.»

«Danke. Ich auch.» Der Kamin war der Blickfang an der einzigen Wand ohne Fenster. Graue Ziegel vom Boden bis zur Decke, mit einem weißen Kaminsims, gasbetrieben und damit wenig arbeitsintensiv. «Die Bücherregale daneben habe ich hinzugefügt, aber der Kamin ist original.» Er passte gut zu der grauen Couchgarnitur und den schwarzen Tischen. In einer Ecke stand ein Fernsehtisch, aber gewöhnlich sah er im Schlafzimmer fern.

Er hatte den Teppich im Wohnzimmer entfernt und den Dielenboden darunter abgeschliffen. Er lachte, als er die drei Stufen in den Flur nach oben stieg, und erzählte ihr, welchen Spaß er dabei gehabt hatte.

Neben seinem großen Schlafzimmer mit angeschlossenem Badezimmer gab es noch zwei weitere Zimmer und ein separates Bad. Einen der Räume hatte er als Büro eingerichtet, das andere als Gästezimmer. «Auch wenn das albern ist, weil ich nie Besuch bekomme.»

Sie lächelte. «Aber falls Gäste kommen, bist du bereit.»

Die ewige Optimistin.

Sie gingen zurück in die Küche. «Ich habe die Kücheneinrichtung von Zeke lackieren lassen, statt sie auszutauschen. Er hatte vorgeschlagen, sie abzuschleifen und zu ölen, um diesen Vintage-Look zu erzeugen.» Die Arbeitsplatten aus grauem Marmor waren allerdings neu, ebenso wie der Linoleumboden. Der alte Boden war einfach nicht zu retten gewesen.

«Ich liebe es. Die Farben lassen alles so groß und sauber aussehen.»

Genau seine Meinung. Er lächelte. «Hungrig?»

«Ich sterbe vor Hunger.»

Er lachte. Sie war wirklich bezaubernd. «Dann lass uns essen.»

Er öffnete die Behälter vom *Guac On* und servierte ihr eine Mischung aus Enchiladas, Burritos, Tacos und Reis.

Nach einer Weile wischte sie sich mit einer Serviette den Mund ab. «Hast du den Wetterbericht gesehen? Sie haben diesen Tropensturm zum Hurrikan hochgestuft. Angeblich erreicht er uns übermorgen.»

Er hatte davon gehört, aber von anderen Bewohnern der Stadt, nicht aus den Nachrichten. Verdammt. «Welche Kategorie?»

«Ab vier Uhr nachmittags Kategorie zwei.» Rosemary nahm sich noch ein wenig Reis. «Wie sicherst du für gewöhnlich die Bibliothek vor einem Sturm? Brauchst du Hilfe?»

Als hätte sie noch nicht genug getan und ihm den Allerwertesten gerettet. Irgendetwas an ihrem erneuten Hilfsangebot sorgte dafür, dass sein Appetit sich in Luft auflöste. «Die Läden für die Fenster bestehen aus Stahl und werden mit einem Riegel verschlossen. Abgesehen davon drehe ich zur Sicherheit nur Strom und Wasser ab.»

Er hätte natürlich auch Möbel nach drinnen gebracht, wenn es denn auf der Veranda noch Möbel oder Dekoration gegeben hätte. Dort stand nichts mehr, seitdem die Rattan-Schaukelstühle verrottet waren. Bisher hatte er sie nicht ersetzen können.

Georgia wurde hin und wieder von Hurrikans getroffen, aber Vallantine lag ein wenig im Landesinneren. Die Entfernung von der Küste bot einen gewissen Schutz. Der Fluss würde über die Ufer treten, Bäume würden umstürzen, und manchmal gab es Schäden an Gebäuden. Aber normalerweise kam die Stadt gut mit den Stürmen zurecht. Eine Evakuierung war nur einmal nötig gewesen, soweit er sich erinnern konnte. Im Lauf der Zeit waren sie allerdings ein paarmal von außergewöhnlich heftigen Stürmen getroffen worden – wie der, bei dem William und Katherine Vallantine ums Leben gekommen und das Anwesen der Familie zerstört worden war. Es überraschte Sheldon immer noch, dass die Bibliothek und der berühmte Miss-Katie-Pfirsichbaum überlebt hatten – und seitdem auch jedem anderen Sturm standhielten.

«Also, soll ich dir morgen helfen?»

Stimmt, er hatte diesen Teil ihrer Frage nicht beantwortet, nicht wahr? «Ich würde niemals ein Treffen mit dir ablehnen.» So. Eine gleichzeitig charmante und ehrliche Antwort. Applaus, Applaus.

«Aw.»

Ihre Wangen röteten sich auf hinreißende Art. Das war schon ein paarmal geschehen, wenn er einen Treffer gelandet hatte. Insgeheim erklärte er es zu seiner Mission, sie eines Tages – schon sehr bald – am ganzen Körper zum Erröten zu bringen.

Aber nicht heute Abend. Das wäre ein wenig zu schnell. Sie waren beide alte Seelen. Oder zumindest erschien es ihm so. Nicht unbedingt altmodisch, aber traditionell. In der letzten Zeit hatten sie sich durch ihre Verabredungen, Gespräche und E-Mails besser kennengelernt – und hinter die Fassade des anderen geschaut. Und er hatte es genossen. Mit ihr zusammen zu sein, fühlte sich an wie eine Erinnerung ... als hätten sie das schon früher getan oder wären schon viel länger ein Paar. Vertraut, aber doch aufregend. Er zweifelte keinen Moment daran, dass dieses Knistern auch im Schlafzimmer vorhanden sein würde – und dass sie ihre Verbindung dort nur noch vertiefen würden.

Es war, als hätte er sein gesamtes Leben nach Rosemary gesucht, obwohl sie immer da gewesen war. Wahrscheinlich passierte so was, wenn man sich zu sehr auf andere Dinge fokussierte. Er hatte sich nur auf die Bibliothek konzentriert, war quasi mit geschlossenen Augen durchs Leben gegangen und sich dessen erst bewusst geworden, als sie sie schließlich geöffnet hatte.

«Was ist los?» Sie legte das Besteck zur Seite und berührte seine Hand. Der Körperkontakt beruhigte ihn und wühlte ihn gleichzeitig auf.

«Nichts.» Er lächelte, verlegen, weil sie sein Starren bemerkt hatte. Außerdem war er immer noch in den irritierenden Gefühlen von vorhin gefangen und versuchte sie zu verdrängen.

«Es beschäftigt dich doch etwas», hakte sie sanft nach, die Stirn besorgt gerunzelt. «Wenn du darüber reden willst, ich bin hier.»

Genau das. Das war so typisch für sie. Sie merkte, dass etwas an ihm nagte, dass dunkle Wolken seine Gedanken verfinsterten ... und doch forderte sie keine Antwort, wurde nicht unsicher. Sie bot ihm einfach ein offenes Ohr, falls er reden wollte.

Diese Frau. Diese brillante, atemberaubende, einfühlsame, mitfühlende Frau. Wo zur Hölle war sie plötzlich hergekommen? Und wieso mochte sie ihn, hatte ausgerechnet ihn erwählt? Hatte er sie überhaupt verdient oder ...?

Er richtete sich auf. Okay. Vielleicht war das sein Problem. Sein Selbstwertgefühl. Auch wenn er keine großen Selbstbewusstseinsprobleme hatte und nicht an Depressionen litt, war er doch auch nie der Erste gewesen, der im Sportunterricht in die Mannschaft gewählt worden war. Er hatte nie großen Erfolg bei Frauen gehabt, und niemand hatte je seine Karriere bewundert. Tatsächlich wurde er in der Regel von niemandem auch nur bemerkt.

Außer von Rosemary.

«Sheldon?»

Er blinzelte. Hohe Wangenknochen und helle, glatte Haut, weich wie Blütenblätter. Ausdrucksvolle braune Augen mit langen, geschwungenen Wimpern. Eine freche kleine Nase und ein Mund, der bei einem ahnungslosen Nerd wie ihm großen Schaden anrichten konnte. Schlanke Gestalt, aber mit Kurven, die sich seinem Körper erstaunlich gut anpassten. Er hätte sie eine Ewigkeit anstarren können, ohne je Langeweile zu verspüren.

«Habe ich etwas falsch gemacht?»

Sollte das ein Witz sein? Sie machte alles richtig.

«Nein, absolut nicht.» Er holte Luft, dann stieß er den Atem aus. «Es war einfach eine lange Woche.»

Sie nickte, schien ihm aber nicht zu glauben. «Wir können den Film verschieben, wenn dir das lieber ist.»

«Nein, das möchte ich nicht.» Er lächelte, um die Anspannung zu lösen, dann stand er auf und drückte ihr dabei einen kurzen Kuss auf die Stirn. «Lass mich die Reste wegräumen, dann können wir den Wein und den Kuchen zur Couch mitnehmen. Und vielleicht gebe ich dir sogar was vom Kuchen ab.»

Aaaah, ja. Ein Lachen.

«Wenn du dir sicher bist. Ich helfe dir beim Abräumen.»

Sie wollte immer helfen. Er schloss einen Augenblick die Augen.

«Was habe ich jetzt gesagt?» Er hörte Verärgerung, aber auch einen verletzten Unterton in ihrer Stimme.

Er war ein Idiot.

Er stellte die Teller wieder ab, packte sanft ihre Oberarme und senkte den Kopf, um ihr in die Augen zu sehen. «Es tut mir leid. Ich bin heute einfach schlechter Laune. Das ist nicht deine Schuld. Ich bin es einfach nicht gewöhnt, ständig Menschen um mich zu haben, und diese Woche waren sie überall. Ich war nie ein geselliger Mensch. Ganz ehrlich, bisher hast du mir wahnsinnig viel geholfen ... und es fühlt sich irgendwie einseitig an. Damit habe ich zu kämpfen ... und mit dem Gefühl, dass ich mich zu Boden werfen und ihn verfehlen könnte, weil ich so dämlich bin. Ein Gespräch mit dir über die Probleme der Bibliothek ... und schon am nächsten Morgen hast du fünfzig davon gelöst. Daher möchte ich mich wirklich in aller Form und ganz außerordentlich für alles entschuldigen, was ich heute Abend von mir geben werde.»

Sie starrte ihn mit hochgezogenen Augenbrauen, aber sonst ausdrucksloser Miene an. Die Sonne ging unter, die Grillen zirpten, eine Eule schrie, die Sonne ging wieder auf und ein Hahn krähte – oder zumindest erschien es ihm so –, erst dann öffnete sie endlich den Mund zu einer Antwort.

Doch sie sagte nur: «Okay.»

Er richtete sich auf und ließ die Arme sinken. «Okay?» Was sollte das bedeuten? War das eine neue Variante davon, ‹Alles gut› zu sagen, wenn gar nichts gut war? Dann steckte er in Schwierigkeiten. Und zwar bis zum Hals.

«Ja, okay. Damit meine ich, dass ich es verstehe.»

Das war ein Trick. So musste es sein. «Was verstehst du?»

«Alles.» Sie zuckte mit den Achseln, vollkommen entspannt. «Du fühlst dich mit fiktionalen Charakteren wohler als mit Menschen aus Fleisch und Blut. Das gilt übrigens auch für mich. Aber nun wurdest du überrannt von unzähligen Leuten, die alle Schönheitsreparaturen an der Bibliothek ausführen wollten ... was gleichzeitig eine Erleichterung für dich war, aber auch Schuldgefühle hervorgerufen hat, weil du selbst nicht darauf gekommen bist. Übrigens bist du nicht dämlich, wie du eben behauptet hast. Aber du bist eher ein Schwarz-Weiß-Denker als kreativ. Als Lehrerin brauche ich ein wenig von beiden Persönlichkeitstypen. Zusätzlich habe ich durch meinen Beruf mehr Berührungspunkte mit den Einwohnern der Stadt. Jeder braucht mal Hilfe, Sheldon. Und jetzt, wo die Woche vorbei ist, bist du in einem Sturm widersprüchlicher Gefühle gefangen und lässt sie an mir aus, weil ich gleichzeitig für das Problem und die Lösung verantwortlich bin. Das bedeutet aber auch, dass du dich mit mir wohl genug fühlst, um mich in deine Blase hineinzulassen und mich merken zu lassen, dass du schlecht gelaunt bist. Ich fühle mich geehrt. Ich mag dich nämlich auch. Sehr sogar. Diese Sache ist nicht einseitig, weil du mich glücklicher machst, als ich es seit langer Zeit gewesen bin. Und ich weiß, wenn es irgendetwas gäbe, was du für mich tun kannst, müsste ich dich nur darum bitten, und du würdest versuchen, es möglich zu machen. So bist du, und so funktionieren Beziehungen. Geben und Nehmen. Also, ja, okay. Ich verstehe.»

Sie räusperte sich, dann sah sie sich in der Küche um. «Also räum auf, wenn dir das ein Gefühl von Kontrolle vermittelt und deine Laune hebt. Danke, dass du mit mir gesprochen hast, mir vertraut hast und ehrlich warst. Ich werde den Kuchen und den Wein ins Wohnzimmer bringen. Aber beeil dich bitte. All das zu erkennen, hat mich ziemlich angemacht. Ich würde gerne mit dir rumknutschen und dabei so tun, als würden wir einen Film schauen. Ist das akzeptabel für dich?»

Er starrte sie nur mit offenem Mund an. «Ja?»

Sie lächelte.

Er war immer noch fassungslos. «Du musst eine fantastische Lehrerin sein. Ich meine, kein Wunder, dass die Bookish Belles dich am liebsten mögen.»

Das Lächeln verwandelte sich in ein Grinsen. «Danke.» Sie stellte sich auf die Zehenspitzen, um ihn zu küssen, dann schnappte sie sich die Weingläser und zwei Teller mit Kuchen vom Tisch.

Sie verließ den Raum. Er starrte ihr nach, während er sich fragte wie, was, wer, wann und wo.

Die Antworten hatten sich ihm immer noch nicht erschlossen, als er die Reste im Kühlschrank verstaut, die Teller in die Spüle gestellt und den Tisch abgewischt hatte. Er schaltete das Licht aus und ging langsam ins Wohnzimmer.

Rosemary hatte ihr Weinglas bereits halb geleert, ihren Kuchen jedoch nicht angerührt. Sie saß am Rand des Sofas, starrte in ihr Glas und sah erst auf, als er sich näherte. Ihre selbstbewusste Art von eben in der Küche war verschwunden, stattdessen wirkte sie verunsichert.

Selbst unsicher, ging er zum Kamin, schaltete ihn ein und schnappte sich im Anschluss die Fernbedienung. «Licht an oder aus?»

Sie brummte leise. «Aus, bitte.»

«Geht klar.» Er legte den Schalter um, sodass der Raum in Dunkelheit versank, dann setzte er sich neben sie. Er drückte einige Knöpfe an der Fernbedienung, bis das DVD-Menü von *Casablanca* auf dem Bildschirm erschien.

Sie stieß ein Geräusch aus, das er nicht deuten konnte.

«Du hast gesagt, das sei einer deiner Lieblingsfilme.»

«Das stimmt.» Sie seufzte wie ein junges Mädchen, das sich ihrem großen Schwarm gegenübersieht. «Ein Klassiker. Ich liebe Humphrey Bogart.»

Das hatte sie ihm bereits in einer ihrer vielen E-Mails gestanden. «Ich auch. Aber ich mochte seine Rolle in *African Queen* lieber. Ist zwischen uns alles in Ordnung?»

Sie sah ihn an und grinste. Und diesmal leuchteten auch ihre Augen. Hell genug, um der Sonne Konkurrenz zu machen. «Du hast es dir gemerkt.»

«Ja, Ma'am. Lilien sind deine Lieblingsblumen. Du magst am liebsten alte Filmklassiker, auch wenn du so gut wie alles außer Kriegsfilme schaust. Von allen Jahreszeiten schätzt du den Sommer am meisten. Deine Lieblingsfarbe ist Gelb, und du hast deinen Kater Poe getauft, weil er deiner Meinung nach aussieht wie der berühmte Dichter und sich angeblich auch so benimmt. Ich bin mir immer noch nicht sicher, wie eine Katze ...»

Ihre Lippen auf seinen. Zack. Mitten im Satz. Sie hatte den Abstand zwischen ihnen überbrückt, bevor er auch nur wusste, wie ihm geschah.

Und sie wusste, wie man einen Mann schwach machte. Ihn auf Herzrasen und Seelenbrand und zu enge Hosen reduzierte, völlig unerwartet. Weiche Lippen mit festem Druck, ihre Zungen in völligem Einklang. Er umfasste ihre Wangen, spürte ihre weiche Haut unter den Handflächen und atmete ihren blumigen Duft ein. Berauschend. Sie fanden ihr Gleichgewicht, einen Rhythmus, der nur für sie beide existierte. Sie trieben sich voran, verschlangen einander. Sein Verlangen überwältigte ihn in einer Weise, die er bisher noch nie erlebt hatte. Und das nur durch einen Kuss. Ihre Finger gruben sich in sein Haar, und er war verloren.

Musik ertönte und durchschnitt die sinnliche Stille wie ein Donnerschlag.

Sie zuckte zusammen. Er sah sich um.

Der Fernseher. Der DVD-Player hatte den Film automatisch gestartet.

Mit einem leisen Lachen ließ Rosemary sich in die Kissen sinken und kuschelte sich an ihn, den Kopf an seiner Schulter.

Alles klar. Er atmete ein paarmal tief durch und befahl seinem Körper, sich zu beruhigen. Es dauerte zwanzig Minuten.

Im Verlauf des Films sprach Rosemary ihre liebsten Dialoge mit und seufzte, wann immer es romantisch wurde. Sie verkündete mindestens siebenmal: «Das ist der beste Teil.»

Er fand sie absolut bezaubernd. Ungefähr in der Hälfte des Films aßen sie ihren Kuchen und tranken den Wein aus. Und danach kuschelte sie sich sofort wieder an ihn.

Sheldon stellte sich vor, wie es wäre, das jeden Samstagabend mit ihr zu tun bis in alle Ewigkeit. Filme schauen und mit einem guten Glas Wein auf dem Sofa kuscheln. An Wochentagen, nach der Arbeit, würde sie Essen kochen, und er würde vorgeben, ihr zu helfen, damit er sie beobachten konnte. Sie würden über den Tag sprechen und miteinander lachen. Danach würde er sich ums Geschirr kümmern, während sie ihm ständig ihre Hilfe anbot. An Sonntagen würden sie es sich mit einem Buch gemütlich machen, ihre Füße auf seinem Schoß und ihre Katze irgendwo neben ihnen, wo sie mehr Aufmerksamkeit forderte als ihr jeweiliges Buch. Rosemary würde im Garten arbeiten. Er würde den Rasen mähen. Sie würde kochen, er sauber machen. Er würde sich über die Besucher der Bibliothek beschweren, sie würde ihm lustige Geschichten aus der Schule erzählen. Hin und wieder würden sie in der Stadt zu Mittag oder Abend essen, einen Schaufensterbummel machen und dabei Händchen halten. Sie würden sich lieben, wann auch immer es ihnen einfiel, und das wäre oft. Ein langsames, tiefes Zusammenkommen, das auf Vertrauen aufbaute und in einem Taumel endete.

Er musterte ihren Scheitel, ihr dunkles Haar an seiner Halsbeuge, und ihm wurde klar, dass diese Gedanken ihm keinerlei Angst einjagten. Obwohl es eigentlich zu früh war, um sich eine solche Zukunft auszumalen. Sie hatten gemeinsame Interessen und ähnliche Charaktere, konnten sich wunderbar austauschen und hatten Verständnis füreinander. Und die Chemie zwischen ihnen stimmte auch. Er hatte sich noch nie nach einer Frau so verzehrt wie nach Rosemary. Sie hatten all die üblichen Gespräche darüber geführt, was sie sich von einem Partner wünschten und was gar nicht ging, aber ...

«Möchtest du heiraten?»

Sie hob abrupt den Kopf, und er kniff die Augen fest zusammen.

Er öffnete den Mund, um seinen Schnitzer irgendwie geradezubiegen, vielleicht mit einer Aussage wie *Also irgendwann in der Zukunft*, aber wie üblich kam sie ihm zuvor.

«Nicht heute Abend. Ich bin ziemlich müde, und es ist schon spät. Außerdem habe ich kein passendes Kleid, und das Standesamt ist geschlossen.» Sie machte es sich wieder gemütlich, dann brummte sie amüsiert, während er ihre Worte im Kopf noch einmal durchging, um sie zu verarbeiten. «Aber im Ernst: Ja, eines Tages würde ich gerne heiraten.»

Jepp. Sie war die perfekte Frau.

Das Beste an Rosemary war, wie sie mit ihm umging. Sheldon war sich bewusst, dass er kein einfacher Charakter war. Er war nicht kontaktfreudig, mochte Routine in seinem Leben, und er konnte grummelig sein. Sie akzeptierte diese Eigenschaften, ohne ihnen jedoch jederzeit nachzugeben. Aber sie forderte nicht von ihm, jede Kleinigkeit in ihrer Beziehung ewig zu besprechen, und drängte ihn auch nicht, etwas preiszugeben, wozu er noch nicht bereit war. Und als würde das noch nicht reichen, hatte sie nie, nicht ein einziges Mal, dafür gesorgt, dass er sich wegen seiner linkischen Art dumm oder ungeschickt fühlte, obwohl alle anderen ihm dieses Gefühl ständig vermittelten. Jenseits seiner Familie war Rosemary die einzige Person, die ihn so nahm, wie er war. Sie akzeptierte ihn bedingungslos.

Wärme erfüllte seine Brust und vertrieb die Leere, die er erst jetzt wirklich bemerkte.

«Was ist mit dir?» Sie rückte ein wenig hin und her. «Möchtest du eines Tages heiraten?»

Absurderweise war sein erster Gedanke, dass er es jetzt sofort tun würde, wenn sie das wollte.

«Ja.»

KAPITEL 5

as war keine gute Idee.» Rosemary zuckte zusammen, als eine weitere Windböe die Fassade der Bibliothek traf. Ihr Herz raste, und ihr Magen spielte verrückt. «Wir hätten früher aufbrechen sollen.»

Der Hurrikan war wieder zu einem Tropensturm herabgestuft worden, aber die Böen waren trotzdem heftig. Das Tief hatte die Küste viel früher getroffen als erwartet, und nun pflügte der Sturm quer durch Vallantine. Sobald die Warnungen herausgegeben worden waren und die Sirenen aufgeheult hatten, waren die Bewohner losgestürmt, um ihre Läden zu sichern und die Schotten dichtzumachen. Auch Rosemary und Sheldon hatten ihr Bestes getan, aber die Fensterläden im ersten Stock der Bibliothek vor dem großen Buntglasfenster hatten Zicken gemacht, und das Abdrehen des Wassers hatte eine Rohrzange erfordert, weil der Hahn seit Ewigkeiten nicht benutzt worden war. Und als sie es schließlich geschafft hatten, war es ihnen sicherer erschienen, einfach an Ort und Stelle zu bleiben.

«Ich habe mich doch schon entschuldigt.»

Und dann war da noch *das*. Sie blafften sich seit ungefähr einer Stunde gegenseitig an. Gewöhnlich konnte sie gut mit Sheldons Launen umgehen, doch wegen ihrer eigenen Angst war sie dazu heute nicht in der Lage. Sie wusste, dass er sich Sorgen machte und wahrscheinlich an Schuldgefühlen litt, und auch wenn das unnötig war, erklärte es doch zumindest seine Stimmung. Vielleicht sollte sie ihm einfach anvertrauen, dass sie Angst vor Stürmen hatte. Vielleicht würde er es verstehen. Bisher hatten sie sich noch nie gestritten, und sie fühlte sich nicht wohl dabei.

Sie saß auf der Couch, die im hinteren Teil des Raums zwischen zwei Säulen stand, zog die Beine an und beobachtete, wie er vor dem Eingang auf und ab tigerte. «Sheldon?»

«Ja.»

«Es tut mir leid.»

Seine Schultern sackten nach unten, und er ließ den Kopf hängen. «Du musst dich nicht entschuldigen, Liebling. Das ist alles meine Schuld, weil ich nicht sofort heute Morgen hergekommen bin.» Er drehte sich zu ihr um, fuhr sich mit den Fingern durch das sandblonde Haar, bis es in alle Richtungen abstand. Zum ersten Mal heute sah er sie an. Sah sie *wirklich* an. Und runzelte die Stirn. «Geht es dir gut?»

Sie schüttelte den Kopf. «Ich liebe Regen und kann auch mit einem Gewitter umgehen, aber bei schlimmeren Stürmen werde ich nervös. Es tut mir wirklich leid.»

«Hey.» Er kam herüber und ging vor ihr in die Hocke. «Entschuldige dich nicht. Wir alle haben vor irgendwas Angst. Es wird alles gut gehen.»

Draußen war ein Knall zu hören, laut genug, um ihr das Herz in die Hose rutschen zu lassen.

Dann ging das Licht aus.

«Mist!», murmelte Sheldon. «Bleib hier. Ich hole die Laternen.»

Sie nickte, dann beobachtete sie, wie er in dem kleinen Lagerraum verschwand.

Abgesehen von der Galerie und dem Lagerraum bestand die Bibliothek aus einem großen Raum mit deckenhohen Regalen an jeder Wand außer der vorderen. Obwohl es später Nachmittag war, herrschte aufgrund des Sturms ziemliche Dunkelheit. Es gab eigentlich nur das große Fenster im ersten Stock, das natürlich kaum Licht einließ, da die Fensterläden geschlossen waren. Es gab noch zwei kleine Fenster neben der Tür, doch auch bei diesen waren die Läden zu. Der neue Anstrich hatte viel geholfen und dafür gesorgt, dass die Bibliothek nicht mehr so heruntergekommen wirkte. Doch mit dem Sturm draußen fand Rosemary den Raum ziemlich unheimlich. Selbst die Schatten warfen Schatten. Zum ersten Mal in ihrer Erinnerung fühlte sie sich in dem Gebäude nicht sicher und geborgen.

«Okay, ich habe leider nur zwei.» Sheldon tauchte mit zwei batteriebetriebenen Campinglaternen wieder aus dem Lagerraum auf. «Glücklicherweise sind die Batterien neu.» Er ging zum Empfangstresen, schaltete beide Laternen ein und stellte eine dort ab. Die zweite tauchte sein Gesicht in gelbliches Licht, als er zu ihr herüberkam. «Die sollten ein paar Stunden durchhalten. Ich habe auch eine Decke gesehen. Brauchst du sie?»

«Nein, aber vielen Dank.» Die Sturmfront trieb Hitze und schwüle Luft vor sich her. «Vielleicht später, nach Sonnenuntergang.» Nicht dass momentan auch nur ein Sonnenstrahl durch die Wolken gedrungen wäre.

Der Wind peitschte gegen die Wände, pfiff unheilvoll und ließ die Fensterläden klappern.

Sheldon ließ sich neben sie fallen und legte den Arm um ihre Schultern. «Das wird schon. Es ist nur ein Sturm.»

Nickend kuschelte sie sich an ihn und atmete den Kiefernduft seines Aftershave ein. Viel besser. «Zumindest haben wir genug zu lesen, um uns die Zeit zu vertreiben.»

Seine Brust vibrierte, als er lachte. «Stimmt. Weißt du, ein großer Teil der Bücher in den oberen Regalreihen wurde von Katherine Vallantine selbst oder von ihren Kindern ausgesucht. Sie sind mit Plastikhüllen geschützt. Ich wette, dort oben warten einige echte Schätze darauf, entdeckt zu werden. Die ursprüngliche Bibliotheksleiter ist schon vor meiner Geburt zerbrochen, und die Ersatzleiter reicht nicht bis ganz oben. Vielleicht sollten wir uns das nächstes Wochenende mal ansehen. Bisher hatte ich weder Zeit noch Geld dafür und immer so viel zu tun, also habe ich mich nie darum gekümmert. Ich glaube, als Letztes war mein Vater dort oben ... und das auch irgendwann in seiner Jugend.»

«Das machen wir. Das wird toll.» Sie würde darauf wetten, dass es dort oben nicht nur Staubmäuse, sondern wahrscheinlich auch Staubbiber gab, aber es klang trotzdem spannend.

Rosemary sah am Boden der Galerie vorbei auf Reihen und Reihen von Büchern. Die Regale jenseits der Galerie waren knapp zehn Meter hoch. Die Maler hatten bei ungefähr sechs Metern aufgehört. Der Farbunterschied zu den oberen Regalen wirkte aus der Ferne fast wie eine Zierkante. Sah sogar ziemlich gut aus. Und wenn sich dort oben Bücherkostbarkeiten verbargen, verstand Rosemary jetzt auch, warum Sheldon die Maler gestoppt hatte.

«Da drüben», Sheldon deutete nach links, «hat meine

Großmutter als Mädchen ihren Namen in diese Säule geritzt. Es wurde übermalt, aber du kannst immer noch die Spuren des Messers sehen. Das Buntglasfenster oben wurde von William Vallantine entworfen und von einem örtlichen Künstler angefertigt. Aus dem Fensterrahmen auf der Veranda steht ein Nagel heraus, den William und Katherines Sohn Charles mit fünf Jahren eingeschlagen hat. Laut der Familienlegende wollte er beim Bau helfen. Die Regale hinter uns hat Dad gebaut. Er hat mir mal erklärt, dass ihnen einfach der Platz für Neuerscheinungen ausgegangen ist. Früher stand dort nichts. Und direkt dort drüben hat mein Großvater um die Hand meiner Großmutter angehalten.» Er nickte in Richtung des Empfangstresens. «Fast hätte sie Nein gesagt, weil er vor Nervosität vergessen hatte, auf ein Knie zu sinken.»

Er lachte, leise und heiser. Sie liebte dieses Geräusch. Es war ein wunderbares Lachen. Wahrscheinlich versuchte Sheldon nur, sie mit diesen Geschichten zu beruhigen, doch sie hätte ihm stundenlang zuhören können. Seine Anspannung von vorhin verschwand, als er ihr die Teile seiner Familiengeschichte anvertraute, die mit der Bibliothek in Verbindung standen. Egal, wie wunderlich die Geschichten sein mochten, sie hörte den Respekt und die Liebe für die Bibliothek in seiner Stimme. Schuldgefühle schnürten ihr die Kehle zu, als sie daran zurückdachte, wie sehr sie sich all die Jahre in ihm geirrt hatte.

Sie lächelte. «So viel Historie.»

Er brummte zustimmend. «Es bringt mich um, dass langsam alles verfällt. Die Substanz ist gut und hat jede Menge Potenzial, aber das allein reicht nicht, um ein Gebäude zu erhalten.»

«Das stimmt wohl. Aber wir werden daran arbeiten und alles tun, was wir eben tun können.»

Er drehte den Kopf und musterte sie über den Rand seiner Brille. Ein Lächeln erstrahlte in seinen Augen, bevor es auch auf seine Lippen trat. «Wir, hm?»

Sie küsste ihn, dann strich sie mit ihrer Nasenspitze über seine. «Ja, wir. Natürlich nur, wenn du mich und meine Hilfe überhaupt willst.»

Sein Lächeln verschwand. Eine Falte erschien auf seiner Stirn, als er ihr Kinn umfasste und den Daumen über ihre Wange gleiten ließ. «Das will ich.» Er hielt ihren Blick fest, und sie entdeckte Teile von sich selbst in seinen Augen. «Du bist alles, was ich will.»

«Oh.» Himmel. Ihre Augen wurden feucht. «Du bist auch alles, was ich will.»

Er wollte gerade noch etwas sagen, doch da erklang rechts von ihnen ein klopfendes Geräusch. Hohl, hölzern. Wie Knöchel auf einer Tür. *Tock, tock.*

Sie sahen beide hinüber, doch alles schien in Ordnung zu sein. Draußen trieb der heulende Wind weiter prasselnden Regen gegen das Gebäude, doch hier drinnen schien alles normal.

«Wahrscheinlich arbeitet das Holz, weil sich die Temperatur verändert», murmelte er.

«Ja», stimmte sie zu, auch wenn sie nicht überzeugt war. Es war ein deutliches Klopfen gewesen. «Was denkst du über die Gerüchte um Katherines Geist?»

Er lachte kurz und konzentrierte sich wieder ganz auf sie. «Machst du dir Sorgen, dass es in der Bibliothek spuken könnte?»

«Nicht unbedingt.» Ein so altes Gebäude mit so viel

Geschichte? Da waren ein oder zwei Geister doch zu erwarten. In Rosemarys Vorstellung bedeutete dies, dass Seelen, die hier viel Zeit verbracht hatten, den Ort einfach nicht verlassen wollten, nicht einmal nach dem Tod. Eine romantische Vorstellung. Sie hatte noch nie einen Geist gesehen oder eine übersinnliche Begegnung erlebt, aber sie war offen genug, um die Möglichkeit in Betracht zu ziehen. Das erklärte sie Sheldon jetzt und zuckte schließlich mit den Achseln. «Eine weitere Legende aus der langen Geschichte.»

Er rückte seine Brille zurecht. «Nun, mein Vater hat Katherines Geister erfunden, um die Bibliothek interessanter zu machen, in der Hoffnung, damit mehr Touristen anzuziehen, die Geld in die Kasse spülen. Hin und wieder klappt das sogar. Allerdings», er schlug die Beine übereinander, «hat meine Mama immer gesagt, dass er damit in ein Hornissennest sticht. Manche meiner Vorfahren haben behauptet, dass sie sich hier immer gefühlt hätten, als würde sie jemand beobachten. Auf gute Weise, wie ein Schutzengel. Andere haben erzählt, sie hätten hin und wieder vergeblich nach Informationen oder einem bestimmten Buch gesucht, nur um genau das, was sie brauchten, kurz darauf auf dem Tresen oder einem Lesetisch zu finden. Und sie haben geschworen, dass diese Bücher dort vorher nicht lagen.»

«Katherine, die versucht, allen auf der Suche nach Wissen behilflich zu sein.»

Sheldon nickte. «Die Worte meines Dads beschreiben das Phänomen perfekt. Falls denn ein Funke Wahrheit darin steckt. Ich habe bisher noch nichts Außergewöhnliches bemerkt.»

«Vielleicht war für dich einfach noch nicht die richtige Zeit.» Es war eine wunderbare Vorstellung. Sie legte den Kopf an seine Schulter. «Sie scheinen sich sehr geliebt zu haben, Katherine und William. Wie sind sie sich begegnet?»

«Soweit ich weiß, über einen Kindheitsfreund von ihm. Wenn es Liebe auf den ersten Blick tatsächlich gibt, waren sie ein Beispiel dafür. Aber diese Liebe ist weiter gewachsen. Sie haben sich ein gutes Fundament geschaffen.» Er schnippte mit den Fingern. «Ich habe gehört, sie hätte ein Tagebuch geführt, das hier irgendwo sein soll. Ich frage mich, ob das stimmt. Dann wüssten wir es sicher. Auf jeden Fall gibt es wegen der beiden in unserer Familie eine Tradition, wenn wir den richtigen Partner finden und die Sache ernst wird. Ich hatte es ganz vergessen.»

Interessant. «Wie sieht die Tradition aus?»

«Um das Eis bei Williams und Katherines erster Verabredung zu brechen, sollte angeblich jeder der beiden eine Wahrheit, eine Lüge und zusätzlich noch etwas nennen, wovon sie wünschten, es wäre entweder Wahrheit oder Lüge.»

Wie clever. «Und dann muss das Gegenüber raten, was was ist, und erfährt dabei mehr über die andere Person?»

«Genau.» Er zwinkerte ihr zu. «Willst du es ausprobieren?»

«Auf jeden Fall.» Sie hielt inne. «Aber ich brauche einen Moment, um darüber nachzudenken.»

Er lachte. «Ich natürlich auch. Sag Bescheid, wenn du bereit bist.» Er ließ sich tiefer in die Kissen sinken und machte es sich gemütlich, bevor er sie an sich zog.

Was für ein hinreißender, wunderbarer Mann.

Sie dachte über Wahrheiten und Lügen nach und über ihre Beziehung bis hierher. Sie gingen noch nicht lange miteinander aus, doch das Ganze fühlte sich weder flüchtig noch wie eine Laune an. Sheldon brachte sie zum Lachen, selbst in Momenten, in denen sie fast glaubte, es nicht mehr zu können. Er schenkte ihr ein Gefühl von Sicherheit, ohne ihre Unabhängigkeit einzuschränken. Er wollte immer beide Seiten einer Geschichte hören und war einfühlsam, auch wenn er selbst eine andere Meinung vertrat. Er war respektvoll und freundlich. Er gab ihr nie das Gefühl, unsichtbar zu sein, und bat immer um ihre Meinung. Er konnte zugeben, wenn er sich geirrt hatte, und stand zu seinen Fehlern. Und wenn er etwas oder jemanden liebte, dann gab er alles, bis nichts mehr von ihm übrig blieb.

Seinetwegen stand sie inzwischen jeden Morgen mit einem Grinsen aus dem Bett auf und sank jeden Abend mit einem zufriedenen Lächeln in die Kissen. Sie konnte es kaum erwarten, Nachrichten oder Mails von ihm zu bekommen – oder ihn zu sehen. Sie verbrachte den halben Tag damit, die Minuten zu zählen, bis sie sich wiedersahen, und merkte sich alles Mögliche, um es ihm später zu erzählen. Er war immer Teil ihrer Wochenendpläne, sogar wenn es nur um einen Ausflug in den Supermarkt ging.

War es möglich, so schnell so glücklich zu werden und die gemeinsame Zukunft so deutlich vor Augen zu sehen?

Ja. Und diese Antwort jagte Rosemary weder Angst ein, noch klang sie wie eine Rechtfertigung. Sie gingen beide mit offenen Augen in diese Beziehung, mit all ihrer Lebenserfahrung. Und keiner von ihnen wollte Spielchen spielen.

«Ich bin bereit.» Sie sah lächelnd zu ihm auf. «Und du?»

Er schürzte nachdenklich die Lippen. «Ich denke schon. Willst du zuerst?»

Da er nervös wirkte und sich wahrscheinlich an ihrem Beispiel orientieren wollte, nickte sie. «Okay. In keiner bestimmten Reihenfolge ...» Sie hob die Hand, um die drei Punkte an den Fingern abzuzählen. «Ich liebe Essiggurken. Ich war bisher noch nie wirklich verliebt. Und ich fürchte, dass niemand in der Stadt es bemerken würde, sollte ich verschwinden.»

Obwohl sie sich nicht bewegt hatten, erstarrte er. Er war plötzlich steif wie ein Brett.

Mist. Waren ihre Enthüllungen zu tiefgründig gewesen? Nervosität stieg in ihr auf und schnürte ihr die Kehle zu.

Nach einem kurzen Augenblick setzte er sich auf und schob sie leicht von sich. «Warte.» Er drehte sich zur Seite, sodass er ihr gegenübersaß, seine Miene bestürzt. «Eine Wahrheit, eine Lüge und eine Sache, von der du dir wünschst, sie wäre wahr oder falsch, richtig?»

«Ja.» Sie wandte sich ihm ebenfalls zu und setzte sich in einen Schneidersitz.

Er legte den Kopf schief, offensichtlich verwirrt. «Ich glaube, das sind alles Lügen.»

Tatsächlich hasste sie es zu lügen, selbst wenn es nur um ein Spiel ging. «Nein.»

Seufzend rieb er sich den Nacken. «Hmmm. Ich bezweifele, dass du bisher noch nie verliebt warst, also würde ich sagen, die Sache mit den Essiggurken entspricht der Wahrheit, das mit der Verliebtheit ist eine Lüge. Die Aussage mit dem Verschwinden verwirrt mich wirklich, aber ich nehme an, du hoffst, das wäre eine Lüge.»

«Nur ein Punkt für dich.»

«Wo lag ich richtig?»

«Bei der Sache mit dem Verschwinden.» Sie bemühte sich um eine Erklärung, die er verstehen würde. «Ich wünschte, es wäre eine Lüge. Ich glaube wirklich, dass ich bei einigen meiner Schüler einen bleibenden Eindruck hinterlasse, wie zum Beispiel bei den Bookish Belles. Und meine Familie würde mich vermissen. Aber», sie schüttelte langsam den Kopf, «ich glaube nicht, dass irgendwer sonst in der Stadt meine Abwesenheit wirklich bemerken würde. Ich will nicht deprimiert oder melancholisch klingen. Es ist nur ... Ich bin da, oder ich bin nicht da. So oder so scheint es niemanden besonders zu interessieren.»

«Mich. Mich interessiert es.» Sein Ton ließ keinerlei Widerspruch zu. Tatsächlich wirkte er fast wütend.

Sie ergriff seine Hand und drückte seine Finger. «Danke. Das weiß ich. Manchmal wirkt es einfach, als würde ich nur mechanisch meiner Routine folgen, wäre aber in Wirklichkeit unsichtbar.»

«Ich verstehe dieses Gefühl.» Er strich mit dem Daumen über ihren Handrücken. «Leute wie wir bleiben oft unbemerkt. Wenn nicht gerade die Bibliothek in sich zusammenstürzt oder, Himmel bewahre, jemand tatsächlich ein Buch ausleihen will und die Türen verriegelt sind, würde wahrscheinlich auch niemand mein Verschwinden bemerken.»

Rosemary atmete tief durch, und der Druck in ihrer Brust ließ nach. «Ich würde es bemerken.»

Er lächelte dankbar, nur um dann sofort die Stirn zu runzeln. «Moment. Du warst bisher noch nie verliebt?»

«Nein, war ich nicht.» Sie strich sich eine Strähne aus dem Gesicht. «Ich hatte ein paar Beziehungen und bin auch sonst ab und zu mit Männern ausgegangen. Aber ich weiß nicht ... Es fehlte dieses Hochgefühl, das man empfinden sollte. Und auch die tiefe Trauer, als es zu Ende war.»

«Hm.»

«Damit habe ich dich überrascht, hm?»

«Ein bisschen.» Er kratzte sich am Kinn. «Ich hätte es nicht vermutet.»

«Du bist dran.»

Er nickte, senkte den Blick erst auf seinen Schoß, um ihn dann durch den Raum gleiten zu lassen, als müsste er noch einmal über seine Worte nachdenken. «Ich finde Rote Bete ekelig. Es macht mir Angst, dass ich niemanden habe, dem ich all das hier hinterlassen kann, und», er sah ihr tief in die Augen, «ich liebe dich.»

Sie schnappte nach Luft. Vielleicht nicht die beste Reaktion, aber sie konnte nicht anders.

Ohne den Blick von ihm abzuwenden, versuchte sie zu schlucken, doch ihre Kehle war wie zugeschnürt. Ihr Herz raste, ihr Blickfeld verengte sich, und ihr Körper wurde schwer wie Blei. Eine Wahrheit, eine Lüge und etwas, wovon er wünschte, es wäre eins von beidem. Und ein Mann sagte so was nicht einfach, außer ...

«Du liebst mich?»

«Du hast die Wahrheit aufgedeckt.» Er musterte sie

durchdringend. An seinem Kiefer zuckte ein Muskel, und sein Blick war so offen, dass sie quasi in seine Seele schauen konnte. «Ich bin vollkommen, absolut, total in dich verliebt.»

Zitternd stieß sie den Atem aus und presste eine Hand an ihre Brust. Das half auch nicht. Ihr Herz drohte, ihr die Rippen zu brechen.

«Dieses Hochgefühl, das du erwähnt hast, Rosemary? Ich empfinde es. Und ich vermisse dich jedes Mal, wenn du nicht in meiner Nähe bist.»

«Oh», sagte sie dümmlich. Oder versuchte es zumindest. Ihre Stimme zitterte so sehr, dass selbst die eine Silbe kaum verständlich war. Ihre Augen wurden feucht. Herr im Himmel!

«Du machst mich nicht einfach nur glücklich, du erinnerst mich daran, dass ich lebe.»

O mein Gott, er brachte sie um. Mit Liebenswürdigkeit. Mit Liebe. Und indem er all die Dinge sagte, die sie ihr Leben lang so gerne von irgendwem gehört hätte, egal, ob sie tatsächlich der Wahrheit entsprachen. Aber er meinte es ernst. Er klang nicht einfach nur aufrichtig, sondern absolut überzeugt.

Mit einem zärtlichen Lächeln wischte er ihr eine Träne von der Wange. «Willst du die anderen Antworten auch noch zuordnen?»

«Nein.» Sie konnte kaum atmen. Sie hätte nie geglaubt, dass hemmungsloses Glück gleichzeitig so erdrückend und befreiend sein konnte.

Sein Blick huschte über ihr Gesicht, bevor er ihr erneut in die Augen sah. «Warum nicht?»

«Weil ich dich auch liebe.»

Er grinste. Einfach so. Als hätte er einfach nur abgewartet, bis sie die Worte endlich ausspuckte.

Sie schniefte und wischte sich die restlichen Tränen aus dem Gesicht. «Das war unglaublich romantisch, wie in einem Märchen.»

«Wirklich?» Sein Grinsen wurde noch breiter – soweit das überhaupt möglich war. «Spontan, aber die Wahrheit.»

Sie umfasste seine Wangen, zog ihn an sich und legte in diesen Kuss all die Liebe, die sie für ihn empfand.

Sanft und leidenschaftlich. Überzeugt und sicher.

Andauernd und für immer.

Lächelnd presste er die Stirn an ihre.

Dann fiel ihr wieder ein, was er noch gesagt hatte. «Mach dir keine Sorgen wegen des Vermächtnisses deiner Familie. Wenn die Zeit gekommen ist, werden wir die richtige Person finden.»

«Danke.» Er küsste sie noch einmal kurz, dann ließ er sich wieder in die Kissen sinken. Er zog sie an sich und drückte sie. «Ich liebe dich. Ich glaube nicht, dass ich es je leid werde, das zu sagen.»

«Ich liebe dich auch ... und mir geht es ebenso.»

Sie lauschte auf das Geräusch des Regens, der gegen die Bibliothek prasselte, das Rauschen in den Rinnsteinen. Und da wurde ihr klar, dass der Wind nachgelassen hatte. Hier und dort klapperte noch etwas, doch die beängstigenden Sturmböen von vorhin waren verklungen. Außerdem war es mittlerweile dunkel. Die Sonne war untergegangen, während sie sich unterhalten hatten. Die Laterne auf dem Tresen war erloschen, und die vor ihren Füßen leuchtete nur noch schwach.

Wenn der Sturm wirklich nachgelassen hatte, konnten sie wahrscheinlich nach Hause gehen und morgen zurückkommen, um die Schäden zu begutachten, wenn es denn welche gab. Aber Rosemary wollte nicht los. Sie beschloss, dass sie genau dort war, wo sie sein wollte – in seinen Armen, auf einer fadenscheinigen Couch, deren Sprungfedern sich in ihren Po bohrten, in einem mehr als hundert Jahre alten Gebäude, das von Hoffnungen und Erinnerungen zusammengehalten wurde. Umgeben von Büchern. Sie schloss lächelnd die Augen, ihr Herz erfüllt von Freude.

Eine Weile später stöhnte er. «Guten Morgen.»

Sie öffnete die Augen. Offensichtlich waren sie eingeschlafen. Tageslicht drang durch die dünnen Schlitze der Fensterläden an der Frontseite des Gebäudes, und der Regen prasselte nicht mehr aufs Dach.

Sie versuchte sich aufzurichten, und ... autsch. Ihr Nacken war steif.

«Mir geht's genauso.» Leise lachend streckte er sich, dann massierte er ihr kurz den Nacken. «Sieht aus, als wäre der Sturm weitergezogen.»

«Und die Bibliothek steht noch.»

«Sie ist ziemlich widerstandsfähig.» Er drückte ihr einen Kuss auf die Stirn und lächelte an ihrer Haut. «Wie wäre es, wenn wir zu mir gehen und uns Frühstück liefern lassen?»

«Abgemacht.» Sie war am Verhungern. Aufgrund der Geschehnisse hatten sie gestern kein Abendessen bekommen.

Er schlug sich auf die Schenkel und stand auf. Doch bevor er weit kommen konnte, stieß er mit dem Fuß gegen etwas. Sie ging davon aus, dass es die Laterne war, doch Sheldon runzelte die Stirn.

Rosemary richtete sich auf und streckte sich ebenfalls, bevor sie auf den Boden schaute. «Was ist das?»

Neben der Laterne lag ein Buch – recht dünn, mit dunkelbraunem Einband. Es sah alt aus. Die Seiten am Schnitt waren gelblich verfärbt und der Rücken gerillt.

«Ich weiß es nicht.» Er beugte sich vor und hob das Buch auf. Einen Moment musterte er den Einband, dann schüttelte er den Kopf und drehte das Buch in den Händen. Er wirkte immer noch ratlos, als er vorsichtig das Buch öffnete. Dann erstarrte er und wurde bleich. «Das ist unmöglich.»

«Was ist los?» Sie beugte sich vor und musterte die erste Seite.

Tagebuch von Katherine Vallantine
1875
Erstes Buch in der Vallantine-Bibliothek

«O mein Gott.» Rosemary sah vom Buch zu Sheldon und zurück.

Auf keinen Fall. Unmöglich. Alle Fenster waren geschlossen, die Fensterläden ebenso. Die Eingangstür war nicht nur zugeschlossen, sondern zusätzlich von innen mit einem Riegel gesichert. Niemand hätte die Bibliothek betreten können. Und selbst wenn jemand es versucht hätte … wäre es dieser Person nicht gelungen, ohne Sheldon und Rosemary aufzuwecken. Ganz zu schweigen davon, dass die betreffende Person hätte wissen müssen, in welchem Regal das Tagebuch stand. Selbst Sheldon hatte keine Ahnung gehabt.

Plötzlich sah er auf. Mit dem Buch in der Hand wanderte er durch die Bibliothek, den Blick auf die oberen Regalreihen gerichtet. Allerdings waren sie von hier unten kaum zu erkennen. Sheldon kehrte um und stieg die schmiedeeiserne Wendeltreppe zur Galerie hinauf.

Rosemary folgte ihm. Sie wusste nicht, was sie von der ganzen Sache halten sollte, aber ihre Nackenhaare stellten sich auf.

Ohne den Blick von den Regalen abzuwenden, schüttelte er den Kopf. Einmal, zweimal. Unablässig.

Sie hatten erst gestern Nacht von dem Tagebuch gesprochen und überlegt, dass sie vielleicht nächstes Wochenende die Bücher in den obersten Regalen durchsehen wollten, wenn sie denn in der Stadt eine Leiter finden konnten, die lang genug war. Aber ...

Rosemary richtete sich auf und verschränkte die Arme, als ihr die Antwort bewusst wurde. «Um allen auf der Suche nach Wissen behilflich zu sein.»

Sheldon wirbelte mit weit aufgerissenen Augen zu ihr herum.

«Das waren die Worte deines Dads. Aber er hat sie von anderen Familienmitgliedern gehört und diese wiederum von anderen. Was, wenn sie keine Erfindung waren? Wie sonst willst du das erklären?»

Sheldon öffnete den Mund, doch es drangen keine Worte über seine Lippen. Dann rieb er sich so heftig übers Gesicht, dass seine Brille verrutschte. Er schob das Gestell wieder nach oben und öffnete die Arme in einer Ich-will-verdammt-sein-wenn-ich-es-weiß-Geste.

«Du hast von dem Tagebuch gesprochen. Du versuchst, die Bibliothek zu retten. Und du liebst diesen Ort fast so sehr, wie sie es getan hat.» Sie lächelte ihn an, einen Kloß im Hals. «Du hast nach Wissen gesucht, und sie hat es dir geliefert.»

Sein Lachen klang fast hysterisch. Er schaute auf das Buch in seiner Hand, dann ließ er seinen Blick durch den Raum schweifen, bevor er zitternd den Atem ausstieß.

Rosemary umarmte ihn, weil sie nicht wusste, was sie sonst tun sollte, und er klammerte sich zitternd an ihr fest.

«Also ... das ist wirklich passiert.» Sein warmer Atem glitt über ihren Scheitel.

«Ja, Sir.» Lachend löste sie sich von ihm. «Wir sollten das Tagebuch an einem sicheren Ort verwahren, bis du entschieden hast, was du damit anstellen willst.»

Er nickte. «Ich werde es in den Safe im Hinterzimmer legen.» Er schüttelte noch mal den Kopf. «Was für eine verrückte Nacht. Ich liebe dich.»

Aw. «Ich liebe dich auch.»

«Komm. Ich habe Hunger. Ich weiß, dass es dir genauso gehen muss. Lass uns frühstücken.» Auf der Hälfte der Treppe drehte er sich zu ihr um, als wäre ihm plötzlich etwas eingefallen. «Wo wir gerade von Essen reden – wer mag denn keine Essiggurken? Du bist seltsam.»

«Ich bin seltsam? Du magst Rote Bete. Die riechen wie Käsefüße.»

Sie lachten, legten das Buch in den Safe, sammelten ihre Sachen ein und gingen.

Kaum standen sie auf der Veranda im warmen Sonnenlicht und umgeben von Vogelgezwitscher, erregte das

Kratzen von Schuhsohlen auf Beton ihre Aufmerksamkeit.

Sie drehten sich um und entdeckten die Bookish Belles auf dem Gehweg. Zwei von ihnen wirkten sehr selbstzufrieden, das dritte Mädchen eher erleichtert.

«Wir haben uns solche Sorgen gemacht.» Dorothy kaute auf ihrer Unterlippe. «Wir wollten nach dem Sturm nach Ihnen sehen, aber Sie waren nicht zu Hause.»

Du lieber Himmel. Rosemary ging zu dem Mädchen hin und zog es gerührt in eine Umarmung. «Mr. Brown und ich haben den Sturm hier abgewartet. Es geht uns gut, Süße.»

Dorothy nickte heftig, ihre Augen ein wenig feucht.

«Also ...» Rebeccas Blick huschte zwischen Rosemary und Sheldon hin und her. «Haben Sie die ganze Nacht hier verbracht? Gemeinsam?»

Sheldon öffnete den Mund, nur um ihn eilig wieder zu schließen und Rosemary mit einem flehenden Blick zu bitten, dass sie ihn vor seiner Ungeschicklichkeit in Momenten der Nervosität retten möge.

Sie lächelte. «Ja, Ma'am. Haben wir. Aber ihr dürft jetzt nicht herumlaufen und Klatsch verbreiten.»

«Ich wusste es!» Scarlett hüpfte auf und ab. «Ich habe es euch gesagt, nicht wahr? Ich habe euch doch gesagt, dass sie ein tolles Paar abgeben würden.» Sie warf ihre Haare mit selbstzufriedener Miene über die Schulter.

«Wie auch immer ...» Rebecca verschränkte die Arme. «Es war meine Idee.»

Rosemary schüttelte seufzend den Kopf. Sie hatte doch gewusst, dass ihre Schülerinnen etwas im Schilde führten. Schließlich waren sie nicht gerade unauffällig vorgegangen. Doch das offene Eingeständnis überraschte sie trotzdem.

Sheldon lachte in die folgende Stille hinein. Zuerst nur leise, doch dann lachte er immer lauter und rieb sich das Gesicht. «Ein Teenager-Trio als Kupplerinnen. Was kommt als Nächstes?» Er schnaubte, dann sah er von einem Mädchen zum anderen. «Nun, auf jeden Fall vielen Dank für eure Hilfe. Ich bin der glücklichste Mann auf Erden.»

«Awww.» Scarlett presste sich mit verträumter Miene eine Hand ans Herz. «Wie süß.»

Rosemary musste sich anstrengen, nicht die Augen zu verdrehen. «Es war wirklich nett, was ihr für uns getan habt, und wir sind sehr glücklich. Danke euch. Aber jetzt solltet ihr besser nach Hause gehen.»

Die Mädchen flöteten einstimmig: «Ja, Ms. Fillmore», dann hängten sie sich beieinander ein und wanderten kichernd davon.

«Ich frage mich, was sie auf den Gedanken gebracht hat, uns zu verkuppeln ... oder wieso sie uns überhaupt bemerkt haben.»

Sheldon zuckte mit den Achseln. «Ich bin einfach nur froh, dass es so war.» Er wollte die Tür der Bibliothek abschließen, hielt aber plötzlich inne.

Rosemary stieg die Stufen der Veranda wieder nach oben und musterte das Schloss. Es schien in Ordnung zu sein. «Stimmt etwas nicht?»

«Ich habe vergessen, noch jemandem zu danken», murmelte Sheldon, öffnete die Tür wieder und streckte den Kopf ins Innere. «Danke, Miss Katherine!»

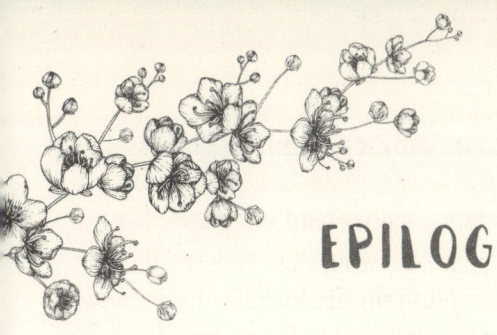

EPILOG

Gegenwart

Dorothy, die neben Scarlett auf der Couch in ihrem Wohnzimmer saß, beugte sich vor zu ihrem Laptop. Sie redeten nun schon seit über einer Stunde per Zoom mit Rebecca, aber es war einfach so schön, sie zu sehen. Manchmal fühlte es sich an, als lebte sie eine Million Meilen entfernt auf einem anderen Kontinent und nicht nur tausend Meilen entfernt in Boston.

«Also, diese Bloggerin, zu der du den Kontakt hergestellt hast, hat die Geschichte wirklich toll geschrieben. Ich weiß, dass ich das ständig sage, aber wow.» Scarlett warf ihre langen kakaofarbenen Locken über die Schultern nach hinten. Ihre leuchtend rot lackierten Fingernägel waren das Ergebnis einer halben Stunde Arbeit, während die Freundinnen sich gegenseitig auf den neuesten Stand gebracht hatten. «Allein der Lifestyle-Post über Sheldons und Rosemarys Wahrheit-und-Lüge-Spiel, den sie vor ein paar Monaten auf Grundlage deiner Erzählung verfasst hat, ist mehr als hunderttausendmal geteilt worden. Ich habe Memes überall auf Instagram entdeckt. Nach jedem Mal, wenn wir uns unterhalten haben, gewann die Sache noch mehr an Fahrt.»

Rebecca band sich grinsend das blonde Haar zu einem Pferdeschwanz. «Ich weiß! Toll, oder? Ich habe es auch beobachtet. Das ist total irre. Ich kenne sie nicht allzu gut, aber ich bin dankbar, dass sie Zeit für uns hatte. Die Publicity sollte uns helfen, sobald wir Pläne für die Bibliothek geschmiedet haben. Das ist wirklich eine tolle Geschichte, vor allem wenn man bedenkt, wie lange das Spiel in Sheldons Familie schon Tradition war. Und direkt am nächsten Morgen haben sie Katherines Tagebuch gefunden. Ich wünschte nur, sie hätte auch darüber ein paar Posts geschrieben, wisst ihr? Stattdessen gab es nur eine kurze Zusammenfassung des Spiels.»

«Ganz deiner Meinung.» Dorothy nickte. Es war so unglaublich, dass das Tagebuch einfach so aufgetaucht war – zack, ohne weitere Erklärung. Katherine Vallantines angeblicher Geist war eine Legende in der Gegend, aber das war das erste und letzte Mal, dass es einen echten Hinweis auf das Gespenst gegeben hatte. Ursprünglich hatte Rebecca den Kontakt mit der Bloggerin hergestellt, weil sie die Geschichte der Browns als eine Art eigenwilliges Dankeschön erzählen wollten ... aber daraus hatte sich mehr entwickelt. «Ich bin immer noch überwältigt von diesem Internet-Hype ... und dass wir dabei unsere Finger im Spiel hatten. *Du* könntest doch die Hintergrundstory dazu schreiben, Rebecca.»

Zweifel und ein Anflug von schlechtem Gewissen huschten über Rebeccas Miene. Sie wandte den Blick ab und ließ die Arme hängen. «Ich bezweifele es. Hier läuft es nicht besonders gut.»

Ähnliche Kommentare machte sie schon seit sechs Monaten, doch bisher hatte sie nicht mehr erzählt, als dass es irgendwelche Probleme bei der Arbeit gab. Rebecca war aufs College gegangen und hatte ihren Abschluss in Journalismus gemacht, wie sie es sich immer erträumt hatte. Sie hatte einen Job bei einer durchaus angesehenen Zeitung ergattert, und alle waren so stolz auf sie, ihre Gammy eingeschlossen. Aber in Dorothys Augen wirkte Rebecca einfach nur unglücklich. Dorothy tat ihre Freundin von Herzen leid, und sie wünschte, sie könnte irgendwie helfen.

«Dann komm doch nach Hause», schnaubte Scarlett und hob in einer ‹Wo liegt das Problem?›-Geste die Hand. Subtil wie immer. «Wir müssen unsere Pläne für die Bibliothek besprechen, und außerdem vermissen wir dich.»

«Bald. Vielleicht. Ich weiß es nicht.» Rebecca räusperte sich. «Ich vermisse euch auch. Wir können unsere Pläne jederzeit über Zoom oder telefonisch besprechen, bis ich mir über alles klar geworden bin.»

«Okay.» Dorothy starrte gedankenverloren auf die gegenüberliegende Wand ihres Wohnzimmers. Über ihrem Flachbildfernseher hing ein altes Foto der Bibliothek, aufgenommen irgendwann in den Dreißigerjahren. Die Browns hatten jeder der Freundinnen bei ihrer Hochzeit ein solches Bild geschenkt. «Ich kann immer noch nicht glauben, dass sie uns die Bibliothek überschrieben haben, und ja, ich weiß, dass ich das in den letzten Monaten unzählige Male gesagt habe.» Sie schüttelte den Kopf. Sie hatte die Geschehnisse immer noch nicht ganz verarbeitet.

«Dito», warf Rebecca ein.

«Ihr hättet wirklich mein Gesicht sehen müssen, als Bürgermeister Gunner mir die Aktenmappe überreicht hat. Ich wäre fast in Ohnmacht gefallen.»

«Nun, wir waren quasi dafür verantwortlich, dass Sheldon und Rosemary zusammengekommen sind.» Scarlett nippte an ihrem Georgia Sunset. Diesen Cocktail tranken sie seit ihrem einundzwanzigsten Geburtstag bei jedem ihrer traditionellen Freitagstreffen.

Vor ungefähr fünf Jahren hatte Dorothy die Aufgabe übernommen, die Drinks zu mixen, weil Scarlett es immer ein bisschen zu gut mit dem Brandy und dem Pfirsichschnaps meinte und sich dafür bei Grenadine und Zitronenlimonade zu sehr zurückhielt. Jetzt bekam Dorothy zumindest nicht mehr nach nur einem Cocktail bereits einen Kater.

«Wir waren als Amor wirklich erfolgreich.» Rebecca lächelte, das Kinn in die Hand gestützt. Hinter ihr sah man die winzige Küche ihres gemieteten Apartments. Auf den Küchenschränken stapelten sich Bücher bis zur Decke, weil sie – ihrer eigenen Aussage nach – sonst einfach nirgendwo Platz dafür hatte. «Das haben wir gut gemacht. Sie sind ein tolles Paar und lieben sich sehr. Wann haben sie geheiratet ... nur ein Jahr nach diesem Tropensturm, oder?»

«Jepp.» Dorothy leerte ihren Drink und stellte das Glas auf den Beistelltisch. Diese zwei Tische, die ihr beiges Sofa flankierten, waren ein glücklicher Zufallsfund in einem Trödelladen in Savannah gewesen. Sie hatte sie letzten Monat gekauft und schaute sie immer noch gerne an. Massives Ebenholz in Buchform mit einer Glasplatte darauf. «Und sie haben keine Kinder, denen sie die Bibliothek hinterlassen könnten. Ich musste Bürgermeister Gunner ziemlich bearbeiten, aber heute Morgen hat er nachgegeben und mir verraten, dass die Browns ihr

Haus verkauft haben. Von dem Geld haben sie sich ein Wohnmobil gekauft und einen Scheck für uns über das restliche Geld ausgestellt. Also hatten wir die ganze Zeit recht.»

«Ernsthaft?» Rebecca schürzte die Lippen. «Sie haben sich so sehr bemüht, die Bibliothek zu retten ... aber es war, als versuchte man eine klaffende Wunde mit einem winzigen Pflaster zu verbinden. Wahrscheinlich war ihnen klar, dass auch wir ohne Geld nicht viel mehr erreichen können. Na ja, außer vielleicht unsere Ms. Stinkreich hier.» Sie starrte aus dem Bildschirm heraus Scarlett an.

«Hey.» Scarlett verdrehte die Augen. «Meine Familie ist reich. Na und? Das bedeutet noch lange nicht, dass ich Zugriff auf die ganze Kohle habe. Außerdem habe ich alles, was ich von Miss Maureen geerbt habe, in mein Unternehmen gesteckt.»

Mit Miss Maureen war Scarletts Großmutter gemeint, die niemals irgendwem erlaubt hätte, sie mit einem Titel wie ‹Grandma› anzusprechen. Und Scarletts Unternehmen war die Eventagentur, die Scarlett vor drei Jahren gegründet hatte und aus der riesigen Plantagen-Villa ihrer Familie heraus führte.

Manchmal fragte Dorothy sich, ob sie als Mädchen zu wenig geträumt hatte oder sich als Erwachsene zu schnell für einen Beruf entschieden hatte. Ihre beiden besten Freundinnen hatten hart für das gearbeitet, was sie wollten, und ihre Ziele letztendlich auch erreicht. Sie dagegen hatte nichts Außergewöhnliches vorzuweisen. Ein Abschluss in Wirtschaftswissenschaften und die Buchhaltung für Leute aus der Stadt zu erledigen, waren nicht besonders aufregend. Sie seufzte innerlich.

«Also, meine verehrten Mit-Bücherschönheiten.» Scarlett rieb sich verschmitzt die Hände. «Wollen wir unseren größten Traum Wirklichkeit werden lassen? Den Traum, der uns seit dem Kindergarten begleitet?»

Rebecca zog die Augenbrauen hoch, und ihr leichtes Lächeln sagte wortlos: Warum nicht?

Als Kinder hatten sie sich idealistischen Vorstellungen hingegeben. Damals, als noch alles möglich erschienen war, als sie an einem heißen Sommernachmittag nichts anderes gebraucht hatten als ein Eis ... und die Liebe immer nur ein Kapitel in dem Buch entfernt war, das sie gerade heimlich unter der Bettdecke lasen. Sie hatten schon lange nicht mehr darüber gesprochen. Nicht mehr seit der Highschool, als sie verstanden hatten, dass sich dieser besondere Traum nie erfüllen konnte. Die Bibliothek gehörte den Nachfahren der Vallantines – und das waren sie nicht. Also hatten sie das Thema ad acta gelegt. Neue Abenteuer, neue Träume ... und dann war da noch dieses alberne Ding namens Realität.

Aber jetzt stellte sich die Sache plötzlich ganz anders dar.

Zum ersten Mal realisierte Dorothy wirklich, was das bedeutete. Ihre Namen standen im Grundbuch.

«Wir können den Bookish-Belles-Buchladen eröffnen.» Sie presste die Finger an ihre Lippen, als könnten ihre Worte alles wieder rückgängig machen. Ihr Blick verschwamm, weil ihr Tränen in die Augen stiegen. «Die Bibliothek im Erdgeschoss, unser Laden im ersten Stock.»

Grinsend legte Scarlett Dorothy den Arm über die Schulter. «Werden wir das durchziehen, meine Schönheiten?»

Ein schwaches Lachen, dann sah Dorothy Rebecca an. «Werden wir?»

Rebecca neigte nachdenklich den Kopf, nickte langsam und schlug dann auf den Tisch, auf dem ihr Laptop stand. «Ja. Wir werden das durchziehen. Zusammen, wie immer.»

KATHERINE VALLANTINES
BOURBON-PFIRSICH-PIE-REZEPT

Zutaten:
375 g Butter
1 TL Salz
1 TL gemahlener Zimt
60 ml Bourbon-Whiskey
5 EL kaltes Wasser
50 g weißer Zucker
90 g brauner Zucker
350 g Mehl
75 g Haferflocken
2 TL klare Gelatine
8–10 Pfirsiche

Anleitung:
Ofen auf 220 Grad vorheizen.
In einer Schüssel 250 g Mehl mit Salz und einer Prise Zucker verrühren. 250 g kalte Butter hinzufügen und alles gründlich vermischen, bis der Teig krümelig ist. Kaltes Wasser hinzufügen und mit der Hand kneten, bis ein glatter Teig entsteht.
Den Teig auf einer mehlbestäubten Oberfläche auf die Größe der Pie-Form ausrollen.
Den Teig in die gefettete Form legen und sorgfältig an den Seiten und am Boden andrücken. Überschüssigen Teig an

der Kante der Form abschneiden. Den Teig auf dem Rand leicht eindrücken, um eine gewellte Kruste zu erzeugen. Anschließend in den Kühlschrank stellen.

Pfirsiche schälen und Kerne entfernen. In Stücke schneiden und in eine Schüssel geben.

In einem Kochtopf Bourbon und weißen Zucker zum Kochen bringen, dabei regelmäßig verrühren. Gelatine hinzufügen und auf niedriger Flamme noch zwei Minuten köcheln lassen.

Von der Herdplatte nehmen und vorsichtig die Pfirsiche unterheben, bis sie mit der Masse überzogen sind.

Pie-Form mit dem Teig aus dem Kühlschrank nehmen. Die Pfirsichmischung bis zum Rand einfüllen. Zur Seite stellen.

125 g Butter mit braunem Zucker und Zimt schmelzen, dabei circa fünf Minuten ständig rühren, bis alles geschmolzen ist und an Karamell erinnert.

Vom Herd nehmen. Haferflocken und 100 g Mehl hinzufügen und miteinander verrühren, bis ein klebriger Teig entsteht, der an Cookie-Teig erinnert.

Mit den Fingern kleine Teile davon über den Pfirsichen verteilen, bis sie unter einer gleichmäßigen Schicht liegen.

In der Mitte des Ofens bei 220 Grad für 30–40 Minuten backen.

Vor dem Servieren zwanzig Minuten abkühlen lassen. Reste im Kühlschrank aufbewahren.

Kelly Moran ist die *Queen of Cozy Romance*. Sie schreibt Wohlfühlgeschichten voller Romantik und Emotion, die sich durch ihre idyllischen Settings auszeichnen, und gewann für ihre Bücher schon diverse Preise. Ihre Leser:innen und Kritiker:innen begeisterte sie unter anderem mit der Redwood-Love-Trilogie über drei Tierärzte in einem kleinen Ort in Oregon. So urteilte beispielsweise die *RT Book Reviews* über Band 1: «So voller Wärme und Gefühl, dass man sich unweigerlich verliebt ...» Die Bücher standen etliche Wochen auf der Bestsellerliste des *Spiegels*. Kelly Moran lebt mit ihren drei Söhnen in South Carolina, in den Südstaaten der USA, und arbeitet momentan an einer Trilogie über die Bookish Belles, die man bereits in der Geschichte «Because It's True – Tausend Momente» kennenlernt.

Vanessa Lamatsch wurde 1976 in eine Familie von Tierärzten geboren. Doch sosehr sie Tiere auch mochte: Ihre größte Liebe galt immer den Büchern. Schon mit 14 Jahren begann sie, auf Englisch zu lesen, weil sie nicht auf die Übersetzungen warten wollte. Die logische Folge: Nach ihrem Abitur im Jahr 1996, einem Studium der Englischen Literaturwissenschaft und einem Aufbaustudiengang Buchwissenschaft sorgt sie seit 2008 dafür, dass Leser nicht mehr so lange auf neue Übersetzungen warten müssen.

WEITERE TITEL

Kissing in the Rain
When you look at me

Redwood-Reihe
Redwood Love – Es beginnt mit einem Blick
Redwood Love – Es beginnt mit einem Kuss
Redwood Love – Es beginnt mit einer Nacht
Redwood Dreams – Es beginnt mit einem Lächeln
Redwood Dreams – Es beginnt mit einem Knistern
Redwood Lights – Es beginnt mit dem Duft nach Schnee

Wildflower-Summer-Reihe
Wildflower Summer – In deinen Armen
Wildflower Summer – In diesem Moment

Kira Mohn

BECAUSE IT'S TRUE

Ein einziges Versprechen

And suddenly
you fall in love
with the one
who was there
all along

KAPITEL 1

Ich habe keine Ahnung, wann aus Vic plötzlich VIC wurde. VIC in Großbuchstaben. Die VIC, um die sich ständig und damit viel zu oft meine Gedanken drehen, und zwar anders als früher. Früher, das war, als ich darauf brannte, endlich mit den Hausaufgaben fertig zu werden, weil ich mich mit Vic beim McCaig's Tower verabredet hatte. Wir spielten dort oben einen ganzen Sommer lang, versehentlich in eine andere Wirklichkeit geraten und quasi ins alte Rom gefallen zu sein.

Jahre später ist es jetzt wohl tatsächlich passiert, und ich bin aus der Welt, in der Victoria und ich die besten Freunde sind, in eine Realität gerutscht, in der ich mir nicht mehr sicher bin, ob der Begriff *Freundschaft* noch dem gerecht wird, was ich für Vic empfinde.

Zu empfinden glaube.

Empfinde.

Es ist kompliziert.

Leise quietschende Türangeln reißen mich aus meinen Gedanken, und ich weiß genau, wer da gerade zum dritten Mal innerhalb der letzten halben Stunde im Türrahmen steht. «Jack?», höre ich eine helle Stimme.

«Fin», knurre ich. «Du sollst jetzt endlich schlafen. Morgen musst du früh aufstehen.» Genau genommen ist das gelogen. *Ich* muss früh aufstehen, aber wenn ich das muss, muss Finlay es ebenfalls.

Es quietscht erneut, als Fin sich jetzt in mein Zimmer drückt und an mein Bett tritt. «Jack ...»

Ich kann meinen kleinen Bruder förmlich denken hören. *Kann ich was trinken?*, hat er schon durch, *Ich muss aufs Klo* ebenfalls. Was kommt jetzt?

«Ich hab Bauchweh.»

Innerlich seufze ich auf, und das aus gleich mehreren Gründen. *Ich hab Bauchweh* ist Finlays schärfste Waffe und wahrscheinlich auch seine traurigste. Dieser Satz vereint in sich alles, was einem kleinen, vierjährigen Jungen im Leben zu schaffen machen kann, und es gibt nichts, aber auch gar nichts, was sich dagegen tun ließe.

«Willst du zu mir kommen?», frage ich.

Statt zu antworten, krabbelt Fin unter die Decke, die ich etwas angehoben habe. Seine eiskalten Füße schieben sich zwischen meine Beine, während er sich an mich kuschelt und ich die Decke zurücksinken lasse. Sein schmaler Rücken presst sich gegen meinen Oberkörper, und seine verstrubbelten, dunkelblonden Haare befinden sich direkt unter meiner Nase. Ich rutsche ein wenig nach oben und frage mich, ob ich noch sehr stark nach dem Pub rieche. Ich habe extra nicht mehr geduscht, um Fin nicht zu wecken, doch diese Sorge hätte ich mir schenken können: Wie so oft hat er auf mich gewartet.

«Dolle Bauchschmerzen?», will ich wissen, nur so, für meine persönliche Statistik.

«Mittel», murmelt Fin, doch ich weiß, seine Bauchschmerzen werden sich unmittelbar verstärken, sollte ich ihm irgendwann den Vorschlag machen, heute Nacht noch einmal zurück in sein eigenes Bett zu gehen.

Der Kinderarzt hat Finlay im Laufe des letzten Jahres

auf den Kopf gestellt, ohne etwas zu finden, wodurch sich seine Bauchschmerzen erklären ließen. Auf der einen Seite ist das natürlich beruhigend. Auf der anderen Seite macht es mich wütend, denn ich hasse es, hilflos zu sein. Und ich fühle mich nun mal hilflos, wenn Fins Stimme diesen zaghaften Ton bekommt, mit dem er sich direkt dafür zu entschuldigen scheint, Probleme zu verursachen. «Warum hab ich immer Bauchweh, Jack?» Das hat er mich schon mehr als einmal gefragt, und es gibt keine zufriedenstellende Antwort, die ich ihm darauf geben könnte. «Manchmal hat man eben Bauchweh, Fin», wiederhole ich dann in der Regel die Worte des Kinderarztes, und Finlay nickt, als sei das eine angemessene Erklärung.

Ein leises Schnarchen macht mir kurz darauf klar, dass er endlich eingeschlafen ist. Im Gegensatz zu mir, der ich nun zum tausendsten Mal darüber nachdenke, was man gegen diese verfluchten Bauchschmerzen ausrichten könnte. Wenigstens einer in dieser Familie muss das ja tun, auch wenn es sinnlos zu sein scheint. Offenbar müssen wir Finlays Bauchschmerzen einfach aushalten, er und ich, und können nur hoffen, dass sie irgendwann genauso plötzlich wieder verschwinden, wie sie eines Tages aufgetaucht sind.

Ich drücke mein Kopfkissen nach unten, um auf meinen Wecker sehen zu können. Kurz nach halb drei. In nicht einmal vier Stunden muss ich aufstehen, wenn ich Fin um Viertel vor acht unmittelbar nach dem Öffnen der Kindertagesstätte seiner Erzieherin Vika in die Arme drücken will, um dann selbst eine Viertelstunde später bei Alfie in der Reinigung auf der Matte zu stehen. Zweimal in der Woche versorge ich für ihn in Oban und im Umland kleinere Hotels, Pensionen und eine ganze Reihe an privaten Bed and Breakfasts mit frischen Handtüchern und Laken. Das Geld, das ich dabei verdiene, können wir gut brauchen. Der Pub allein wirft längst nicht mehr genug ab. Dad müsste endlich mal ein paar dringend fällige Reparaturen in die Wege leiten und vielleicht etwas mehr Geld in Werbung investieren, doch gegen beides sträubt er sich hartnäckig: *Brauchen wir nicht. Läuft doch.*

Keine Ahnung, wie es ihm gelingt, sich die Situation noch immer schönzureden. Vielleicht funktioniert es deshalb, weil er an den Abenden, an denen er im Pub hinter der Theke steht, mittlerweile selbst sein bester Kunde ist – was allerdings nicht unbedingt dafür sorgt, dass der Laden mehr abwirft. Das *Merry Men*. Mein Urgroßvater hat diesen Pub in den Fünfzigerjahren aufgebaut, und nach meinem Großvater hat Dad ihn vor ein paar Jahren übernommen, aber seit Mum nicht mehr da ist, geht der Schuppen genau wie alles andere vor die Hunde. Die lustigen Zeiten sind vorbei.

Ich würde mich gern auf die andere Seite drehen, doch dann wird mit großer Wahrscheinlichkeit Fin wach. Also lasse ich lieber zu, dass mein linker Arm langsam gefühllos wird – nur noch eine kleine Weile, bis er wirklich so tief schläft, dass nicht einmal Dads gelegentliches nächtliches Gepolter ihn zu wecken vermag, wenn der zu betrunken ist, um den Weg in sein Bett zu finden. In den letzten Monaten hat er bisweilen sogar auf der Klappliege in der Kammer hinter der Bar zwischen Flaschenträgern und den Kartons mit Erdnüssen geschlafen.

Meine Gedanken treiben zurück zu Vic. Sie war heute kurz im Pub, um mir zu erzählen, dass sie sich jetzt endgültig für das Edinburgh College of Art entschieden habe. Sie wird sich dort bewerben, und ich bin sicher, sie werden sie nehmen – wer würde das nicht tun? Seit wir vor knapp einem Jahr mit der Schule fertig geworden sind, arbeitet Vic an ihrer Bewerbungsmappe, während ich nur zunehmend häufiger im *Merry Men* hinter der Theke stehe.

«Oh Gott, Jack», hat Vic gesagt und mir am Tresen ihr leeres Glas entgegengeschubst. «Ich kann mir überhaupt nicht vorstellen, nicht mehr bei meinen Eltern zu leben. Oder dich nicht mehr jeden Tag zu sehen. Warum kommst du denn nicht mit? Wir könnten beide in Edinburgh studieren.»

Ich habe ihr Irn Bru nachgeschenkt und dabei beiläufig meinen Rang in ihrer Prioritätenliste registriert. Seit einiger Zeit fallen mir solche Kleinigkeiten auf. Ihre Frage habe ich ignoriert. Stattdessen habe ich Vic zum zehnten Mal versichert, dass sie sich in Edinburgh garantiert schnell wohlfühlen und unser Kontakt dadurch nicht abreißen wird. Man kann sich ja Nachrichten schreiben. Telefonieren. Skypen. Natürlich wird es nicht dasselbe sein, und wer weiß schon, ob Vic am College nicht einen Kerl kennenlernt, der kein Verständnis dafür aufbringt, dass sie so viel Zeit für den alten Freund aus Oban aufwendet.

Vielleicht wäre das sogar das Beste. Ein langsames Auseinanderdriften, statt dieses ziehende Gefühl, das sich immer häufiger bei mir einstellt. Wenn sie mit einer Haarsträhne spielt. Das Glas an ihre Lippen setzt. Mich zum Abschied umarmt.

Ohne nachzudenken, lasse ich mich auf den Rücken

fallen, und Fin seufzt leise im Schlaf. Vorsichtig rücke ich etwas näher an ihn heran, spüre, wie die Anspannung, die ihn ergriffen hat, wieder aus seinem kleinen Körper weicht.

Wenn ich nicht bald mal müde werde, wird das morgen ein echter Scheißtag.

Und habe ich gerade allen Ernstes gedacht, ein langsames Auseinanderdriften zwischen Vic und mir wäre das Beste?

Verdammt, nein. Wäre es nicht.

Nur ist der aktuelle Zustand eindeutig auch nicht das Wahre.

Ich schließe die Augen.

Es ist kompliziert.

KAPITEL 2

Jack, machst du mir noch ein Ale?» Diese Frage kommt vom alten Hamish, einem der Urgesteine im *Merry Men*. Seit seine Frau ihn verlassen hat, ist er so gut wie jeden Abend hier – also seit über zwanzig Jahren. Sitzt er mal nicht an seinem Platz, mache ich mir Gedanken.

«Sicher.»

Eigentlich ist heute mein älterer Bruder dran. Callan dienstags und freitags, ich mittwochs und sonntags. Es wäre seine Aufgabe, am Tresen zu stehen und Bier zu zapfen. Erstens habe ich das schon gestern für Dad übernommen, und zweitens bin ich nach der miesen letzten Nacht echt alle, doch Callan hat mich mal wieder sitzenlassen und ist einfach nicht aufgetaucht. Wahrscheinlich hängt er mit Lewis und dessen idiotischen Freunden rum – auf jeden Fall werde ich ihm heute Nacht etwas dazu erzählen.

«Gibt's auch noch was zu essen?»

«Die Tagessuppe.» Ich stelle Hamish sein Bier vor die Nase.

«Mit Rindfleisch?»

«Mit Zwiebeln.»

Hamishs Gesichtsausdruck skeptisch zu nennen, wäre eine Untertreibung. Ich kann ihm da nicht helfen. Rindfleisch ist teuer. Zwiebeln sind günstig.

«Gibt's auch noch Chili Cheese Fries?»

«Heute nicht.» Die letzten Kartoffeln sind in der Suppe gelandet. Das wäre ebenfalls Callans Job gewesen: die Einkäufe zu erledigen. «Aber Brot zur Suppe kann ich dir anbieten.»

«Dann eben die Suppe.» Hamish seufzt es fast.

«Sie wird dir schmecken.»

Sogar Fin mochte sie, und dieser Knirps ist echt wählerisch, was Essen anbelangt.

Ich verschwinde in der Küche, um Hamish einen Teller Suppe zu holen. Bis vor Kurzem hat sich Cody um solche Dinge gekümmert. Wir schulden ihm jedoch mittlerweile das Gehalt der letzten zwei Monate – so geht das alles verflucht noch mal nicht weiter!

«Lass es dir schmecken.»

Während Hamish damit beginnt, in der Suppe herumzurühren, fahre ich mit einem Lappen über die Theke. Ist nicht so, dass ich dafür viele Gläser beiseiteschieben müsste, und auch die Tische sind überwiegend leer. So gesehen lohnt sich eine Aushilfe für die Küche nicht einmal, zumal unsere Speisekarte von Monat zu Monat schrumpft. Nicht zum ersten Mal denke ich darüber nach, wie es wäre, den ganzen Laden einfach zu verkaufen. Owen Cunningham will ein Hotel daraus machen, er würde einen halbwegs ordentlichen Preis zahlen. Und was sollen wir mit einem Pub, in dem sich nur noch die treuen Seelen einfinden, weil das Ding für alle anderen – insbesondere für die Touristen – etwas *zu* retro ist? Sofern man wackelnde Stühle, angestoßene Gläser und einen Boden, der seit Jahren mal wieder abgeschliffen und geölt gehört, überhaupt noch retro nennen kann. Und das ist nur die Spitze des Eisbergs. Mit dieser Sicht stehe ich allerdings allein da – nicht nur Dad ist dagegen, sondern auch Callan. Mit dem *Merry Men* im Rücken kann er sich seiner Freundin Edie gegenüber als Barbesitzer aufspielen und ist nicht nur der Typ, der bei Tesco arbeitet.

Ich werfe den Lappen ins Spülbecken.

Dann soll er hier wenigstens auch seinen Job erledigen! Für heute Abend hatte ich Fin versprochen, ihm vor dem Schlafengehen weiter aus dem Buch vorzulesen, das er sich in der Bibliothek ausgesucht hat, und jetzt ist er einmal mehr ganz alleine. Also – Dad ist da. Aber für Fin macht das keinen Unterschied.

«Hey.» Als hätte ich ihn mit meinen letzten Gedanken herbeigerufen, schwingt sich Callan in dieser Sekunde auf einen der mit brüchigem Leder überzogenen Barhocker. Leider nicht nur er. Auch die unvermeidliche Hackfresse Lewis ist dabei, außerdem noch ein anderer Kerl, den ich nicht kenne, und irgendein Mädchen, das ich auch noch nie gesehen habe.

«Machst du uns vier Whisky?»

Der Blick, den Callan mir dabei zuwirft, ist unmissverständlich. *Komm mir jetzt nicht blöd*, scheint er zu sagen. Scheißegal. «Klar, wenn du im Voraus zahlst.»

Callan seufzt und rutscht vom Stuhl. Etwas ruppiger als nötig schiebt er mich zur Seite, um den Glenmorangie aus dem Regal zu nehmen – mit einem der günstigeren Whiskys gibt er sich natürlich nicht zufrieden.

Callan ist zwei Jahre älter als ich, doch die Zeiten sind vorbei, in denen er mir körperlich überlegen war. Ganz kurz überlege ich, ihm ebenfalls einen Stoß zu verpassen, doch nein. Es ist lange her, dass wir unsere Streitigkeiten auf diese Weise ausgetragen haben, und mit Sicherheit werde ich nicht ausgerechnet hier im Pub und vor seinen bescheuerten Freunden wieder damit anfangen, ganz egal, wie sauer ich auf ihn bin.

Sie verziehen sich mitsamt der Flasche, Gläsern und blöde grinsend an einen der Tische, und mir bleibt nichts anderes übrig, als ihnen hinterherzusehen. Warte nur, Callan, ich erwische dich heute auch noch mal alleine. Oder morgen. Wann auch immer. Noch wohnt er mit mir unter einem Dach, auch wenn er seit Neuestem häufiger über Nacht fortbleibt. Ich mag diesen Lewis nicht. Er hat komische Augen. Irgendwie fühle ich mich von seinem Blick eingesaugt.

Wenn ich bei Callans Erscheinen eine Zehntelsekunde lang die Hoffnung hatte, er würde mich doch noch ablösen, hat der Anblick von Lewis diesen Gedanken unmittelbar wieder zunichtegemacht, und obwohl ich dagegen ankämpfe, steigere ich mich mehr und mehr in meinen Groll hinein, je länger ich die vier an ihrem Tisch beobachte. Während ich mich um die wenigen Gäste kümmere, zwischendurch eine Einkaufsliste anfertige und irgendwann damit beginne, die Küche aufzuräumen – alles eigentlich Callans Job! –, hängen er und seine Freunde herum und scheinen jeden erdenklichen Scheiß geradezu unglaublich witzig zu finden. Das Mädchen sitzt neben Callan und himmelt ihn an – das tun die meisten Frauen. Mein Bruder weiß ganz genau, dass er gut aussieht, doch man muss ihm lassen, dass er nicht zu den Kerlen gehört, die das ausnutzen. Zumindest nicht mehr, seit er vor etwas über einem Jahr mit Edie zusammengekommen ist. Die Kleine am Tisch kann ihm noch so oft beiläufig die Hand auf den Arm legen, sie hat absolut keine Chance.

Das einzig Gute an dem ständigen Gelächter, das von ihrem Tisch kommt, ist wohl, dass das *Merry Men* ausnahmsweise einmal nicht verlassen und trostlos wirkt. Allerdings kommen keine Leute vorbei, um das zu bemerken.

Callan hat nicht noch einmal versucht, mich zu irgendetwas aufzufordern. Stattdessen ist er selbst hinter die Theke getreten, um gesalzene Erdnüsse zu holen; doch als er kurz vor eins ein weiteres Mal vorbeikommt und nach einer Flasche Gin greift, packe ich ihn am Arm. «Was soll das hier? Füllst du das morgen wieder auf?»

«Spiel dich nicht so auf, Kleiner.» Callan nennt mich so, seit er zwölf war und ich zehn. Damals hat diese Bezeichnung noch gestimmt. Mit einer schnellen Bewegung windet er sich jetzt aus meinem Griff. «Es sind nur ein paar Drinks. Hat den Glenmorangie irgendwer vermisst?» Er weiß genauso gut wie ich, dass unseren teuersten Whisky so gut wie nie jemand bestellt.

«Heute nicht. Aber vielleicht morgen. Oder übermorgen. Das Zeug steht auf der Karte, und die wird eh immer kürzer, also hör auf, es wie Dad zu machen!»

Callans Blick verengt sich. «Piss mich nicht an», sagt er und lässt mich einfach stehen.

«Callan!», zische ich halblaut, ohne eine Antwort zu erwarten. Es ist doch nicht zu fassen.

Ein Räuspern lässt mich zur Seite sehen. «Ich mach mich dann mal», sagt Hamish und legt ein paar Scheine auf den Tresen.

«Alles klar», erwidere ich. «Bis morgen. Und sorry.»

Hamish macht eine beschwichtigende Handbewegung. «Ist ja normal unter Jungs.»

Über diese Bemerkung muss ich trotz allem lächeln. *Jungs.* Na ja, aus Hamishs Perspektive sind wir das wohl. Keine Ahnung, wie alt genau er selbst ist, aber garantiert nicht unter siebzig.

Nachdem der dunkle Vorhang, der den Innenraum vor Zugluft schützen soll, hinter Hamish zurück an seinen Platz gefallen ist, drehe ich mich wieder zu Callan um. Er und seine Freunde sind jetzt die Einzigen hier, und es ist Zeit, alles dichtzumachen. Zumindest die Theke putzen könnte er später noch.

Ich krame in meiner Jeanstasche nach dem Schlüssel, und als die schwere Eingangstür verriegelt ist, trete ich an Callans Tisch.

«Die Tür ist zu, ich geh hoch. Kümmerst du dich noch um die Bar?»

«Na, aber sicher!»

Die Antwort meines Bruders ruft neue Lachsalven bei seinen Freunden hervor. Unfassbar komisch, wirklich.

«Ich meinte damit, machst du noch sauber?», erwidere ich scharf.

«Natürlich.» Callan grinst mich an. «Geh ruhig ins Bett, Kleiner, wir regeln das hier schon.»

Am liebsten würde ich Lewis und die beiden anderen rauswerfen und mir direkt im Anschluss Callan vornehmen, doch so, wie der gerade drauf ist, wäre das vollkommen zwecklos. Offenbar haben sie alle vier schon viel zu viel vom Glenmorangie getrunken.

Zähneknirschend wende ich mich ab, das Gelächter der Idioten im Rücken. Morgen früh, nehme ich mir vor, während ich hinter dem Tresen an der Küche vorbei auf die Treppe zugehe, die zu unserer Wohnung führt. Sobald Fin im Kindergarten ist. Und ich hoffe, ich komme in den Genuss, Callan für dieses Gespräch mit einem Zahnputzbecher eiskalten Wassers zu wecken.

KAPITEL 3

Zu meiner Enttäuschung ist Callan am nächsten Morgen nicht da. Nur Dad schnarcht in seinem Zimmer, Callans Bett dagegen ist unbenutzt. Weiß der Himmel, wo er heute Nacht geschlafen hat. Mir schwant nichts Gutes, als ich in den Pub hinuntergehe, nachdem ich Fin zum Kindergarten gebracht habe und einkaufen war, und meine Ahnung bestätigt sich. Natürlich hat Callan absolut nichts gemacht. Nicht einmal die Gläser abgeräumt. Es hätte mich nicht gewundert, ihn und die anderen über dem Tisch hängend vorzufinden, wo sie ihren Rausch ausschlafen, doch niemand ist da.

Callan, du verfluchter Arsch.

Ich bringe die Einkäufe in die Küche, schalte die Kaffeemaschine ein und öffne anschließend die beiden Fenster, die zur Straße hinausgehen, um frische Luft hereinzulassen. Es ist ein sonniger Tag, etwas kühl für Mai, doch das wird sich im Laufe der nächsten Stunden bestimmt noch ändern.

Gerade bin ich dabei, die Stühle hochzustellen, um endlich mal wieder den Boden zu wischen, als Vic vor einem der Fenster auftaucht. «Hi, Jack. Lässt du mich rein?»

Sie trägt ihr langes braunes Haar offen, es schimmert in der Sonne wie glatt poliertes Holz, und sie strahlt mich mit diesem Lächeln an, bei dem sich unmittelbar das mittlerweile vertraute Ziehen in mir ausbreitet. Herrgott. Morgens um zehn, noch vor dem ersten Kaffee.

«Was machst du denn hier so früh?» Direkt, nachdem Vic hereingeschlüpft ist, schließe ich wieder ab. Es sind zwar keine Horden zu erwarten, doch einmal habe ich es vergessen und musste dann ein Touripärchen wieder hinauskomplimentieren, das irrtümlicherweise annahm, es hätte einen Pub mit Mittagstisch gefunden.

«Ich wollte dich nur mal besuchen.» Vic schlingt mir überschwänglich die Arme um den Hals, und ich lege automatisch die Hände auf ihre Hüften, bevor ich schnell wieder loslasse. «Meine Eltern haben mir angeboten, für die erste Zeit in Edinburgh ein Zimmer in einer Pension zu mieten, damit ich mich in Ruhe nach einer Unterkunft umsehen kann, ist das nicht toll?»

«Klingt wirklich gut.» Alice und George Buchanan, Vics Eltern, haben ihrer einzigen Tochter schon immer jeden Wunsch erfüllt, doch das ist sogar für ihre Verhältnisse ein großzügiges Angebot – Edinburgh ist teuer. «Dann hast du ja erst einmal keinen Stress.»

«Genau. Also – falls ich überhaupt angenommen werde.»

Ich winke ab. «Darüber würde ich mir an deiner Stelle keine Gedanken machen.»

«Mache ich aber. Du könntest mir übrigens wenigstens bei der Zimmersuche helfen, wenn du schon nicht mitkommen willst.» Vic schwingt sich auf einen der Tische und lässt die Beine baumeln. Sie trägt ein helles Shirt, das ihr über die Schulter gerutscht ist. «Komm schon, Jack ... vielleicht wenigstens ein paar Tage? Ein langes Wochenende? Du und ich in Edinburgh? Hm?»

Hätte sie auch nur den Hauch einer Ahnung, wie gern ich einfach *Na klar* erwidern würde, müsste Vic sich jetzt nicht solche Mühe geben, mich möglichst bittend anzulächeln.

«Ich werde sehen, was ich tun kann, okay?», sage ich. «Das ist aber kein Versprechen.»

«Natürlich ist es das!» Vic grinst. «Callan kann doch wohl mal einen Sonntag für dich arbeiten.»

«Callan», wiederhole ich, und meine Stimmung sackt in den Keller. «Auf den brauchst du nicht zu hoffen – der kriegt es seit einer Weile nicht mal auf die Reihe, seine eigenen Abende zu übernehmen.»

«Wieso nicht?»

«Keine Ahnung.» In den letzten Minuten habe ich weiterhin Stühle hochgestellt, jetzt trete ich an den Tisch, auf dem Vic sitzt. «Auf jeden Fall nicht deshalb, weil er sich anderswo überarbeitet – er hängt einfach nur noch mit diesem Lewis rum. Gestern kam er mit dem sogar auf einige Drinks vorbei, obwohl er eigentlich dran gewesen wäre, am Tresen zu stehen.»

«Ich mag Lewis nicht.» Vic verzieht das Gesicht. «Der hat nur bescheuerte Sprüche drauf, und seine Freunde ticken alle genauso – also, außer Callan natürlich.» Die letzten Worte hat Vic mir hinterhergerufen, während ich den Putzeimer aus der Kammer geholt habe. «Ich frage mich, was Callan an ihm findet. Der kriegt doch absolut nichts auf die Reihe.»

Wüsste ich auch gern.

«Wie ging es Finny heute Morgen?» Vic wechselt das Thema.

«Keine Bauchschmerzen.» Ich stelle den Eimer, den

ich gerade in der Küche mit Wasser gefüllt habe, vor Vics Tisch ab. «Im Gegensatz zu letzter Nacht. Und zu vorletzter.»

«Ach Mann, der Arme. Ich könnte meine Mutter noch einmal fragen, vielleicht hat die noch eine Idee ...»

«Ich glaube, das bringt alles nichts», unterbreche ich sie und tauche den Mopp ins lauwarme Wasser. «Fin war mit meinem Vater allein, das ist alles.»

Vic senkt kurz den Kopf, dann blickt sie wieder auf. «Dein Dad muss endlich aufhören, Finny zu übersehen.»

Mit grimmigen Bewegungen zerre ich den Mopp über den fleckigen Boden. Diese Hoffnung habe ich mittlerweile aufgegeben. Mein Vater wird Fin immer für Mums Tod verantwortlich machen.

«Wollt ihr heute Abend zu uns zum Essen kommen?», fragt Vic.

«Mal sehen. Ich bin eigentlich heute hier dran.»

«Frag doch Callan, ob er übernimmt. Immerhin bist du gestern für ihn eingesprungen.»

Das bin ich auch letzten Freitag schon. Und in den Tagen davor auch immer mal wieder. Ganz egal, wie oft Callan beteuert, er werde da sein – seit einiger Zeit ist es immer ein Glücksspiel, ob er seine Versprechen hält.

«Ich werd's versuchen», erwidere ich trotzdem.

«Mum würde sich freuen – wenn ich ihr sage, dass ihr kommt, kocht sie garantiert Finnys Lieblingsessen.»

Darauf wette ich. Alice Buchanan ist Fins kleinem Lächeln verfallen und tut alles, um es hervorzulocken.

«Kann ich dir eigentlich irgendwie helfen?»

«Du könntest da sitzen bleiben und nicht über den nassen Boden laufen.»

«Wenn du noch mal kurz hinter mir herfeudelst, könnte ich aber auch die Gläser spülen, die noch auf der Theke stehen.»

«Sieh mal nach, wie voll die Spülmaschine schon ist – eigentlich müssten die da noch reinpassen.»

«Okay.» Vic rutscht vom Tisch und tritt hinter den Tresen, wo sie das Tablett mit den benutzten Gläsern anhebt, das ich auf der Theke habe stehen lassen, und damit in dem kurzen Gang verschwindet, der zur Küche führt. Das Geräusch der Schwingtür ist zu hören und dann Vics Stimme. «Passt alles noch rein!»

Mit einem Glas und einer Flasche Irn Bru, die sie sich aus dem Kühlschrank genommen hat, kommt Vic wieder zum Vorschein. «War Edie gestern auch da?»

«Nein, wieso?»

«Da war Lippenstift an einem Glas.» Vic dreht die Flasche auf. «Möchtest du auch?»

«Nein, ich mach mir gerade Kaffee. Der Lippenstift kommt von einer Frau, die ziemlich offensichtlich versucht hat, die Aufmerksamkeit von Callan auf sich zu lenken.»

«Hatte sie Erfolg?»

«Natürlich nicht.»

«Na, bei Callan weiß man ja gerade nicht unbedingt, was dem so als Nächstes einfällt.»

«Edie ist ihm heilig.»

«Noch.»

«Darauf würde ich wetten.»

«Du hättest vor ein paar Monaten garantiert auch nicht gedacht, dass er mit so Verlierern wie diesem Lewis herumläuft.»

Das stimmt allerdings. Ich feudele um die letzten Tische herum. «Trotzdem.» Wasser spritzt auf, als ich den Mopp etwas zu schwungvoll in den Eimer stelle. «Du hättest ihn erleben sollen, wie er sich neulich zweimal umgezogen hat, nur weil er mit Edie zum Essen verabredet war.»

«Wohin sind sie gegangen?»

«Keine Ahnung, hab ich nicht gefragt. Ich weiß nur, dass er sie eingeladen hat. Und als sie dann kurz da war, hat er für nichts anderes mehr einen Blick gehabt. Glaub mir, da können noch so viele Frauen um ihn rum sitzen, die wären ihm völlig egal.»

«Edie ist nicht doof – was sagt sie denn zu Lewis?»

«Ich denke nicht, dass Callan die beiden einander vorgestellt hat.»

«Würde ich an seiner Stelle auch nicht tun. Immerhin wird Edie Polizistin – da kassiert sie einen Trottel wie Lewis mit Sicherheit sofort ein.» Vic lacht, und ich muss grinsen.

Sie steht noch immer vor den Zapfhähnen, nachdem ich das schmutzige Wasser in der Gästetoilette entsorgt habe und mit dem Mopp und dem leeren Eimer hinter die Theke trete.

«Achtung.» Ich drücke mich an ihr vorbei in den Gang hinein, von dem aus auch die Kammer abgeht.

Vic folgt mir und reibt sich die nackten Oberarme. «Kalt hier drin.»

«Was läufst du mir auch hinterher?»

«Hey, ich laufe dir doch immer hinterher.»

Vic grinst, oder vielleicht lächelt sie auch, das ist in diesem fensterlosen Loch, das nur von einer staubigen

Glühbirne erhellt wird, schwer zu sagen. Auf jeden Fall steht sie mit verschränkten Armen direkt vor der Tür und macht keine Anstalten, wieder in den Gang zu treten, nachdem ich Eimer und Mopp abgestellt habe. Was, wenn ich die zwei Schritte, die uns voneinander trennen, auf sie zugehen und direkt vor ihr stehen bleiben würde? Würde sie sich umdrehen und zurück in den Pub gehen? Und was, wenn ich ihr eine Hand in den Nacken legen und sie zu mir ziehen würde? Wahrscheinlich würde sie lachen und alles für einen Spaß halten.

«Sollen wir irgendwas mit rausnehmen?», fragt sie.

Ihre Stimme lässt die Blase, in der ich mich sekundenlang befunden habe, zerplatzen.

«Cola», erwidere ich und widerstehe der Versuchung, den Kopf zu schütteln, um die Bilder wieder loszuwerden, die mein Hirn heraufbeschworen hat. «Und ein paar Flaschen Irn Bru.»

Das ist das Mädchen, bei dem ich schon unzählige Male übernachtet habe, rufe ich mir in Erinnerung, während ich hinter Vic zurück in den Schankraum trete. Wir haben bereits abwechselnd denselben Kaugummi gekaut und uns sogar schon mehrmals nackt gesehen. Zum Beispiel, als wir unsere Sachen miteinander getauscht haben, weil wir uns einbildeten, so gut schauspielern zu können, dass Vics Mum garantiert nicht bemerken würde, wer von uns wer ist. Im selben Alter haben wir uns geschworen, für immer beste Freunde zu bleiben. Das ist zwar mindestens zehn Jahre her, aber trotzdem – wann hat es angefangen, sich anders anzufühlen? Wann hat sich alles verändert?

«Okay, ich fahr dann.» Ein kurzer Moment, in dem Vics

glatte, warme Arme meinen Hals berühren, weil sie mich einfach immer noch einmal umarmt, bevor sie geht. «Sag mir Bescheid wegen später, ja?»

«Mach ich.»

Ich meine ihren Duft noch wahrnehmen zu können, Minuten, nachdem sie gegangen ist.

Wann hat es angefangen?

Und wie kriege ich das alles bloß wieder in den Griff, ohne unser Versprechen von damals zu brechen?

KAPITEL 4

Etwa eine halbe Stunde, nachdem Vic gegangen ist, versuche ich Callan zu erreichen, und am späten Nachmittag versuche ich das immer noch. Ich habe ihm mehrfach auf die Box gesprochen, das letzte Mal nicht mehr sonderlich geduldig, und als ich jetzt feststellen muss, dass Callan sein Telefon einfach ausgeschaltet hat, kann ich mich gerade noch bremsen, mein eigenes ein wenig zu schwungvoll auf den Küchentisch zu werfen. Stattdessen schreibe ich Vic eine Nachricht, in der ich ihr mitteile, dass es heute Abend leider nichts wird, bevor ich das Smartphone in meiner hinteren Jeanstasche versenke.

Ich habe Fin wohlweislich nichts von Vics Einladung erzählt – er wäre enttäuscht, wenn es nicht klappen würde, und danach sieht es wohl aus. Verfluchter Callan. Das ist mal wieder typisch für ihn, sich einfach taub zu stellen. Hier könnte sonst was los sein, ein Notfall oder was weiß ich – Callan wäre mit Sicherheit der Letzte, der es überhaupt mitbekommen würde.

Noch während ich damit beschäftigt bin, Fin ein paar Nudeln mit Tomatensoße fürs Abendessen zuzubereiten, meldet Vic sich zurück.

«Hi. Hat Callan keine Zeit?»

«Ich hab ihn gar nicht erst erreicht. Keine Ahnung, wo er ist, aber es ist ziemlich unwahrscheinlich, dass er noch rechtzeitig kommt, um zu übernehmen – und selbst wenn er hier auftauchen würde, hätte er wohl tausend Gründe, warum er nicht kann.»

«Ich komm nachher mal kurz vorbei, okay? Mum hat Shortbread gebacken, und wenn Finny jetzt nicht davon probieren kann, wäre das doch schade.»

Das erste Mal, seit Vic heute früh im *Merry Men* vorbeigeschaut hat, muss ich lächeln. «Sagst du Alice lieben Dank von mir? Fin wird sich freuen wie verrückt.»

«Wann muss er ins Bett?»

«Gegen halb acht. Aber frag lieber, wann er tatsächlich auch ins Bett geht – ich glaub, du must dich nicht beeilen.» Das Telefon zwischen Schulter und Ohr geklemmt, gieße ich die Nudeln ab. «Ich sag meinem Vater Bescheid.»

«Ach, weißt du was, ich komme jetzt gleich. Dann störe ich ihn nicht.»

Dass Vic meinen Vater nicht sonderlich mag, kann ich ihr nicht verübeln. Als meine Mutter noch lebte, hatte sie nie viel mit ihm zu tun, und danach hat er sich ihr gegenüber einige Male nicht unbedingt von seiner besten Seite gezeigt. Was wohl daran liegt, dass er seine beste Seite seit Längerem irgendwo auf seinem Weg in den Untergang verloren hat.

Wow. Ich nehme das Telefon in die Hand und werfe das Handtuch, mit dem ich den Topfdeckel an seinem Platz gehalten habe, über die Schulter. Bisschen melodramatisch heute.

«Okay, ich bin noch etwa eine Stunde da, dann muss ich runter, den Pub aufmachen.»

«Kein Problem. Gib mir zwanzig Minuten. Bis gleich!»

Ein weiteres Mal schiebe ich das Telefon in meine Hosentasche. «Fin!», rufe ich. «Komm zum Abendessen.»

Die Nudeln stehen bereits in Soße ertränkt auf dem Tisch, ein Glas Wasser daneben, als ich durch die Diele gehe und die Tür zu Fins Zimmer öffne.

«Finlay. Abendessen.»

Er liegt bäuchlings auf dem Spielteppich und lässt kleine Autos über den abgewetzten Flor rollen, auf dem Straßen und Häuser abgebildet sind. «Ich komm gleich.»

«Fin, ich hab nicht mehr viel Zeit, und du hast nicht mal deinen Schlafanzug an.»

«Nur noch einparken.»

«Zähne putzen musst du auch noch.»

Kleine Brummgeräusche sind zu hören, während Fin das erste, dann das zweite Auto auf einen der Parkplätze schiebt. Ich werfe einen Blick auf die bestimmt fünfzehn Autos, die überall verstreut herumstehen, und ziehe meinen Joker. «Außerdem kommt Vic vorbei. Mit einer Überraschung. Aber nur, wenn du bis dahin schon gegessen hast.»

Fin sieht auf. «Vic kommt? Was für eine Überraschung?»

«Eine überraschende Überraschung.»

Ein paar Autos rollen unters Bett, als Fin jetzt hastig aufsteht und sich an mir vorbei zur Tür hinausdrängt. Kurz darauf sitzt er am Küchentisch und stopft Nudeln in sich hinein.

«Kann ich mehr Soße?»

«Kann ich mehr Soße was?», erwidere ich automatisch.

«Kann ich noch mehr Soße haben? Bitte?»

Ich gebe einen weiteren Löffel über seinen Teller, obwohl das Verhältnis von Nudeln und Soße ohnehin schon eindeutig zugunsten der Soße ausfällt. In der Diele knarren die Holzbohlen. Dad hat offenbar seinen Sessel im Wohnzimmer verlassen, in dem er seit einer Weile vor dem Fernseher saß. Jetzt bleibt er im Türrahmen zur Küche stehen und wirft einen müden Blick zu Fin und mir hinüber. Langsam reibt er sich mit einer Hand übers stoppelige Kinn. «Gibt's schon Essen?»

«Nur ein paar Nudeln für Fin.»

«Du kannst auch welche haben, Dad.» Fin sieht zu unserem Vater hinüber, wenn auch nur kurz, dann isst er weiter. Die Überraschung, die Vic mitbringen wird, beschäftigt ihn mit Sicherheit mehr als der alte Mann, der sich jetzt abwendet, ohne ihm geantwortet zu haben. Fin ist das gewöhnt, und ich sollte mich auch endlich daran gewöhnt haben, doch wie immer zieht es mir das Herz zusammen.

«Willst du auch ein paar Nudeln, Dad?», rufe ich ihm hinterher und erhalte ein ablehnendes Grunzen auf diese Frage, bevor die Tür zum Badezimmer zuschlägt.

Dann nicht.

«Was für eine Überraschung bringt Vic mir mit?», will Fin mit vollem Mund wissen.

«Wer hat denn gesagt, dass es eine Überraschung für dich wird?» Ich stupse mit dem Zeigefinger gegen Fins Nase. «Nicht mit vollem Mund reden.»

Fin kaut angestrengt und lässt dabei die Gabel sinken. «Für wen ist die Überraschung?», fragt er, sobald er hinuntergeschluckt hat.

«Für einen kleinen Jungen ...», beginne ich, und Fin strahlt, «... der seinen Schlafanzug anhat.»

Damit, dass Fin prompt vom Stuhl rutschen würde, hätte ich rechnen müssen.

«Hey, warte! Erst aufessen!»

«Hab keinen Hunger mehr!»

Ich sehe zum halb gefüllten Teller und weiß eine Sekunde lang nicht, ob ich Fin zurückbeordern oder einfach nur lachen soll, entscheide mich schließlich für Letzteres und stehe auf, um die Reste in eine Plastikbox zu füllen.

«Putzen wir Zähne, Jack?», ist Fins Stimme aus seinem Kinderzimmer zu hören.

«Nein, noch nicht», rufe ich zurück. «Das machen wir nach der Überraschung!»

Im nächsten Moment eilen bloße Kinderfüße über die ausgetretenen Bohlen. «Nach der Überraschung?», vergewissert sich Fin.

«Nach der Überraschung», bestätige ich.

«Ist es was zu essen?»

«Vielleicht.»

«Schokolade?»

«Keine Ahnung.»

«Kuchen?»

«Keine Ahnung, hab ich gesagt – du musst warten, bis Vic da ist.»

Fin steht da, in seinem hellblauen Schlafanzug mit den Hubschraubern drauf, der so kurz ist, dass seine Hand- und Fußgelenke freiliegen. «Tante Alice hat bestimmt Kuchen gebacken!», frohlockt er.

Tante Alice. Und Onkel George. So nennt Fin Vics Eltern, seit ich ihn als knapp Zweijährigen zum ersten Mal mit zu den Buchanans geschleppt habe. Etwa zu dieser Zeit begann es sich einzuspielen, dass ich mich um Fin kümmere. Callan war zu oft genervt von dem Kleinen, und Dad ... tja. War wohl froh, dass er die Verantwortung für Fin endlich abgeben konnte.

Gerade als mein Vater zurück zu seinem Fernsehsessel schlurft, klingelt es.

«Vic!» Fin läuft los und wirft mir einen bittenden Blick zu, als er die Wohnungstür erreicht. «Darf ich aufmachen?»

«Klar.»

«Vic!», ruft Fin, noch bevor die Tür sich ganz geöffnet hat. «Jack hat gesagt, du hast eine Überraschung!»

Vic geht lachend in die Hocke und breitet die Arme aus. «Was erzählt denn Jack da wieder für Sachen?»

Ich stopfe beide Hände in die Jeans, während mir zum ich weiß nicht wievielten Male auffällt, dass sie toll aussieht, wenn sie lacht. Ach was, toll. Wunderschön. Meine beste, wunderschöne Freundin. Großartige Gedanken mal wieder.

Fin hat sich nur kurz in Vics Arme geworfen, die Überraschung ist einfach zu reizvoll. «Ist es Kuchen?», will er wissen, dann scheint ihm etwas anderes einzufallen, und er tritt einen halben Schritt zurück. «Hallo, Vic», sagt er treuherzig und wirft mir über die Schulter hinweg ein Grinsen zu. *Guck, Jack*, scheint er mir sagen zu wollen. *Ich habe nicht vergessen, dass man Gäste immer erst begrüßen soll.*

«Hi, Finny», erwidert Vic und wuschelt ihm durch die Haare, während sie sich aufrichtet. «Also, ich glaube, es könnte etwas Ähnliches wie Kuchen sein. Hi, Jack.»

Die Hände noch immer in den Taschen, lasse ich mich von Vic umarmen, die anschließend die Küche ansteuert, gefolgt von einem kleinen, herumtänzelnden Fin und

155

einem Typen, der fast einen Kopf größer ist als sie, sich aber mindestens genauso sehr freut, sie zu sehen.

«Guten Abend, Mr. Riley», ruft Vic, als wir an der offenen Tür zum Wohnzimmer vorbeikommen.

«Vic», entgegnet mein Vater, scheint ein paar Sekunden lang zu überlegen, was es noch zu sagen gäbe, und schließt den Mund wieder.

Vic hat in ihrem Schritt innegehalten, jetzt nickt sie meinem Vater kurz zu und geht weiter.

«Jack hat gesagt, wir putzen später Zähne», erklärt mein kleiner Bruder und klettert dabei zurück auf seinen Stuhl. Die Unterarme aufgestützt, kniet er auf der Sitzfläche und beugt sich erwartungsvoll vor, als Vic ihre Tasche auf den Tisch stellt.

«Klug von Jack», sagt Vic und zieht eine rechteckige Blechdose hervor. Sie ist weiß mit roten Punkten, und als Vic nun den Deckel öffnet, entfährt Fin ein Juchzer.

«Shortbread!»

Vic schiebt Fin die Dose entgegen, der gleich mit beiden Händen hineinfasst und als Nächstes einen Augenblick lang nicht weiß, von welchem der fingerlangen Gebäckstücke er jetzt als Erstes abbeißen soll. Er entscheidet sich für den Keks in seiner rechten Hand und seufzt selig auf. «Mmmh.»

«Nimm dir auch», sagt Vic und sieht zu mir. «Die sind alle für euch. Mum hat natürlich mal wieder die doppelte Menge gemacht.»

«Die sind lecker!» Fin streckt sich an mir vorbei nach der Dose. Auf jeden Fall muss ich mir jetzt keine Gedanken mehr darüber machen, Fin könnte später, wenn ich unten im Pub bin, wieder Hunger kriegen. Eher sollte ich aufpassen, dass seine Bauchschmerzen heute Nacht keinen anderen Auslöser finden. Ich lege Fin noch einige Shortbread Fingers auf den Tisch und schließe dann den Deckel. «Du kannst morgen welche mit in den Kindergarten nehmen, wenn du willst», komme ich seinem Protest zuvor.

Fin nickt entschieden – sogar für seine Verhältnisse hat er den Mund gerade zu voll, um noch antworten zu können.

«Danke», wende ich mich an Vic, und ein ersticktes Geräusch neben mir lässt erahnen, dass auch Fin sich gerade wieder an diese Regel der Höflichkeit erinnert, auch wenn es eher nach «Frmm» klingt. Ihn so glücklich mit zuckerglänzendem Mund auf seinem Stuhl sitzen zu sehen, weitet einige Sekunden lang mein Herz, das im nächsten Moment ein paar schnelle Extraschläge macht, als Vic mir die Hand auf den Arm legt.

«Ich muss dir mal was zeigen», sagt sie und zieht ihr Smartphone aus der Tasche. «Was hältst du von dieser WG hier?»

Sie tritt neben mich, ihre Schulter berührt meinen Oberarm, doch noch bevor ich dazu komme, mir die Bilder auf dem Handydisplay genauer anzusehen, ist das Geräusch eines sich drehenden Schlüssels zu hören.

«Hi!»

Callans Stimme, und bei dem, was ich ihm mittlerweile alles zu sagen hätte, wünschte ich fast, er und ich wären in diesem Augenblick alleine.

KAPITEL 5

Wir alle mustern Callan, als der im Türrahmen erscheint. Irgendwie sieht er aus, als hätte er die letzten drei Tage durchgemacht, und das könnte sogar hinkommen. Seine Haare, so dunkel wie meine, nur kürzer, stehen zerzaust von seinem Schädel ab, das Shirt hat er schon gestern Abend im *Merry Men* angehabt, und er hat denselben irren Blick wie Lewis. Kommt der vom Schlafentzug oder was? Plötzlich frage ich mich, was die im Tesco eigentlich von Callans Aufzug halten. Und ob mein Bruder wenigstens da noch zuverlässig auftaucht.

«Hey, hey, hey!» Callan wirft seine Jacke achtlos über einen Stuhl und greift als Nächstes nach dem Shortbread, das noch auf dem Küchentisch liegt. «Was macht ihr denn hier? Eine Teeparty? Ohne mich?»

«Das sind meine!» Fin rafft hastig die noch verbliebenen Mürbeteigteilchen an sich.

«Entspann dich, Fin.» Ich ersetze Fin das geklaute Gebäck und halte Callan die Dose entgegen. «Hier.»

Callan lässt sich nicht lange bitten. «Hi, Vic», sagt er kauend. «Schön, dich mal wieder zu sehen.» Er grinst Vic auf eine Weise an, bei der ich meinen älteren Bruder genauer in Augenschein nehme. Dann lehnt er sich gegen die Küchenzeile und bedient sich genauso gierig aus der Keksdose wie kurz zuvor Fin. «Hab echt Hunger», erklärt er überflüssigerweise. «Wobei hab ich euch denn gerade gestört?»

«Du hast uns überhaupt nicht gestört», meldet sich erstmals Vic zu Wort. «Meine Mutter hat Shortbread gebacken, und ich wollte euch nur ein paar vorbeibringen.»

«Cool.»

Bei der Geschwindigkeit, mit der Callan die Kekse hinunterschlingt, halte ich es für besser, ihm die Dose wieder abzunehmen. Sonst muss ich morgen früh mit Fin darüber diskutieren, warum keine mehr für sein Kindergartenfrühstück da sind.

«Die sind echt gut!» Callan greift sich noch einen, bevor ich den Deckel schließen kann. «Und? Was steht bei euch noch an?»

Selten blöde Frage. «Fin geht jetzt ins Bett, und ich muss runter in den Pub», erkläre ich knapp. «Ich hab übrigens den ganzen Tag versucht, dich zu erreichen. Guckst du auch mal auf dein Telefon?»

«Was war denn?»

«Ach, egal.» So sinnlos.

«Na dann. Und was machst du heute noch so?» Callan wendet sich an Vic, die darüber genauso erstaunt ist, wie ich zunehmend genervt bin. Seit wann quatscht mein Bruder mit meiner Freundin, als sei es seine? Mit meiner *besten* Freundin, korrigiere ich mich selbst. Aber das tut nichts zur Sache.

«Ich fahre gleich wieder nach Hause», beantwortet Vic Callans Frage, und wenn er ihr jetzt als Nächstes vorschlägt, doch lieber noch mit ihm was trinken zu gehen, werde ich eventuell unelegant dazwischengrätschen. Mein Bruder im Bagger-Modus ist ein Tier.

«Du willst jetzt schon nach Hause?», setzt er doch tatsächlich an, bevor ich ihn gnadenlos unterbreche.

«Und? Wie geht's Edie so?»

Callan scheint eine Sekunde lang wirklich und wahrhaftig darüber nachdenken zu müssen, von wem ich spreche. Hallo? Erde an Callan? Edie? Dein Ein und Alles?

«Der geht's gut», vermeldet er schließlich.

«Hat sie dich abgeschossen, oder was ist mit dir los?» Das klang jetzt hoffentlich nicht so grimmig, wie es mir vorkam. Ich stelle die Keksdose in den Schrank und wende mich zu Fin, der sich für unser Gespräch nicht weiter interessiert, solange noch Shortbread vor ihm liegt.

«Was?», sagt Callan. «Nein, wieso? Alles okay. Wie kommst du denn darauf?» Er mustert mich mit einem Gesichtsausdruck, aus dem ich nicht so recht schlau werde. Wütend sieht er nicht aus, eher ... verwirrt?

«Ich ruf sie mal an.» Mit diesen Worten verlässt Callan nun fast schon überstürzt die Küche, und einigermaßen irritiert sehe ich ihm hinterher.

«Wie ist der denn drauf?» Vic stellt sich neben mich. «Ist er betrunken?»

Ich schüttele den Kopf. Nein, das kann ich beurteilen – voll war Callan definitiv nicht. Aber ziemlich durch den Wind. Egal. So langsam habe ich es eilig. «Fin, hopp jetzt – Zeit fürs Bett.»

«Aber ich bin noch nicht müde», beginnt Fin das Ritual, das wir jeden Abend durchexerzieren, an dem ich im Pub bin und Fin alleine einschlafen soll.

«Na, komm schon, Zähne putzen. Ich muss gleich runter und kann dich nicht mehr ins Bett bringen, wenn du jetzt zu lange brauchst.»

«Aber ...» Fin sieht Hilfe suchend zu Vic. «Vic?» Er zieht ihren Namen fragend in die Länge. «Kannst du noch ein bisschen bei mir bleiben?»

«Soll ich bleiben, bis du schläfst, hm?», fragt Vic, und dass sie nicht eine Sekunde lang darüber nachdenken muss, ist typisch Vic.

«Ja.» Fins gute Laune ist unmittelbar wiederhergestellt. Shortbread zum Abendessen, und Vic am Bett – ich wette, in diesem Moment weiß er gar nicht, wohin vor Glück. Irgendjemand anderes, der unsere Familie nicht so gut kennt, wie Vic das tut, würde in dieser Sekunde wohl fragen, warum unser Vater sich nicht zu Fin ans Bett setzt, doch sie kommt genauso wenig auf diese Idee wie Fin selbst.

«Ich könnte auch Callan bitten», sage ich, doch Vic schüttelt den Kopf.

«Der war doch gerade völlig schräg drauf – außerdem telefoniert er mit Edie, oder?» Sie folgt Fin und mir zur Küche hinaus und ins Badezimmer hinein. «Das ist kein Problem – mach ich gern. Ich wollte ja sowieso immer einen kleinen Bruder.» Bei diesen Worten lächelt sie Fin an – das sagt sie oft, wenn er dabei ist, und Finlay schmilzt jedes Mal dahin. Kein Wunder. Jemand, der ihn haben will.

Kurz fühle ich mich wie in Eiswasser getaucht, während ich Zahnpasta auf Fins Bürste gebe, weil mir mal wieder bewusst wird, dass ein vierjähriger Junge mehr braucht als eine tote Mutter und einen Vater, der ihn ignoriert. Da kann ich mich noch so sehr in Zeug legen.

«Liest du mir noch was vor?», fragt Fin und sieht Vic dabei an, bevor er sich auf den geschlossenen Toilettendeckel setzt und den Mund aufreißt, damit ich ihm die Zähne putzen kann.

«Klar.»

«Fin hat ein Buch aus der Bücherei ausgeliehen – es liegt im Regal neben seinem Bett», sage ich. «Ich zeig's dir gleich.»

Fin prustet gegen den Zahnpastaschaum an.

«Was?», frage ich und unterbreche das Putzen.

«Aber das lesen wir doch, Jack», nuschelt Fin.

«Das passt schon – ich lese einfach nach, okay?»

«Mh.» Fin sperrt den Mund wieder auf.

Kurz darauf stehen Vic und ich vor Fins Bett, und ich ziehe ihm die Decke bis unters Kinn. «Schlaf schön. Wenn du aufwachst, bin ich bestimmt schon wieder da.»

«Okay.»

«Und du bleibst im Bett, wenn Vic fertig ist mit Lesen, ja?»

«Aber wenn ich Durst hab?»

«Ich bring dir noch ein Glas Wasser.»

«Okay.» Fin schiebt seine Arme unter der Decke hervor. «Gute Nacht, Jack.» Seine Umarmung fällt heute ausnahmsweise etwas kürzer aus als gewöhnlich. «Ich hab dich lieb.»

«Ich dich auch. Träum was Schönes.»

«Träum du auch was Schönes.» Er sieht an mir vorbei. «Der Kröterich ist im Gefängnis, Vic. Aber Jack sagt, er kommt bestimmt wieder frei.»

«*Der Wind in den Weiden*?» Vic lächelt mir zu, bevor sie nach dem Buch greift und sich zu Fin ans Bett setzt. «Das war eines meiner Lieblingsbücher, als ich klein war.»

«Dann kennst du ja schon alles», sagt Fin und klingt ein wenig enttäuscht.

«Ach, es ist so lange her – an das meiste kann ich mich nicht mehr erinnern.» Sie schlägt das Buch auf der Seite auf, die ich mit einem Lesezeichen markiert habe, und sieht dann zu mir hoch. «Sehen wir uns morgen? Ich wollte dir ja noch die Wohnung in Edinburgh zeigen.»

«Welche Wohnung?», fragt Fin, bevor ich antworten kann.

«Eine Wohnung, in der ich vielleicht wohnen werde, wenn ich in Edinburgh studiere», erklärt Vic.

«Du ziehst aber nicht für immer weg, oder, Vic?», sagt Fin.

«Also – nicht für immer», erwidert Vic diplomatisch.

«Nur für kurz?»

«Wahrscheinlich nur für kurz, ja. Soll ich jetzt vorlesen?»

Fin nickt, aber der Blick, den er mir dabei zuwirft, macht mir klar, dass da etwas in seine Welt gestürzt ist, über das wir morgen werden reden müssen. Oder vielleicht auch schon heute Nacht. Seine geliebte Vic in Edinburgh, und sei es auch noch so kurz – das wird ihm zusetzen.

Fin bekommt sein Wasser, und während ich in der Diele meine Schuhe anziehe, sehe ich Vic vor mir, die meinen kleinen Bruder beruhigend anlächelt. Ich werfe einen Blick ins Wohnzimmer, um festzustellen, dass mein Vater in seinem Sessel eingeschlafen ist, schließe die Wohnungstür hinter mir und wehre mich dabei ununterbrochen gegen den schleichenden Gedanken, dass es uns beiden zusetzen wird, wenn Vic nicht mehr da ist. Fin und mir.

Verflucht.

Ich sollte mit Vic darüber reden.

Nein, ich *muss* mit Vic darüber reden.

Ich glaube, es wird leichter sein, sie gehen zu lassen, wenn sie weiß, was ich empfinde.

Die Frage, die sich dabei allerdings stellt, ist: Wird unsere Freundschaft es überleben, sollte Vic aus allen Wolken fallen und meilenweit davon entfernt sein, meine Gefühle zu erwidern?

KAPITEL 6

Es ist Freitagabend, und ich sitze nicht neben Vic im Kino, sondern stehe einmal mehr in diesem gottverfluchten Pub hinterm Tresen – worüber ich mich nicht beschweren würde, wäre nicht mal wieder Callan an der Reihe!

Dieser erbärmliche Sack!

Hoch und heilig hat er mir heute Vormittag versprochen, rechtzeitig zu Hause zu sein – wie bescheuert bin ich eigentlich, dass ich ihm so etwas tatsächlich noch abkaufe?

Gestern hat er den kompletten Tag im Bett verbracht und auf meine Frage hin erklärt, er hätte sich bei Tesco zwei Tage freigenommen. Abends ist er zu Edie gefahren. Ich habe nicht damit gerechnet, ihm heute Vormittag noch über den Weg zu laufen, aber er ist aufgetaucht, nachdem ich Fin gerade im Kindergarten abgeliefert hatte.

Und ja, natürlich sei er heute Abend da. Klar wisse er, dass heute sein Tag sei, ich solle aufhören, ihm ständig damit auf den Sack zu gehen. Ja, er sei da, versprochen, *und jetzt halt die Klappe, Jack!*

Dass ich mit Vic verabredet gewesen bin, scheint für diesen Egoisten von einem Bruder allerdings genauso wenig eine Rolle zu spielen wie die Tatsache, dass er für das *Merry Men* jetzt seit fast drei Wochen keinen Finger mehr gekrümmt hat. Jack ist ja da. Jack wird's schon richten.

Ich habe mich mittlerweile so sehr in meinen Ärger hineingeworfen, dass es mich einiges an Selbstbeherrschung kostet, ihn den Gästen gegenüber nicht allzu deutlich heraushängen zu lassen. Wären die üblichen Besucher des *Merry Men* nicht überwiegend selbst eher wortkarg und in erster Linie auf ihr Bier konzentriert, würde man es mir wohl trotzdem anmerken, so sehr scheint mein Frust aus jeder meiner Poren herauszusickern.

Vic hat Verständnis, hat sie ja immer, aber ich habe bis in den frühen Nachmittag hinein für Alfie Bettlaken ausgefahren, und ich habe mich, verdammt noch mal, auf diesen Abend gefreut. Eventuell habe ich mir sogar ein paar Sätze zurechtgelegt, um endlich ein gewisses Thema anzusprechen, und jetzt ist alles, was ich heute noch tun werde, Getränke ausschenken und Gläser spülen.

In der letzten Stunde habe ich mich noch an der Hoffnung festgeklammert, Callan könne jeden Moment zur Tür hereinkommen, meinetwegen zusammen mit seinen blöden Freunden. Heute Abend hätte ich in diesem Fall auf der Stelle das Handtuch hingeschmissen und wäre gegangen. Doch es ist eine Sache, Callan mit allem einfach stehen zu lassen, und eine andere, das *Merry Men* erst gar nicht zu öffnen – ich kann das nicht! Und Callan weiß das ganz genau.

Das war das letzte Mal, schwöre ich mir, während ich Hamish zuhöre, der sich über seinen heutigen Zahnarztbesuch beklagt, und mich bemühe, an den passenden Stellen mitfühlende Geräusche von mir zu geben. Das allerletzte Mal. Wenn Callan seine beiden lausigen Abende in der Woche ab sofort nicht wieder übernimmt, schmeiße ich hin. Soll Dad doch zusehen, wie er das alles auf die Reihe kriegt!

Nur kriegt er es eben nicht auf die Reihe, und es wäre mir mittlerweile egal, was Callan betrifft, aber leider ist da ja auch noch Fin … Mein kleiner Bruder ist überhaupt der einzige Grund, aus dem ich nicht längst einfach Vic versprochen habe, mit ihr nach Edinburgh zu gehen. Irgendeinen Job würde ich da wohl auch noch auftreiben, um mir ein WG-Zimmer leisten zu können. Und wer weiß, vielleicht könnte ich in Edinburgh auch studieren. Ist nicht so, dass ich etwas dagegen hätte. Es ist ein Thema, von dem Vic immer mal wieder anfängt – sogar Alice Buchanan hat mich schon zweimal darauf angesprochen. Nur solange sich niemand hier um Fin kümmert, geht das nun mal nicht. Und mitnehmen kann ich ihn ja schlecht – wer soll auf ihn aufpassen, während ich arbeite oder in der Uni bin? Es fällt Fin ja schon schwer, an den Abenden allein zu bleiben, die ich im *Merry Men* stehe – er ist einfach zu klein, um überwiegend auf sich gestellt zu sein.

«Jack?»

«Hm?»

«Hörst du mir noch zu?» Hamish mustert mich mit durchdringendem Blick.

«Ja, klar, sorry.» Zumindest die wichtigsten Schlagworte habe ich mitbekommen. «Muss der Zahn jetzt also raus?»

«Wo steckt eigentlich Callan?», will Hamish wissen, meine Frage ignorierend. «Lässt der sich auch mal wieder hier blicken, oder ist das *Merry Men* seit Neuestem deine Aufgabe?»

«Der hat zu tun», murmele ich und starre dabei auf die Bürsten im Spülbecken, um zu verhindern, dass Hamish mir meine Wut am Ende doch noch ansieht.

Hamish gibt einen missfälligen Brummton von sich und beugt sich über den Tresen. «Ich sag dir mal was: Das sind schlechte Kreise, in denen dein Bruder sich da rumtreibt.»

«Was denn für schlechte Kreise?» Ich stelle die heißen Gläser, die ich gerade gespült habe, auf das Abtropfgestell und trockne mir die Hände ab. «Das ist nur Lewis.»

«Ich weiß nicht, wie die Jungs heißen, aber glaube einem alten Mann, wenn er dir sagt, dass diese Saubande Dreck am Stecken hat.»

«Hamish!» Fast muss ich lachen. «Das sind alles totale Idioten, aber sie sind harmlos.»

«Da wäre ich mir nicht so sicher.»

Ich denke über Hamishs Worte nach, während ich ein paar Biere zapfe und sie einem Typ namens Adam rüberreiche, der damit an seinen Tisch verschwindet.

«Wie kommst du darauf?», frage ich und lehne mich mit der Hüfte direkt vor Hamish gegen die Arbeitsfläche. «Woher kennst du Lewis?»

«Wie gesagt – ich kenne ihn nicht. Aber Jacob hatte Ärger mit ihm. Hat sogar wegen ihm mal die Polizei gerufen. Der weiß nichts Gutes über ihn zu erzählen.»

«Welcher Jacob? Jacob Dunn?»

Hamish nickt.

Jacob Dunn besitzt einen kleinen Spirituosenladen in der Nähe der Brennerei. Dad kennt ihn schon ewig und kauft unsere Whiskys bei ihm. Als Mum noch gelebt hat, war er einige Male zusammen mit seiner Frau bei uns zum Essen.

«Was erzählt er über Lewis?»

Hamish brummt vor sich hin und trinkt einen Schluck, während er sich einen Satz zurechtzulegen scheint. «Prügeleien vor seinem Laden», sagt er dann. «Und Drogen.»

«Drogen?» Ich schüttele irritiert den Kopf. «Wie kriegt Jacob denn mit, dass da Drogengeschichten laufen?»

«Er hat gesagt, sie verkaufen das Zeug in der Hofeinfahrt gegenüber.»

«Wer? Lewis?»

«Lewis, Freddie, Ollie – was weiß ich denn, wie die heißen? Ich kann dir nur sagen, dass ich diese Jungs schon häufiger bei Jacob gesehen habe. Und neulich stand Callan auch dabei.»

Mechanisch beginne ich, mit einem Lappen über die Theke zu wischen, obwohl es keinen Grund dafür gibt, während ich Hamishs Informationen verdaue. Das alles hat gar nichts zu sagen. Drogen. Das vermuten Leute wie Hamish doch immer als Erstes, wenn sie irgendwo junge Leute in dunklen Ecken stehen sehen. Wahrscheinlich rauchen die da einfach nur und unterhalten sich. Ein Treffpunkt, bevor sie um die Häuser ziehen. Vielleicht wird gekifft, kann schon sein. Ich habe den typischen Geruch zwar noch nie an Callans Klamotten wahrgenommen, aber das muss ja nichts heißen. Nur weil Hamish das Wort *Drogen* quasi mit der Hintergrundmusik vom *weißen Hai* unterlegt hat, muss es dabei nicht wirklich um irgendwelches mieses Zeug gehen. Das würde ich doch mitkriegen, oder? Callan ist in letzter Zeit häufiger

169

unterwegs, aber sonst verhält er sich nicht weiter auffällig.

Außer neulich Abend. Da war er wirklich schräg drauf.

Aber das kann tausend Gründe haben.

«Du solltest ein Auge auf ihn haben», sagt Hamish jetzt.

Auf wen denn noch? Ich habe schon ein Auge auf Fin und eins auf Dad, soweit das überhaupt möglich ist. Ich arbeite bei Alfie, ich kümmere mich immer mehr um den Pub, ich kann jetzt nicht auch noch den Babysitter für meinen älteren Bruder spielen.

Trotzdem lassen Hamishs Worte mich nicht los, und ich denke noch darüber nach, als die letzten Gäste gegangen sind und ich die Stühle hochstelle, um morgen früh direkt durchwischen zu können. Das wäre so ungefähr das Letzte, was wir noch brauchen könnten. Nicht nur, dass ich keine Ahnung habe, was irgend so eine Scheiße aus Callan letztlich machen würde – so ein Zeug kostet Geld. Und wir haben keins.

Fuck.

Ich kann nicht glauben, dass ich gerade so pragmatisch war, eine potenzielle Drogensucht meines Bruders der Feststellung unterzuordnen, dass Callan sich das nicht leisten kann. Was denke ich da überhaupt für einen Mist? Callan hat nichts mit Drogen zu tun, fertig.

Während ich die Treppe zu unserer Wohnung hochsteige, schwanke ich zwischen meinem Ärger auf Hamish, der mal so eben Verdächtigungen in den Raum wirft, und auf mich selbst, weil ich auch noch darauf anspringe.

In der Wohnung ist alles still. Das Wohnzimmer ist verlassen, die Tür zu Dads Schlafzimmer geschlossen. Fin liegt schlafend in seinem Bett, die Decke ist zu Boden gerutscht, und ich breite sie wieder über ihn. Er hält Pooh, seinen schon etwas abgeliebten Stoffaffen, im Arm. Fin hat ihn so genannt, nachdem wir zusammen «Winnie-the-Pooh» gelesen hatten, und es war ihm völlig gleichgültig, dass das graue, schlaksige Äffchen keinerlei Ähnlichkeit mit dem kugeligen Bären hat.

Auch die Tür zu Callans Zimmer ist zu, und ich halte den Atem an, als ich davorstehe und lausche. Ist er da? Oder schläft er mal wieder woanders? Wo schläft er eigentlich, wenn er nicht hier ist? Irgendwie dachte ich in diesem Zusammenhang bisher immer an Edie, selbst wenn er mit anderen Leuten unterwegs war. Spielt das eine Rolle? Wo Callan übernachtet?

Leise drücke ich die Türklinke herunter.

Das Zimmer ist leer. Ich knipse das Licht an. Chaotisch, unaufgeräumt und leer. Das Bett ungemacht, Klamotten liegen herum und zerknitterte Karamellriegelverpackungen. Auf dem Schreibtisch stehen gleich drei schmutzige Gläser und zwei Schalen, in einer davon befinden sich noch die Reste eines Porridges.

Ich sammle das Geschirr ein und bemühe mich, meinen Blick nicht in jede kleine Ecke schweifen zu lassen. Das da neben seinem Rechner sind einfach helle Kekskrümel, oder? Vielleicht noch von dem Shortbread, das Vic vorbeigebracht hat.

Was soll es sonst sein? Gottverdammt, was erwarte ich denn? Verschweißte Plastiktütchen mit weißem Pulver, auf denen *Achtung, Koks* steht, oder was?

Ich verfluche Hamish, während ich das dreckige Geschirr in der Küche vorsichtig in die Spülmaschine räume, um keinen Lärm zu machen. Hab ein Auge auf Callan. Klar, Hamish. Du hast ja keine Ahnung.

Obwohl ich völlig fertig bin, will der Schlaf sich nicht einstellen, als ich endlich im Bett liege. Ich könnte Callan einfach fragen. Ihm sagen, was Hamish mir erzählt hat, und schauen, wie er reagiert. Wahrscheinlich wird er nur genervt abwinken. *Ja, klar, es wird mal Gras geraucht, aber was Hamish da für Gespenster sieht …*

Ich wälze mich von der linken auf die rechte Seite und starre jetzt gegen die Wand.

Hoffentlich hat Callan sich im Griff. Ja, alles könnte sehr viel besser sein, und ich weiß, dass Callan keinen Bock mehr auf seinen Job bei Tesco hat, und um ehrlich zu sein auch nie richtig hatte. Was er eigentlich will, weiß er aber auch nicht. In dieser Hinsicht geht es ihm wohl ähnlich wie mir früher: Da ist ja immer noch das *Merry Men*.

Nur dass der Laden kaum noch etwas abwirft. Trotzdem gibt Callan sich stur der Illusion hin, dass der Pub ihn schon über Wasser halten wird, wenn gar nichts anderes mehr geht.

Während ich zunehmend das Gefühl habe, der Realität ins Auge zu blicken, hält Callan weiterhin an der Wunschvorstellung fest. Für mich ist das *Merry Men* mittlerweile nur noch ein Klotz am Bein, für Callan dagegen eine Art Rettungsring. Deshalb weigert er sich ja auch so vehement, den Laden zu verkaufen. Und ohne Callans Unterstützung ließe sich Dad niemals davon überzeugen, dass es besser wäre, das *Merry Men* zu schließen.

Selbst mit Callan an meiner Seite würde es vermutlich schwer werden. Aber der Laden reißt uns alle in den Untergang. Dad, weil er das *Merry Men* inzwischen mehr als seine persönliche Alkoholquelle denn als Geschäft sieht, Callan, weil es ihn daran hindert, endlich den Arsch hochzukriegen, um herauszufinden, was er eigentlich will. Und ich ... ich bin der Idiot, der das alles am Laufen hält, indem ich immer häufiger hinter dem Tresen stehe und so tue, als sei das alles die Mühe wert.

Ich sollte einfach abhauen.

Mit Vic nach Edinburgh gehen. Studieren.

Ich *will* mit Vic nach Edinburgh gehen und dort studieren. Ihr sagen, was ich für sie empfinde.

Nur was ist mit Fin?

Da wären wir wieder. Ich drehe mich im Kreis. Und das alles ist dazu noch ein sehr fragiler Kreis. Wenn Hamish mit seinen Andeutungen recht hat ... Ein Suchtopfer in der Familie reicht definitiv. Ein zweites kann ich nicht auch noch stemmen.

Einfach gehen. Alles abstreifen, Dad und Callan sich selbst überlassen ... Ich hätte ein Ziel. Und sie sind beide erwachsen, verdammt!

«Jack?»

Fins zaghafte Stimme ist ein umgekippter Eimer Eis in meinen Gedanken.

«Ja?» Ich drehe mich zur Tür, in deren schwarzem Spalt ich einen Jungen im hellen Schlafanzug erkennen kann. «Ist alles okay?»

Die kleine Gestalt schließt die Tür hinter sich, bevor sie zu meinem Bett huscht. «Darf ich bei dir schlafen?»

«Klar.» Ich mache Platz, damit Fin sich an mich kuscheln kann. Am liebsten würde ich die nächste Frage nicht stellen, weil mich die Antwort potenziell an ein weiteres Problem erinnert, aber ich muss. «Hast du wieder Bauchweh?»

«Mh-mh.»

Uff. Wenigstens das.

«Ich will nur bei dir sein», murmelt Fin. «Ich hab sonst Angst.»

«Okay.» Mit einem Arm drücke ich meinen Bruder gegen meine Brust. «Okay, dann schlaf jetzt. Ich bin ja da.»

Ja, ich bin da. Fins Atem wird ruhig, dann lautlos. Ich kann sein kleines Herz spüren, das viel schneller schlägt als meins. Ich bin da. Du kannst dich darauf verlassen.

Irgendwie kriege ich alles schon hin.

Muss ich einfach.

KAPITEL 7

Quatsch!»

Das ist Vics erste Reaktion, nachdem ich ihr erzählt habe, was Hamish gestern Abend von sich gegeben hat. Wir sind mit Fin am Ganavan Sands, einem Strand, an dem Vic und ich uns oft treffen, und ich beobachte ihn dabei, wie er im hellen Sand herumstapft und sich immer wieder nach Muscheln und Steinen bückt, die er in seinem gelben Plastikeimer versenkt. Hinter ihm glitzert das Meer in einem satten Aquamarin, und die Hügel der Isle of Mull heben sich grünblau gegen den Horizont ab. Träge Wellen plätschern an den Strand. Sie sind kaum knöchelhoch, trotzdem behalte ich Fin im Blick. Es ist ein friedlicher Ort, ein friedlicher Tag, und in diesem Moment frage ich mich, wieso Hamishs Worte gestern überhaupt einen nennenswerten Eindruck bei mir hinterlassen haben. Vic hat recht – es ist einfach nur Blödsinn.

Wir haben uns auf unsere Jacken gesetzt, der Sand ist kühl unter der ersten sonnenwarmen Schicht, und Vic blinzelt gegen das Licht. «Das kann ich mir wirklich nicht vorstellen. Ich meine – Callan. Der ist doch nicht blöd. Weißt du noch, wie er uns mal angemeckert hat, weil wir heimlich versucht haben, die Zigaretten von deinem Dad zu rauchen?»

Das weiß ich allerdings noch, obwohl es schon ewig

175

her ist. Vic und ich hatten uns in mein Zimmer verkrochen und die glimmende Kippe, die wir uns teilten, hastig unter mein Bett geworfen, weil plötzlich Callan hereingeplatzt kam. Der eindeutige Geruch und unsere schuldbewussten Gesichter sorgten dafür, dass mein Bruder die Zigarette schnell genug fand, bevor sie mehr anrichten konnte, als einen schwarzen Brandfleck auf dem Holzboden zu hinterlassen, und anschließend durften wir uns einiges anhören. Wir mussten ihm hoch und heilig versprechen, für immer die Finger davonzulassen, und dieses Versprechen gaben wir ihm gern – nach den ersten Zügen, die uns Hustenattacken beschert hatten, waren wir ohnehin bereits zu dem Schluss gekommen, dass die Dinger des Aufhebens, das um sie gemacht wurde, nicht wert waren. Er hat es nie Mum oder Dad erzählt, das weiß ich genau. Zumindest Mum hätte Callans Standpauke mit Sicherheit noch einmal wiederholt.

Kurz sehe ich meine Mutter vor mir, dasselbe dunkelblonde Haar, wie Fin es hat, und ihr Lächeln, dann verscheuche ich diesen Gedanken wieder. Der Tag ist zu schön, um Trauer aufkommen zu lassen.

«Heute Morgen habe ich etwas über eine Challenge auf Instagram gelesen. Lass uns das ausprobieren, ja? Man muss sich dazu drei Dinge erzählen.» Vic streckt mittlerweile mit geschlossenen Augen ihr Gesicht der Sonne entgegen. Ihre langen Haare fließen über ihren Rücken und über ihre Schultern, die Spitzen berühren fast den Sand. Sie hat dichte, dunkle Wimpern, die wie zarte Schatten oberhalb ihrer Wangenknochen wirken, und ihre Oberlippe hat diese entschiedene Kerbe, wie bei einem Herz.

«Was denn für Dinge?», erwidere ich.

«Es ist ein Spiel. Ich denke schon die ganze Zeit darüber nach. Es geht so: Erzähl mir drei Dinge über dich – eine Wahrheit, eine Lüge und etwas, von dem du dir wünschst, dass es wahr oder gelogen wäre.»

«Aha.» In meinem Kopf eilen Sätze auf mich zu, Dinge, die ich Vic jetzt sagen könnte, und eine Sekunde lang stehe ich unmittelbar davor, einfach mit meinen Gefühlen herauszuplatzen. «Und du musst erraten, was was ist?», frage ich stattdessen. «Oder muss ich das dazusagen?»

Einen kurzen Moment scheint Vic zu überlegen, dann öffnet sie die Augen, umfasst ihre angewinkelten Beine und legt den Kopf so auf die Knie, dass sie mich ansehen kann. «Das habe ich mir noch nicht überlegt – okay, ich rate.»

«Hm.»

Fin hockt ein gutes Stück von uns entfernt im Sand und ist dabei, seine Fundstücke zu begutachten. Sein Sonnenhut ist ihm vom Kopf gerutscht und hängt, von den zusammengeknoteten Bändern an seinem Hals gehalten, auf seinem Rücken.

Eine Wahrheit, eine Lüge und etwas, von dem du dir wünschst, dass es wahr oder gelogen wäre.

Ich empfinde anders für dich als früher, das ist die Wahrheit.

Du bist meine beste Freundin, nicht mehr und nicht weniger. Und das die Lüge.

Wir sind zusammen. Dazu muss ich dann wohl nichts weiter erklären.

Wäre das jetzt nicht der perfekte Moment dafür?

Also, abgesehen davon, dass es für Vic höchstwahrscheinlich so überraschend käme wie ein Tsunami und eventuell ähnlich schwere Schäden anrichten würde.

«Jack?»

«Ich überlege noch.»

«Dann verrate ich dir zuerst, was ich mir überlegt habe, okay?» Vic wartet meine Antwort erst gar nicht ab. «Also: Ich werde in Edinburgh echt viel vermissen, aber am allermeisten meine Eltern.» Sie macht eine kurze Pause. «Und ich werde in Edinburgh echt viel vermissen, aber am allermeisten dich.»

«Was davon ist jetzt die Lüge und was die Wahrheit?»

«Hey!» Vic lacht und stößt mir ihren Ellbogen in die Seite. «Und außerdem wünschte ich, du würdest mitkommen, und das ist auf jeden Fall die Wahrheit.»

Würde Vic mich jetzt nicht so angrinsen, keine Ahnung, was dann passieren würde. Doch ich kenne dieses Grinsen. Genauso grinst sie auch, wenn ich ihr gerade die Tür geöffnet habe oder wenn sie mich umarmt hat.

Es ist ein Ich-mag-dich-Grinsen. *Ich mag dich* reicht aber nicht. Nicht mehr. Und die Tatsache, dass sie mich stärker vermissen würde als ihre Eltern, hilft da auch nicht viel.

«Jetzt du.» Vic stützt sich nach hinten und streckt die Beine aus. «Eine Wahrheit, eine Lüge und ein Entweder-oder.»

«Gut, also ...» Ich zermartere mir das Hirn nach irgendeiner halbwegs witzigen Banalität und lasse dabei meinen Blick über die flachen Wellen schweifen. «Ich würde jetzt am liebsten ...»

Der gelbe Eimer liegt umgekippt im Sand.

«Warte mal.» Ein paar Leute wandern den Strand entlang, und direkt am Wasser steht eine Frau mit zwei kleinen Kindern, die barfuß und mit hochgekrempelten Hosen im seichten Wasser herumspringen. «Wo ist Fin?»

Genau wie ich scannt Vic die Umgebung ab, dann steht sie auf, und ich tue es ihr gleich. Eben war er doch noch dort drüben, genau da, wo jetzt nur noch der Eimer liegt.

«Ich seh ihn nirgends», sagt sie.

Wie groß ist der Bewegungsradius eines vierjährigen Jungen innerhalb weniger unbewachter Augenblicke? Weit kann er nicht gekommen sein, oder? Wäre er ins Wasser gelaufen, hätte das doch jemand bemerkt. Die Frau dort drüben. Oder irgendjemand anderes.

Im Sommer ist Ganavan Sands ein beliebter Badestrand, auch weil hier das Meer durch die vorgelagerten Inseln immer ruhig ist – Fin müsste schon ziemlich weit hineinwaten, bevor es für ihn gefährlich werden würde, aber wo ist er dann?

«Fin?», rufe ich, und die Frau an der Brandungslinie dreht sich zu mir um. Genau wie Vic bücke ich mich nach meiner Jacke.

«Du gehst nach links, ich nach rechts», sagt sie. «Wer ihn findet, ruft den anderen an.»

«Okay.»

Vic läuft los, in Richtung der Betonrampe, die vom Parkplatz zum Strand hinunterführt, einem Überbleibsel der ehemaligen Wasserflugzeugbasis. Dort hinten sind auch die Toiletten – aber Fin würde doch garantiert nicht einfach ohne mich zu dem grauen Häuschen marschieren …

Egal. Wenn er dorthin gelaufen ist, wird Vic ihn entdecken.

Ich wende mich ab und marschiere auf die mit Gras und Gestrüpp überwucherten Felsen zu, die den Strand weiter hinten einrahmen. Dass er dort nicht herumklettert, sehe ich schon von Weitem. Doch vielleicht sitzt er irgendwo hinter einem Stein oder zwischen den Büschen, ganz versunken in irgendein Spiel. Auf jeden Fall geht es ihm gut. Es ist gar nicht genügend Zeit vergangen, um sich ernsthaft in Gefahr zu bringen.

Hier hinten riecht es stärker nach Seetang, der großflächig angespült worden ist. Ein älterer Mann mit Nickelbrille und weißer Kappe kommt mir entgegen, einen Dackel an der Leine führend. Die Leute gehen oft mit ihren Hunden hierher, damit sie nicht am Strand kacken.

«Entschuldigung? Haben Sie vielleicht einen kleinen Jungen gesehen? Ungefähr so groß, blonde Haare?»

Der Mann schüttelt den Kopf, während er weitergeht. «Nein, tut mir leid.»

Ich steige die wenigen Stufen zwischen grasüberwachsenen Felsen hinauf, die zu einem Wanderweg führen. Vielleicht hat Fin auch auf eigene Faust beschlossen, dem Kiesellabyrinth ein Stück weiter einen Besuch abzustatten? Er kann sehr spontan sein. «Fin? Finlay!»

Verflucht, wo steckt er? Die beruhigenden Sätze, die ich in meinem Kopf mantramäßig abspule, beginnen an Wirkung zu verlieren. Er ist noch so klein. Vielleicht ist er doch zum Wasser gelaufen. Vielleicht war eine der heranschwappenden Wellen nicht ganz so flach. Vielleicht ist er auch auf irgendwelche Felsen geklettert und gestürzt, oder er …

Mein Telefon beginnt zu summen, und ich zerre es so hastig aus der Tasche, dass ich es um ein Haar von mir werfe.

«Ja?»

«Finny ist hier. Er spielt mit einem anderen Jungen auf dem Parkplatz. Ich habe sie erst nicht gesehen, weil sie hinter einem Camper sitzen. Wir kommen wieder runter zum Strand, okay?»

«Okay.»

Ich kriege noch mit, wie Vic erklärt, dass Fin und sein neuer Freund auch am Strand weiterspielen können, bevor sie auflegt.

Die Erleichterung, die mich im ersten Moment überflutet, wird abgelöst von dem Wunsch, Finlay anzuschreien, doch bereits nach wenigen Schritten wird mir klar, dass ihn keine Schuld trifft. Ja, er weiß, dass er nicht einfach weglaufen darf, und ja, ich habe ihm schon hundertmal gesagt, dass er mich fragen muss, bevor er irgendeine neue Idee in die Tat umsetzt, aber er ist vier Jahre alt – es ist schlicht und ergreifend meine Aufgabe, auf ihn aufzupassen.

Fin ist das schlechte Gewissen anzusehen, und wegen seines erleichterten Lächelns, als ich ihn auf den Arm nehme, fühle ich mich nachträglich noch einmal mies, weil ich das Bedürfnis hatte, ihn auszuschimpfen.

«Weißt du noch, was du tun sollst, wenn du irgendwohin willst, wo ich dich nicht mehr sehen kann?», frage ich ihn und lehne mich zurück, um ihn anschauen zu können.

«Dir Bescheid sagen, aber Jack – ich hab euch ja gesehen.»

«Du hast uns die ganze Zeit immer sehen können?»

Fins Blick wird unsicher, dann schüttelt er den Kopf und legt beide Arme um meinen Hals. Seine Art zu verhindern, dass ich ihn weiterhin ernst mustern kann.

Auf der Rückfahrt halten wir kurz an und kaufen Eis, um den Schrecken endgültig aufzulösen, und Fin ist kurz darauf in seinem Kindersitz eingeschlafen, noch bevor ich Vic bei ihr zu Hause absetzen kann.

«Jetzt hast du mir gar keine drei Dinge erzählt», stellt sie fest, nachdem sie schon halb ausgestiegen ist, und lässt sich zurück auf den Beifahrersitz fallen.

«Ah – wie ging das noch mal?»

«Nenne eine Wahrheit, eine Lüge und etwas, von dem du dir wünschst, dass es wahr oder gelogen wäre.»

«Das ist gar nicht so einfach.»

Vic lacht. «Du darfst bis zu unserem nächsten Treffen darüber nachdenken.» Sie beugt sich zu mir und drückt mich kurz an sich, bevor sie endgültig aussteigt. «Wie wäre es, wenn ihr Montag zum Essen zu uns kommt, nachdem es das letzte Mal ja nicht geklappt hat?»

«Okay.» Montags ist Dad abends im *Merry Men*, und damit dürfte das hinhauen.

«Alles klar, bis dann!» Vic wirft die Autotür sanft ins Schloss, um Fin nicht zu wecken, und winkt mir noch einmal zu. Dann öffnet sie das Metalltörchen zu dem gepflasterten Weg, der zur Haustür führt. Ich winke zurück und löse dann die Handbremse.

Drei Dinge. Auf dem Heimweg denke ich darüber nach, wie Vic diese Challenge beantwortet hat.

Ich werde in Edinburgh viel vermissen, aber am allermeisten meine Eltern. Ich werde in Edinburgh viel ver-

missen, aber am allermeisten dich. Und ich wünschte, du
würdest mitkommen, und das ist die Wahrheit.

Ich trage den konsequent weiterschlafenden Fin gerade die Treppe zu unserer Wohnung hoch, als mir etwas
bewusst wird: Vic würde mich nicht mehr vermissen als
nur ihre Eltern.

Sie würde mich *am allermeisten* vermissen.

Und das – macht vielleicht einen Unterschied.

Wenn es wahr ist.

KAPITEL 8

Als Callan Sonntagabend in den Pub kommt, habe ich ihn seit zwei Tagen nicht mehr gesehen. Auf meine Nachrichten, die ich ihm Freitagnacht noch geschickt habe, kam am Samstagvormittag nur ein lapidares *Sorry* zurück. Keine Erklärung, nicht einmal der Hauch eines Versuchs, irgendeine Entschuldigung dafür zu finden, dass er mich am Freitag mal wieder sitzengelassen hat. Entsprechend genervt bin ich, als er sich jetzt auf einen Barhocker schwingt und mich angrinst wie der selbstverliebte Kröterich aus Fins Buch.

«Hi, Jack! Wie geht's denn so?»

«Was willst du hier?» Ich unterbreche das Gläserspülen und greife nach einem Handtuch, um mir die Hände abzutrocknen. «Es ist Sonntag. Kein Tag, an dem du hier auftauchen müsstest, im Gegensatz zu vorgestern.»

Meine Worte verändern nicht im Geringsten etwas an Callans zufriedenem Gesichtsausdruck. «Weißt du was, Jack? Du hängst dich zu sehr an Kleinigkeiten auf.»

Bitte was? Ich starre Callan an. «Ich war verabredet, falls du das vergessen haben solltest. Und der Freitag ist dein Abend!»

«Ach, verabredet.» Callan winkt ab. «Es war doch nur Vic. Deine Sandkastenfreundin. Es wird Zeit, dass du mal eine richtige Beziehung hast, statt ständig nur mit Vic rumzuhängen.»

«Sag mal, geht's noch?» Dass Callan noch immer dieses Grinsen im Gesicht hängt, lässt meine Fassungslosigkeit über sein bescheuertes Gelaber unmittelbar in Wut umschlagen. «Es kann dir völlig egal sein, mit wem ich mich verabrede – du hättest Freitag hier sein sollen!»

Jetzt lacht er auch noch. «Was hast du denn verpasst, Jack? Wolltet ihr mal wieder nett bei Vic zu Hause zu Abend essen? Mit Vics Mum und Vics Dad? Findest du es übrigens nicht ein bisschen schräg, dass du Finlay ständig eine Art Ersatzfamilie vorspielst?»

«Es reicht, Callan.»

Aus den Augenwinkeln bekomme ich mit, dass zumindest Hamish unsere Unterhaltung verfolgt. Wahrscheinlich ist er nicht der Einzige – im *Merry Men* ist mal wieder nichts los, und auch wenn Callan und ich in normaler Lautstärke miteinander sprechen – noch! –, ist das immer noch ein größeres Spektakel als alles andere.

«Verschwinde einfach. Und denk bloß nicht, dass ich am Dienstag schon wieder für dich hier stehe!»

«Ach, komm schon, Jack. Wieso nimmst du alles so ernst?» Dieses blöde Lachen. «Entspann dich und mach mir lieber ein Bier.»

«Du kannst mich mal. Hau einfach ab.»

Callan legt beide Arme über den Tresen und beugt sich vor. «Ich versteh dich nicht, Jack. Wo ist eigentlich dein Problem?»

«Du bist mein Problem.» Eins von vielen.

Dass Callan daraufhin vom Barhocker rutscht und allen Ernstes Anstalten macht, sich hinter dem Tresen selbst zu bedienen, bringt das Fass zum Überlaufen. Ich versperre ihm den Weg zu den Zapfhähnen, endgültig bereit, den wenigen Gästen im Zweifelsfall eine Show zu bieten. «Verpiss dich endlich, Callan!»

Schwankt er? Nein, nicht wirklich. Aber völlig stabil scheint er mir auch nicht zu sein.

«Was ist nur los mit dir? Hast du irgendwas genommen?»

Diese Frage ist mir jetzt einfach rausgerutscht, vielleicht weil ich Hamishs Blick in meinem Rücken zu spüren meine.

Callan scheint davon allerdings nicht sonderlich irritiert zu sein. «Du peilst es einfach nicht», erwidert er. Immerhin verschwindet jetzt endlich dieses unerträgliche Grinsen aus seinem Gesicht. «Du hast einfach keinen Plan.»

Ich weiche seinem Zeigefinger aus, mit dem er mir gegen die Stirn tippen will, und kann mich dabei nur schwer beherrschen, seine Hand nicht wegzuschlagen.

«Callan.» Ich trete so dicht an ihn ran, dass ich beinahe flüstern kann. «Hau. Jetzt. Ab. Es interessiert mich einen Scheiß, ob du der Meinung bist, ich hätte einen Plan oder auch nicht. Geh mir hier nicht auf den Sack und kümmere dich um deinen eigenen Mist. Woanders.»

Ein paar Sekunden lang habe ich keine Ahnung, wie Callans Reaktion ausfallen wird. Alles scheint möglich. Dann weicht er einen Schritt zurück, und das leichte Grinsen erscheint wieder in seinen Mundwinkeln. Ich habe mit vielem gerechnet, aber nicht damit, dass er mich fast schon mitleidig ansehen würde. Entsprechend zeitverzögert kann ich gerade noch verhindern, dass Callan mir als Nächstes auch noch durch die Haare fährt. Ohne ein weiteres Wort wendet er sich ab und verschwindet in dem Gang zur Küche und zu der Treppe, die hoch in unsere Wohnung führt.

Was um alles in der Welt stimmt nicht mit ihm?

Als ich mich endlich umdrehe, statt weiterhin die Küchenschwingtür anzustarren, sehe ich mich auf der anderen Seite des Tresens Hamish gegenüber, und in dessen Gesicht lese ich etwas ganz Ähnliches wie gerade eben in dem von Callan. Was ist denn heute nur los?

Muss mich die ganze Welt bemitleiden, oder was?

Hamish hebt sein Bier und prostet mir zu, bevor er das Glas an seine Lippen setzt. Kopfschüttelnd wende ich mich wieder den benutzten Gläsern zu, die neben dem Spülbecken stehen.

Was genau war das also eben? Irgendeine Nummer von *Was ich dir schon immer einmal sagen wollte*?

Fin eine Ersatzfamilie vorspielen – ich glaube, es hackt. Was für eine Art von Familie hat Fin denn hier? Wann hat Callan das letzte Mal mit uns allen zusammen gegessen? Das ist ewig her, und noch länger müsste man zurückdenken, wenn man sich an ein gemeinsames Essen erinnern wollte, in dem sich nicht alle nur anschweigen. Jede Form von Normalität ist gut für Fin – und unter normal verstehe ich keinen Vater, der seine fortwährende Ignoranz durch einen gewissen Alkoholpegel aufrechterhält, oder einen älteren Bruder, der sich aufführt, als sei er nur eine Art Untermieter.

Noch dazu ein durchgeknallter Untermieter.

Ich hab keinen Plan – aber du, Callan, oder?

Ich hoffe, er lässt da oben jetzt Fin in Ruhe. Am Ende weckt er ihn noch, absichtlich oder unabsichtlich.

Nachdem ich bei diesem Gedanken angekommen bin,

finde ich so lange keine Ruhe mehr, bis ich Hamish bitte, kurz alles im Blick zu behalten, damit ich mich in der Wohnung schnell vergewissern kann, dass alles in Ordnung ist.

Genau so sage ich das Hamish natürlich nicht, aber der denkt sich ohnehin seinen Teil.

In Callans Zimmer brennt Licht, doch kein Geräusch ist zu hören, als ich den Kopf zur Wohnungstür hereinstecke. Dads Schlafzimmer steht offen, was bedeutet, dass er noch nicht zu Hause ist. Lautlos trete ich an Fins Kinderzimmertür und öffne sie einen Spalt weit.

Das rosa Nachtlicht in der Steckdose lässt mich einen Blick auf meinen kleinen Bruder werfen, der auf der Seite liegt, eine Hand unter die Wange geschoben, mit geschlossenen Augen und verwuscheltem Haar. Vorsichtig ziehe ich mich wieder zurück.

Einen Moment lang spiele ich mit dem Gedanken, auch noch bei Callan hineinzusehen, ihn vielleicht aufzufordern, sich gefälligst ruhig zu verhalten und Fin nicht zu wecken, doch die Diskussion, die sich daraus ergeben würde, wäre mit Sicherheit kontraproduktiv. Davon abgesehen habe ich den Pub unten einem unserer Gäste aufs Auge gedrückt – nicht, dass ich Hamish nicht vertrauen würde, doch wenn in dieser Sekunde jemand etwas zu trinken bestellt, das über ein Bier hinausgeht, kommt er vermutlich an seine Grenzen.

Ein paar Sekunden stehe ich noch da und mustere den schmalen Lichtstreifen, der unter Callans Tür hervorscheint. Seit wann genau ist Callan eigentlich so ... so großspurig geworden? So über den Dingen schwebend, mit diesem Dauergrinsen im Gesicht, bei dem ich ständig das Gefühl habe, er lacht über etwas, das ich nicht einmal sehen kann?

Fing das mit Lewis an? Das könnte sein.

Drogen, höre ich Hamish bedeutungsvoll sagen und fühle mich fast im selben Moment wie ein Idiot, der sich unter diesem Begriff nichts und alles vorstellen kann. Drogen. Was genau heißt das schon?

Ich taste nach dem Schlüssel, vergewissere mich, ihn zurück in meine Hosentasche gesteckt zu haben, bevor ich mich von Callans Zimmer abwende und ein paar Sekunden später die Wohnungstür wieder hinter mir schließe.

In diesem Augenblick kommt mir alles, was Hamish neulich erzählt hat, nicht mehr ganz so absurd vor wie noch gestern am Strand.

Ich muss mit Vic darüber reden.

Mit meiner Sandkastenfreundin. Allein dafür, wie belustigt Callan dieses Wort vorhin ausgesprochen hat, hätte ich ihn am Kragen packen können.

Unten im Pub nicke ich Hamish zu. «Danke.»

Er nickt nur zurück und sackt ein Stück weit hinter seinem Glas zusammen. Offenbar wollte niemand etwas trinken.

Wäre interessant gewesen herauszufinden, wie Callan reagiert hätte, hätte ich ihn auf Edie angesprochen und gefragt, wie es zwischen ihnen so läuft. Das letzte Mal schien mir das nicht ganz so gut auszusehen. Hätte er dann auch nur gegrinst und mir erklärt, dass ich ja überhaupt keine Ahnung habe?

Vielleicht ist das ja der Grund. Vielleicht hat Edie ihn abgeschossen, und er steht deshalb so neben sich. Das würde einiges erklären, und Hamishs Drogengeschichten spielen dabei keine Rolle.

Aber ganz egal, was wirklich der Grund dafür ist, dass Callan sich seit Neuestem so aufführt – es gibt Grenzen.

Finlay ist eine.

Und Vic auch.

KAPITEL 9

Hätte er es dir nicht erzählt, wenn mit Edie Schluss wäre?», fragt Vic.

Es ist Montagnachmittag, und wir sitzen gemeinsam bei mir zu Hause in der Küche. Fin, hungrig von seinem Kindergartentag, hat gerade ein paar Cornflakes verdrückt und sich mehrere Male vergewissert, dass wir später noch zu Tante Alice fahren, bevor er in sein Zimmer abgezogen ist.

«Keine Ahnung», beantworte ich Vics Frage. Früher hätte er. Aber den Callan, der seit Wochen für alles und jeden dasselbe Grinsen übrig hat, kann ich in dieser Hinsicht nicht einschätzen. «Ich weiß nur, dass Edie schon eine ganze Weile nicht mehr hier war. Ich dachte ... na ja, du weißt schon. Eigentlich dachte ich, sie hätte einfach keinen Nerv auf unseren Vater. Aber Callan war häufiger bei ihr.»

«Vielleicht behauptet er das nur.»

«Warum sollte er?»

Vic zuckt mit den Schultern und fährt mit dem Zeigefinger über den Rand des Glases vor ihr auf dem Tisch. «Na ja. Gibt ja auch Leute, die es nicht zugeben wollen, wenn man sie gefeuert hat. Und dann gehen sie morgens aus dem Haus und verbringen den Tag sonst wo, nur damit keiner erfährt, dass sie arbeitslos sind.»

Darüber denke ich kurz nach. Vielleicht will Callan ja

191

einfach nicht offiziell Edie-los sein. «Letztlich ließe sich das einfach herausfinden», stelle ich fest.

«Wie denn?»

«Ich frage Edie.»

«Das musst du ihr aber irgendwie erklären – falls sie und Callan noch zusammen sind, wird sie ziemlich erstaunt sein.»

«Muss man ja nicht so direkt machen. Das nächste Mal, wenn er sagt, er fährt zu ihr, rufe ich sie an und frage, ob er da ist. Weil ich ihm irgendetwas Wichtiges sagen muss. Dass er ein Idiot ist, zum Beispiel.»

Vic lacht auf. «Callan wird begeistert sein.»

«Ist mir egal.» So wie Callan sich seit geraumer Zeit verhält, kann er letztlich froh sein, dass ich versuche, irgendeine Entschuldigung für ihn zu finden, statt ihn einfach nur ständig anzubrüllen. «Vielleicht ist ja doch etwas dran an dem, was Hamish erzählt hat.»

Vic zieht eine skeptische Grimasse. «Das kann ich mir einfach nicht vorstellen. Nur weil er jetzt ein paar Male so seltsam drauf war ...»

«Und weil er sich seit Wochen nicht mehr um das *Merry Men* kümmert. Und ständig abtaucht, ohne zu sagen, wo er ist. Weil er kaum noch etwas erzählt. Ich meine – es ist noch nicht so lange her, da haben wir all das hier zusammen gemacht. Ich habe mich mehr um Fin gekümmert und er mehr um den Pub. Aber jetzt überlässt er seit Neuestem einfach alles mir – da stimmt doch irgendwas nicht.»

«Wo ist er denn jetzt?»

«Wie ich gerade gesagt habe: Ich weiß es nicht. Eigentlich sollte er bei Tesco sein.»

«Vielleicht finden wir irgendeinen Hinweis in seinem Zimmer.» Unter meinem erstaunten Blick windet Vic sich auf dem Küchenstuhl. «Ich meine, wenn du dir deshalb solche Gedanken machst – wenn er wirklich irgendetwas nimmt, würde er das garantiert noch weniger erzählen, als wenn Edie mit ihm Schluss gemacht hätte.»

Das stimmt vermutlich. Trotzdem gefällt mir der Gedanke nicht, heimlich in seinem Zimmer herumzuschnüffeln.

«War nur eine Idee», sagt Vic, die mein Unbehagen zu spüren scheint. «Und vielleicht keine gute, sorry.»

«Irgendwie fehlt mir dafür noch was.»

«Na ja, bei dem, was du da gerade alles aufgezählt hast ...»

«Ja, ich weiß.» Ich stehe auf und öffne den Kühlschrank, starre einen kurzen Moment hinein, nur um ihn dann wieder zu schließen, ohne etwas herausgenommen zu haben. «Ich weiß echt nicht, was ich tun würde, wenn Callan auch noch abdreht.»

Vic erhebt sich ebenfalls und geht auf mich zu, und als sie mir jetzt die Arme um die Hüften legt, treten Callan und alles, was mit ihm zusammenhängt, für den Moment in den Hintergrund.

«Es muss ja auch nicht so sein», sagt sie, und ich vermag meinen Blick nicht von ihrem Gesicht abzuwenden, während sie weiterredet. «Vielleicht ist er einfach nur mies drauf oder dieser komische Lewis färbt auf ihn ab, oder es ist wirklich etwas mit Edie ... Es kann alle möglichen Gründe haben, dass er seit ein paar Wochen so rumspinnt.»

Ich nicke, während ich herauszufinden versuche, wonach Vic duftet. Irgendetwas mit Citrus. Orange? Limone?

Kurz drückt sie sich fester an mich, ihreHüften gegen meine. Mit den Händen stütze ich mich hinter mir an der Arbeitsfläche ab, und da lasse ich sie auch, obwohl ich den Druck von Vics Umarmung gern erwidern würde. Gerade weil ich ihn gern erwidern würde. Aber diese Umarmung hat nichts zu bedeuten, das macht sie immer. Das gehört zu ihr, seit ich sie kenne. Früher fand ich es manchmal sogar peinlich. Verflucht.

«Jack?»

«Mh?»

«Was denkst du?»

Ich umfasse ihre Oberarme und schiebe sie ein Stück von mir. «Dass du vermutlich recht hast. Es kann alle möglichen Gründe haben. Vielleicht liegt es ja an mir, ich bin auch nicht so gut drauf.»

«Bist du nicht?» Vic sieht mir hinterher, als ich jetzt zum Tisch zurückgehe. «Wieso?»

Tja, weißt du, mir ist immer häufiger danach zu vergessen, dass wir nur beste Freunde sind.

«Ach, alles Mögliche. Das *Merry Men*, mein Vater, Fins Bauchschmerzen und jetzt eben auch noch Callan ...»

Vic setzt sich wieder auf ihren Stuhl und damit mir gegenüber. «Weißt du, das alles sollte eigentlich nicht dein Job sein.» So etwas in der Art hat sie schon häufiger mal angemerkt und dabei gelächelt. Heute lächelt sie nicht. «Irgendwie ist es doch kein Wunder, dass Finny so oft Bauchschmerzen hat. Ich hätte auch Bauchschmerzen, wenn meine Eltern meistens so tun würden, als sei ich gar nicht da.»

Eltern. Fin hat keine Eltern.

«Dein Vater muss irgendwas unternehmen. Zu einer Beratungsstelle gehen oder was weiß ich. Sich jedenfalls endlich mal um alles kümmern. Es ist doch irgendwie schon ewig so, als wärest du der Vater hier.»

«Callan ...»

«Callan hat sich früher mehr um den Pub gekümmert, aber nie um Finny, oder?»

Ich schließe den Mund wieder.

«Und jetzt kümmerst du dich irgendwie um alles.» Vic streckt eine Hand nach mir aus und beugt sich vor. «Du bist neunzehn. Und mit der Schule durch. Jetzt solltest du überlegen, was du für dein Leben willst und brauchst, und nicht weiter hier in Oban herumsitzen.»

«Das ist alles nicht so einfach.»

«Das habe ich ja auch nicht gesagt.» Sie zupft an meinem Shirt, und allein diese winzige Berührung sorgt für ein sanftes Kribbeln, das sich wellenförmig ausbreitet.

Ich stehe auf, und Vics Arm sinkt auf den Tisch zurück.

«Es ist ja nicht so, dass ich nicht schon versucht hätte, mit meinem Vater darüber zu reden.»

«Ich weiß», sagt Vic und presst kurz die Lippen zusammen.

«Nur kommt da eben nichts durch. Er nickt und stimmt allem zu und ändert – nichts. Er kann es nicht, Vic.»

«Aber was bedeutet das? Übernimmst du jetzt hier alles, bis Finny achtzehn ist? Das wären noch vierzehn Jahre.»

Diese Zahl setzt mir zu, vielleicht, weil ich darüber noch nie so konkret nachgedacht habe. *Irgendwann* fühlt sich weniger schlimm an als *vierzehn Jahre*. Dann wäre ich dreiunddreißig, fast vierunddreißig. Und hätte nichts.

«Hast du denn eine Lösung?», frage ich.

Das Schweigen zieht sich, bis Vic langsam den Kopf schüttelt. «Vielleicht sollten wir mal mit meinen Eltern darüber reden», schlägt sie vor.

Vics Eltern. Es muss großartig sein, Eltern zu haben, die sich kümmern. Und zwar nicht nur um sich selbst. Für Vic ist das so selbstverständlich wie Atmen.

Nur habe ich solche Eltern eben nicht. Vics Eltern sind nicht meine, und ich bin nicht ihr Bruder. Ganz bestimmt bin ich nicht ihr Bruder. Dieser Gedanke mag der Grund dafür sein, dass ich jetzt den Kopf schüttele.

«Nimm's mir nicht übel, Vic, aber lieber nicht.»

Sie seufzt. «Heute taugen meine Ideen alle nicht so viel, was? Hast du eigentlich noch mal über die drei Fragen nachgedacht?»

«Welche Fragen denn?»

«Eine Wahrheit, eine Lüge und etwas, von dem du dir wünschst, dass es wahr oder gelogen wäre.»

Fins Rückkehr in die Küche enthebt mich einer Antwort. «Wann fahren wir endlich?», will er wissen, und sein Tonfall macht deutlich, dass er sich gerade langweilt.

«Gleich», erwidere ich.

«Wann gleich?»

«Wenn wir uns fertig unterhalten haben.»

«Wann habt ihr …?»

«Finlay», komme ich neuerlichem Gequengel zuvor, «ich sag dir Bescheid, okay?»

«Ich will aber jetzt zu Tante Alice», murrt Fin und verzieht sich mit einem extra lauten Trampeln.

«Der hat's heute aber eilig.» Vic lacht leise, nachdem er verschwunden ist. «Mum freut sich auch schon auf ihn», sagt sie und grinst mich an.

Sie meint es nett, ich weiß, aber ... *Findest du es übrigens nicht schräg, dass du Finlay ständig eine Art Ersatzfamilie vorspielst?*

Ach, zur Hölle mit dir, Callan.

KAPITEL 10

Am Dienstag ereignet sich ein kleines Wunder, und Callan taucht tatsächlich rechtzeitig auf, um seinen Abend im *Merry Men* zu übernehmen. Keine Ahnung, ob unser Streit irgendetwas damit zu tun hatte, falls ja, hält dessen Wirkung jedenfalls nicht lange an, denn nur drei Tage später lässt er mich schon wieder hängen. An einem Freitagabend hat mein Bruder offenbar Besseres vor. Zumindest ist Fin heute nicht die ganze Zeit allein, denn er übernachtet zum ersten Mal bei einem Jungen namens Thomas, den er aus dem Kindergarten kennt.

Meine Erleichterung darüber hält allerdings nur so lange an, bis um kurz nach zehn mein Telefon klingelt.

«Hi ... hier ist Amanda, die Mutter von Thomas. Ähm – spreche ich mit Finlays Dad?»

«Mit seinem Bruder», erwidere ich, das Telefon zwischen Kinn und Schulter geklemmt, während ich zwei Biergläser auf den Tresen stelle. «Ist alles okay?»

«Nicht ganz – Finlay hat Bauchschmerzen und möchte lieber nach Hause. Mein Mann ist nicht da, ich kann ihn leider nicht bringen – könnte ihn jemand abholen?»

«Klar», erwidere ich automatisch, noch bevor ich darüber nachdenken kann, wie ich das nun wieder bewerkstelligen soll. «Ich bin in zwanzig Minuten da.»

«In Ordnung, ich sag ihm Bescheid. Tut mir leid, ich hoffe, er hat sich nichts eingefangen.»

«Glaube ich nicht. Das hat er häufiger, wenn er aufgeregt ist.» Wenn er aufgeregt ist. Schön wär's, Fin hätte diese verfluchten Bauchschmerzen nur, wenn er aufgeregt ist. Ist aber in diesem Fall egal – ich will der Frau nur die Sorge nehmen, Fin könne irgendeinen Kotzvirus in ihre Familie eingeschleppt haben.

Mein erster Blick fällt auf Hamish. Aber nein – er mag kurz ein Auge auf alles haben können, wenn ich für fünf Minuten nach oben in unsere Wohnung verschwinde, aber das jetzt kostet mich mindestens eine halbe Stunde, eher mehr. Callan? Den erreiche ich erstens nie, und zweitens ist auf ihn kein Verlass. Bleibt nur noch mein Vater. Verdammt.

«Hamish?»

Der alte Mann sieht auf.

«Könntest du hier kurz aufpassen, bis mein Vater runterkommt? Ich muss Fin von einem Freund abholen.»

Hamish nickt. «Kein Problem. Geht's dem Kleinen gut?»

«Die erste Übernachtung bei einem neuen Freund – er ist nur aufgeregt», nutze ich die gerade erfundene Entschuldigung für Fin einmal mehr. «Danke!»

Unmittelbar darauf eile ich die Treppe nach oben. Nicht weiter erstaunlich liegt mein Vater auf dem Sofa im Wohnzimmer und schläft. Entweder er schläft, oder er sieht fern und trinkt. Oder er schlurft wie ein Zombie durch die Wohnung.

«Dad?» Als er nicht reagiert, rüttele ich vorsichtig an seiner Schulter. «Dad!»

Seine Augen öffnen sich nur halb. «Wasis?»

Ich zucke zurück. Die Alkoholfahne ist einfach zu heftig.

Scheiße. Aber es hilft nichts, er muss. Entweder das, oder ich schmeiße unten alle raus und mache zu.

«Ich muss Fin abholen. Callan ist nicht da. Du musst runter in den Pub.» Damit wäre das Wesentliche wohl zusammengefasst.

«Was?»

Herrgott.

«Du musst runter und das *Merry Men* übernehmen! Jetzt!»

«Aber wieso? Wasis heute fürn Tag?»

«Callans Tag. Aber der ist nicht da. Und ich muss weg. Also ...»

«Wieso musstn du weg?»

«Ich muss Fin holen!» Nicht so laut, ermahne ich mich selbst. Bringt ja alles nix. «Hör zu, steh jetzt auf und geh kurz runter. In einer halben Stunde bin ich zurück, dann löse ich dich wieder ab, okay?»

Er starrt mich aus wässrigen Augen an, als habe er kein Wort verstanden. Ist vermutlich sogar so. Verflucht noch mal! Hamish vertröstet unten die Leute, und ich muss Fin holen, und zwar sofort.

«Pass auf, entweder du raffst dich jetzt auf und gehst runter in den Pub, oder ich werfe die Leute raus und mache den Laden dicht!»

Das bringt ihn endlich dazu, sich in eine halbwegs aufrechte Sitzposition zu begeben. «Wie redest du denn mit mir?», beklagt er sich.

Wie man mit einem jämmerlichen Säufer eben so redet. Es kostet mich einiges, diesen Gedanken nicht laut auszusprechen. Stattdessen trete ich ein paar Schritte zurück.

«Ich hol dir ein frisches Hemd.»

So kann er nicht runtergehen. Das Ding, das er da anhat, stinkt ja zehn Meilen gegen den Wind.

Als ich ins Wohnzimmer zurückkomme, sitzt er noch genauso da, wie ich ihn verlassen habe. Ich muss wohl froh sein, dass er nicht wieder eingeschlafen ist. Ohne mich mit weiteren Diskussionen aufzuhalten, beginne ich, ihm das Hemd aufzuknöpfen, das er trägt, während er an sich herunterguckt, als habe er noch nie in seinem Leben Knöpfe gesehen. Oder mich, der dabei ist, die Knöpfe an seinem Hemd zu öffnen. Letzteres stimmt immerhin.

Es dauert ewig, ihn dazu zu bringen, das frische Hemd anzuziehen, das Zuknöpfen muss wieder ich übernehmen, und dann steht er noch minutenlang in der Küche und trinkt drei Gläser kaltes Wasser. Hamish sitzt da unten jetzt schon fast zwanzig Minuten herum, und ich wollte längst bei Fin sein.

«Los jetzt!», drängele ich und schiebe ihn durch den Flur, wobei ich mich frage, wie um alles in der Welt mein Vater die Arbeit im Pub auf die Reihe kriegen soll. Da dreht sich ein Schlüssel im Schloss, und Callan erscheint auf der Bildfläche.

Gott sei Dank! In diesem Moment bin ich viel zu erleichtert, ihn zu sehen, als dass es mir einfallen würde, ihn dafür anzuschnauzen, durch seine Abwesenheit überhaupt erst in diese Scheißsituation geraten zu sein.

«Callan, du musst …», beginne ich, und dann kotzt Callan mir vor die Füße.

Was zur Hölle?

«Oh», sagt Callan und beginnt zu lachen.

Das glaube ich jetzt nicht. Glaube ich einfach nicht.

Mein Vater lehnt im Türrahmen zur Küche und betrachtet die Sauerei im Flur, als habe das mit ihm alles gar nichts zu tun, und Callan steht da und lacht, mit Pupillen, die so riesig sind, dass jede Farbe aus seinen Augen verschwunden ist.

Ganz kurz stehe ich unmittelbar davor, erst den Kopf von Callan und dann den von meinem Vater gegen die Wand zu rammen, bevor ich Callan zur Seite stoße und Sekunden später die Wohnungstür hinter mir zuwerfe.

Unten im Pub halte ich mich nicht damit auf, Hamish oder irgendeinem anderen etwas erklären zu wollen.

«Hört mal alle her!», rufe ich und schlage mit der flachen Hand mehrmals auf den Tresen. «Hier gibt's einen Notfall, und ihr müsst alle gehen. Sorry, tut mir leid.»

Eine Viertelstunde später bin ich endlich unterwegs. Thomas' Mum hat noch einmal angerufen, und ich habe mich gleich weiter entschuldigt. Tut mir leid, tut mir leid.

Wer mir bei all dem allerdings wirklich leidtut, ist Fin. Wie ein Häufchen Elend sitzt er in eine Decke gehüllt auf einem riesigen Sofa, Thomas schläft längst in seinem Bett, und seine Mutter sieht so aus, als würde sie das auch gern endlich tun.

«Jack», sagt Fin, als er mich sieht, und beginnt zu weinen.

Es ist fast halb zwölf, als ich mit ihm schließlich auf dem Weg nach Hause bin. Beinahe unmittelbar nachdem wir losgefahren sind, ist er in seinem Kindersitz eingeschlafen, und ich habe schon fast die Straße erreicht, in der das *Merry Men* liegt, als ich schräg in eine Hofeinfahrt einschere und mit laufendem Motor dort stehen bleibe.

Will ich mit Fin jetzt wirklich in unsere Wohnung? Zu einem betrunkenen Vater und einem zugedröhnten Bruder? Die Kotze in der Diele nicht zu vergessen?

Will ich das?

Ich ziehe mein Telefon aus der Tasche.

«Jack?»

«Vic, hör zu – kann ich Fin zu euch bringen?»

«Jetzt gleich?»

«Jetzt gleich.»

«Klar. Was ist passiert?»

«Ich erklär's dir, wenn ich da bin.»

Kurz darauf bin ich wieder unterwegs. Zu Fins Ersatzfamilie. Gott sei Dank hat er eine.

KAPITEL 11

Alice und George, die den noch immer schlafenden Fin und mich in Bademänteln empfangen, erzähle ich nur, dass es meinem Vater nicht gut geht und ich mich um ihn und auch um das *Merry Men* kümmern muss. Zumindest Alice ist anzusehen, dass sie mir gern ein paar Takte dazu sagen würde, doch sie tut es nicht. Vielleicht spart sie sich das für eine etwas menschlichere Uhrzeit auf.

Nur Vic gegenüber erwähne ich auch Callan, was dazu führt, dass sie versucht, mich davon abzuhalten, zurückzufahren.

«Du kannst doch heute Nacht auch hierbleiben, Jack. Was willst du denn jetzt groß tun?»

Sie hat mir eine Hand auf den Arm gelegt, die ich sanft abstreife. «Wenn ich erst morgen früh nach Hause fahre, ist Callan vielleicht schon wieder verschwunden. Und ich muss mit ihm reden.»

«Aber wenn er so ... so drauf ist, wie du sagst, macht das doch jetzt keinen Sinn.»

«Dann warte ich eben, bis er wieder klar im Kopf ist.»

Mit meiner Antwort sieht Vic nicht glücklich aus. Wir stehen im Hausflur ihrer Eltern, die wieder schlafen gegangen sind, nachdem wir Fin ins Bett verfrachtet haben. Ich habe vor, noch vor dem Frühstück wieder hier zu sein.

«Ich glaube nicht, dass es gut ist, wenn du jetzt allein

zurückfährst, Jack. Du weißt nicht, was mit Callan los ist, und dein Vater ...»

«Gerade weil ich nicht weiß, was mit Callan los ist, muss ich jetzt da hin. Genau das will ich nämlich rausfinden.»

Und irgendwie retten, was noch zu retten ist.

Ich sehe Vic an, dass sie mit sich ringt.

«Komm erst gar nicht auf die Idee, mich zu fragen, ob du mitkommen sollst, okay?», sage ich, und mir gelingt sogar ein halbwegs ordentliches Grinsen. Hoffe ich zumindest. «Du musst bei Fin bleiben.»

«Sicher.» Vic sagt das so traurig, dass ich sie, ohne weiter darüber nachzudenken, an mich ziehe. Sie fühlt sich warm und weich in meinen Armen an, und sie duftet so unglaublich gut nach Vic, dass ich mir für einen kurzen Moment erlaube, mein Gesicht in ihre Haare zu drücken.

«Danke», murmele ich, dann lasse ich los.

Vic rührt sich keinen Zentimeter. Sie hat beide Arme um meine Hüften geschlungen und ihre Stirn gegen meine Schulter gelehnt. Im Gegensatz zu ihren Eltern in Bademänteln ist sie mir in einem riesigen Shirt und einer karierten Schlafanzughose entgegengekommen. Das ist kein Aufzug, in dem ich sie nicht schon gesehen hätte, aber in diesem Augenblick fühlt es sich trotzdem seltsam intim an.

«Na gut.» Sie sieht auf. «Rufst du mich an, wenn du mit Callan gesprochen hast?»

«Okay.»

Es ist ein seltsames Gefühl, an Callan und die ganze verfluchte Situation zu Hause zu denken und dabei Vics Gesicht so nah vor meinem zu sehen.

«Ich bin morgen so früh wie möglich da.»

«Alles klar. Sei vorsichtig.»

Vics letzte Worte geistern noch in meinem Kopf herum, als ich bereits wieder im Auto sitze. *Sei vorsichtig* – das scheint mir jetzt doch etwas übertrieben. Ich fahre nur zu meinem Bruder und zu meinem Vater, nicht zu einer rivalisierenden Straßengang oder so.

Im *Merry Men* ist es dunkel. Alles andere hätte mich jetzt auch überrascht. Erstmalig frage ich mich, was wohl in der Wohnung passiert ist, nachdem ich abgehauen bin. Ist einem der beiden dort oben inzwischen klar geworden, wie unfassbar abgefuckt die ganze Situation ist?

Nachdem ich die Wohnungstür aufgeschlossen habe, glaube ich es nicht. Noch immer brennt das Licht in der Diele, und niemand hat die Kotze weggewischt.

Es ist totenstill, und obwohl die Tür zum Schlafzimmer meines Vaters geschlossen ist, muss ich sie kurz öffnen, um mich zu vergewissern.

Er liegt quer über dem Doppelbett, in dem Hemd, das ich ihm vor zwei Stunden angezogen habe, und umarmt Mums Kissen. Ach, verflucht, Dad.

Nach ein paar Sekunden schließe ich die Tür leise wieder.

Dann mache ich einen Bogen um die übel riechende Pfütze auf dem Holzboden und gehe zu Callans Zimmer. Auch hier ist die Tür verschlossen, und etwas in mir wappnet sich, weil ich zwar Dads Anblick gewöhnt bin, bei Callan allerdings keine Ahnung habe, was mich erwartet.

Er sitzt auf seinem Bett und starrt mir entgegen, als seien wir verabredet. Seine dunklen Haare wirken strähnig, und auf seinem Shirt sind Flecken. Vielleicht hat er sich vorhin den Mund daran abgewischt.

«Wo warst du?», will er wissen.

Langsam schließe ich die Tür in meinem Rücken. «Unterwegs», erwidere ich. «Warum hast du das da draußen nicht weggemacht?»

«Was?»

«Du hast auf den Boden gekotzt.»

«Wirklich?» Callan schafft es tatsächlich, mit den Schultern zu zucken. «Keine Ahnung.»

Ich gehe ein paar Schritte und lasse mich auf den Stuhl vor dem Schreibtisch sinken. Ist lange her, dass Callan hier Hausaufgaben gemacht hat. «Was ist mit dir los, Callan?»

Callan ist mir mit seinem Blick gefolgt. Noch immer sehen seine Pupillen unnatürlich riesig aus. Es ist Lewis' Blick, wird mir bewusst. Bei Lewis war es noch nie so krass auffällig, aber das, was sich immer so angefühlt hat, als würde man in seine Augen hineinfallen, ist dasselbe, was in diesem Moment Callans Augen anhaftet.

«Mit mir ist gar nichts los. Was ist mit dir los?», sagt er jetzt.

«Erzähl mir keinen Mist. Was hast du genommen?»

Dass er daraufhin zu diesem Grinsen zurückfindet, das ich bereits zu hassen begonnen habe, lässt mich kurz die Luft anhalten.

«Du musst keine Angst haben, Jack.» Callan sagt das nachsichtig, beinahe gönnerhaft. «Es ist nichts. Wir trinken vielleicht mal was, na und?»

«Ist mir neu, dass Alkohol Pupillen so aufblasen kann, dass sie wie schwarze Löcher aussehen.»

207

Unwillkürlich tastet Callan mit einer Hand nach seinem Gesicht, dann lässt er sie wieder fallen. «Tja, dann hast du ja jetzt was gelernt.»

«Callan.» Ich beuge mich ein Stück vor. «Ich will wissen, was bei dir abgeht. Du bist kaum noch hier. Du lässt mich mit allem hängen. Die ganze Zeit grinst du dieses bescheuerte Grinsen, und du redest nur noch Scheiße – was also passiert bei dir gerade?»

«Es geht mir gut.» Er sagt das so unbekümmert, als hätte er mir gar nicht zugehört. «Es ist alles okay. Ich weiß, ehrlich gesagt, nicht, worüber du dich so aufregst.»

«Es geht dir also gut? Und deshalb kotzt du mir vor die Füße und kommst nicht mal auf die Idee, den Dreck zumindest wieder wegzumachen?»

«Bisschen viel getrunken, das ist alles.» Jetzt klingt Callan doch tatsächlich genervt. «Ich mach's gleich weg.»

«Wann?»

«Jetzt?» Callan rutscht vom Bett. «Damit du dich besser fühlst und endlich aufhörst, mich blöd anzumachen?»

Er lässt die Tür offen, als er das Zimmer verlässt. Im nächsten Moment springe ich auf die Füße. Auf gar keinen Fall werde ich jetzt zulassen, dass er einfach zur Wohnungstür rausspaziert.

Doch Callan geht nur in die Küche und kehrt mit einer Rolle Papier und einer Plastiktüte zurück.

Mit verschränkten Armen beobachte ich ihn dabei, wie er alles erst großzügig aufwischt und das Papier in der Tüte versenkt und anschließend noch einmal in die Küche geht, um einen Lappen zu holen.

Ich hätte das Ganze wohl eher mit dem Schrubber bearbeitet, aber nun. Soll er mal machen.

Ein dunkler Fleck bleibt zurück, dort, wo das Zeug zu lange ins Holz eingesickert ist.

«Zufrieden?» Callan knotet die Tüte zu und wirft sie vor die Wohnungstür. «Geht's dir jetzt besser?»

Der Stoß, den er mir mit der Schulter verpasst, als er an mir vorbei zurück in sein Zimmer geht, fällt hart aus, und genau deshalb entscheide ich mich noch einmal um. Dachte ich gerade noch, als ich ihn so auf dem Boden habe knien sehen, dass alles andere auch Zeit bis morgen hat, ist mir jetzt plötzlich danach, Schubladen und Schränke aufzureißen, um endlich irgendetwas zu finden, das mir Callans Verhalten erklärt.

«Was nimmst du, Callan? Und wie lange schon?»

Callan bleibt mitten im Zimmer stehen und seufzt hörbar auf. «Ich nehme gar nichts, okay? Und das schon sehr, sehr lange. Kannst du jetzt aufhören, mir so dermaßen auf den Sack zu gehen?»

«Ich glaub dir nicht.»

«Ach, wie süß.» Diesen hämischen Ausdruck habe ich in dem Gesicht meines Bruders noch nie gesehen. «Du glaubst mir nicht. Na ja, dann – also, ich nehme Heroin, und ich spritze es mir unter die Fußnägel, damit niemand etwas merkt. Zufrieden jetzt?»

«Ich kann auch Lewis fragen.»

«Dann frag ihn.» Callan wendet sich ab. «Und jetzt verpiss dich, ich will schlafen.»

Vielleicht sollte ich das tatsächlich tun. Lewis fragen. Ich hab zwar seine Nummer nicht, aber ich weiß, wo er wohnt. Doch einen Trumpf habe ich noch. «Oder ich frage Edie.»

Auf diesen Satz hin fährt Callan herum, als hätte ich

ihn mit einem Giftpfeil getroffen. «Du lässt Edie da raus, hörst du? Wenn du dir unbedingt irgendeine Scheiße einbilden willst, ist das deine Sache, aber meine Freundin hat damit nichts zu tun!»

Er tritt auf mich zu, und vor der plötzlichen Wut in seinem Blick weiche ich automatisch einen Schritt zurück. Ist das echt noch Callan?

«Jack», sagt er jetzt, und ich muss an einen bissigen Hund denken, der zähnefletschend näher kommt. «Hast du gehört? Ein Wort über deine fucking Hirngespinste zu Edie, und du wirst es bereuen. Verstehen wir uns?»

Wortlos wende ich mich ab und erwarte fast, dass Callan mich zurückreißt. Doch während ich durch den Flur zu meinem Zimmer gehe, fällt hinter mir nur vernehmlich seine Tür ins Schloss.

In meinem Kopf herrscht Chaos, während ich mir ein paar frische Klamotten aus dem Schrank nehme. Alles riecht irgendwie noch immer nach Kotze. Ich werde jetzt duschen, mich umziehen, und dann fahre ich zu Vic und Fin.

Ein kurzer Blick auf die Uhr. Halb drei vorbei.

Egal. Ich schlafe einfach noch ein paar Stunden im Auto. Auf jeden Fall raus hier, raus aus dieser Wohnung, in der sich in dieser Nacht endgültig alles auf den Kopf gestellt hat.

KAPITEL 12

«W as wirst du jetzt tun?»

Die Sonne scheint auf den Frühstückstisch, auf dem noch die leeren Teller von Fin, Alice und George herumstehen. Vor einer knappen halben Stunde sind die beiden mit meinem kleinen Bruder zu einem Café mit Indoor-Spielplatz gefahren, und diese Zeit habe ich genutzt, um Vic auf den neuesten Stand zu bringen.

«Ich bin noch nicht sicher.»

Der Duft nach Toast und Kaffee lässt die letzten Stunden surreal erscheinen. Das hier, das ist das echte Leben: Vic, die gerade ihre Fußzehen auf meiner Stuhlkante unter meine Oberschenkel klemmt, und Fin, der sich vorhin nicht lange damit aufgehalten hat, Vic und mich anzubetteln, dass wir doch mitkommen sollen. Keine Ahnung, ob das gut ist. Als ich ihn hierhergebracht habe, war ich noch dankbar über diese Zufluchtsmöglichkeit. Jetzt jedoch breitet sich in meinem Hirn mal wieder die Frage aus, ob ich Fin einen Gefallen damit tue, ihn in dem Glauben zu lassen, dass *Tante* Alice und *Onkel* George so etwas wie Ersatzeltern für ihn darstellen. Ich weiß, dass die beiden alles tun würden, um ihn glücklich zu sehen – vor allem Alice liebt ihn sehr –, doch ist das nicht nur eine Seifenblase? Die Buchanans sind Vics Familie, nicht die von Fin, und irgendwann wird ihm das auch bewusst werden.

«Diesen Lewis kannst du jedenfalls vergessen», stellt Vic fest. «Wenn du von dem überhaupt irgendetwas erfährst, dann mit Sicherheit nicht die Wahrheit. Es scheint übrigens zu stimmen, dass er dealt.»

Ich unterbreche mich in meiner Grübelei. «Woher weißt du das jetzt?»

«Eine Freundin von mir hat solche Gerüchte auch schon über ihn gehört. Sie meinte, er sei keine große Nummer oder so, aber sie wüsste, dass er sich irgendwelches Zeugs schicken lässt. Okay, wie sicher das jetzt wirklich ist ...»

«Hat sie gesagt, was?»

«Das wusste sie nicht.»

Vic bewegt ihre Zehen unter meinem Bein, und automatisch lege ich eine Hand auf ihren schmalen Fuß. Eine Geste, bei der ich mir noch vor einigen Monaten nichts gedacht hätte, jetzt jedoch ziehe ich meine Hand unmittelbar wieder zurück.

Vic stellt ihre Tasse, die sie auf ihren Knien balanciert hat, zurück auf den Tisch. «Vielleicht, wenn du Callan dazu bringen könntest, eine Beratungsstelle ...»

«Das habe ich schon bei meinem Vater umsonst versucht. Und der gibt immerhin zu, dass er ein Alkoholproblem hat. Aber Callan ...» Ich schüttele den Kopf. «Keine Chance.»

Eine Weile sitzen wir schweigend nebeneinander, äußerlich so harmonisch wie ein Pärchen in einer Frühstücksflocken-Werbung. Sogar Vogelgezwitscher ist zu hören.

«Okay, und was ist mit Edie?», fragt Vic schließlich.

Edie. Callans große Liebe, zukünftige Gesetzeshüterin

und mit ziemlicher Sicherheit nicht begeistert, wüsste sie von Callans Experimenten. Wenn es überhaupt nur so etwas wie Experimente sind und ich das in meinem Kopf nicht nur so formuliere, weil alles dadurch fast harmlos klingt. Was weiß ich denn, wie tief er da schon drinsteckt? So völlig drüber benimmt er sich ja nicht erst seit gestern, und mit Lewis hing er sogar schon rum, als er seine Schichten im *Merry Men* noch ernst genommen hat.

«Wenn ich Edie mit reinziehe, bringt Callan mich um», sage ich.

«Und was passiert, wenn du weiter einfach nur abwartest?»

Tja. Das liegt irgendwie auf der Hand.

«Du könntest natürlich auch gleich zur Polizei gehen und denen was zu Lewis erzählen», schlägt Vic vor.

Ich schüttele den Kopf. «Erstens hab ich nichts Konkretes, und zweitens weiß ich nicht, was dann auf Callan zurückfällt.»

Vic nickt. «Deshalb lieber Edie, oder? Vielleicht kann sie ihn ja davon überzeugen, dass sich irgendetwas ändern muss.»

Da muss es doch noch andere Möglichkeiten geben. Ich sehe Callan vor mir, wie er mich anfunkelt. *Du wirst es bereuen.* Es ist nicht so, dass ich Angst vor meinem eigenen Bruder hätte, aber ich habe die Sorge, irgendetwas zwischen ihm und Edie unwiederbringlich zu beschädigen.

«Die Frage ist, ob Edie es überhaupt versuchen würde», sage ich. «Vielleicht lässt sie ihn einfach fallen. Und selbst wenn sie ihm helfen will – bei so etwas ist es mit ein bisschen gutem Willen nicht getan.»

«Aber wie tief Callan da drinsteckt, weißt du doch noch gar nicht. Auf jeden Fall wird die Situation nicht besser, je mehr Zeit vergeht.»

Das stimmt leider. Und von allen Menschen auf der Welt, mich eingeschlossen, könnte ich mir noch am ehesten vorstellen, dass Edie zu Callan durchdringt. Allein die Tatsache, dass mein Bruder mir nach der letzten Nacht nicht einmal eine Nachricht geschrieben hat, spricht Bände. Würde Edie Callan auf den ganzen Mist ansprechen ... Vielleicht könnte ich mit ihr ja vereinbaren, dass sie Callan gegenüber behauptet, selbst eine Veränderung in seinem Verhalten bemerkt zu haben?

Nein, nach meinem letzten Gespräch mit ihm wäre das Blödsinn. Und warum sollte ich überhaupt versuchen, mich hinter Edie zu verstecken? Callan darf ruhig wissen, dass ich nicht bereit bin, mir das alles länger anzusehen.

«Jack?» Vic mustert mich prüfend.

«Du hast recht», sage ich. «Ich werde mit Edie reden.»

«Wann?»

Gute Frage. Nachdem die Entscheidung jetzt getroffen ist, am besten so schnell wie möglich. Es ist kurz vor zehn – so, wie Callan letzte Nacht drauf war, halte ich es für unwahrscheinlich, ihn um diese Uhrzeit schon bei Edie anzutreffen, trotzdem sollte ich erst einmal bei ihr anrufen, statt einfach aufzutauchen.

Ich taste nach dem Telefon in meiner Tasche, halte es kurz in die Höhe und tippe dann Edies Nummer an, während ich Vic in die Augen sehe. Seit Callan und Edie zusammen sind, habe ich das nur wenige Male zuvor getan, das letzte Mal liegt schon zwei, drei Monate zurück. Damals habe ich mal wieder umsonst auf ihn gewartet und gehofft, ihn bei ihr zu erreichen. Er war nicht bei Edie, aber er war so genervt von meinem Anruf bei ihr gewesen, dass ich diesen Versuch seitdem nie wieder unternommen habe.

«Hallo?»

«Hi, Edie, hier ist Jack – bist du gerade allein?»

«Was?» Edie lacht auf. «Hi, Jack. Falls du Callan suchst, der ist nicht hier. Sag nicht, er ist mal wieder abgetaucht – um diese Uhrzeit wäre das etwas früh, oder?»

«Nein, ich wollte nicht mit Callan sprechen, ich muss mit dir reden. Hättest du dafür mal Zeit?»

«Worum geht es denn?», will Edie wissen, und die Verwunderung in ihrer Stimme ist nicht zu überhören.

«Um Callan. Ich muss dich was zu ihm fragen, und ... eventuell bräuchte ich deine Unterstützung.»

«Weiß Callan, dass du mich anrufst?»

«Nein. Und wenn er es erfährt, wird er ausrasten. Ich überlasse es jetzt mal dir, ob du ihn darauf ansprechen willst, bevor ich dir erzählt habe, worum es geht.»

Vic reckt einen Daumen in die Höhe, während am anderen Ende einige Sekunden lang Schweigen herrscht.

«Das alles hört sich ziemlich schräg an, Jack, das ist dir klar, oder? Was genau ist das Problem?»

«Können wir uns treffen? Vielleicht schon heute?»

Erneutes Schweigen. «Okay», sagt Edie schließlich zögernd. «Aber ich sage dir gleich, ich werde nichts vor Callan geheim halten.»

«Sollst du auch gar nicht», erwidere ich. «Eher im Gegenteil.»

«Willst du vorbeikommen?»

«Lass uns lieber irgendwo spazieren gehen.»

215

«Wow, du machst es schon echt wichtig, das weißt du, oder?» Edies Lachen hat diesmal einen unsicheren Unterton. «Dann in einer halben Stunde am Hafen? Vor dem *Green Shack*?»

«In einer halben Stunde, alles klar. Bis gleich.»

«Und was mache ich, wenn jetzt plötzlich Callan vor der Tür steht?»

«Musst du wissen. Ich würde aber vorschlagen, du redest erst mit ihm, nachdem wir uns getroffen haben.»

«Großartig. Und das am frühen Samstagmorgen.» Edie seufzt auf und beendet die Verbindung.

«Das ging schnell», stellt Vic fest, nachdem ich das Telefon habe sinken lassen. «Ihr trefft euch in einer halben Stunde? Was genau willst du ihr sagen?»

«Einfach die Wahrheit.»

«Vielleicht beginnst du damit, dass du Edie fragst, ob sie in letzter Zeit irgendetwas an Callan anders findet. Kann ja sein, dass ihr auch schon etwas aufgefallen ist.»

«Ja, gute Idee.» Ich stehe auf und greife nach meinem Teller.

«Lass nur, ich räum das gleich weg.»

«So lange brauche ich nicht bis zum Hafen.» Ich staple die Teller aufeinander. «Soll ich anrufen, wenn ich mit Edie geredet habe?»

«Natürlich sollst du das. Aber auch wirklich. Nicht so wie gestern Nacht.»

«Hätte ich echt um drei Uhr in der Früh bei dir anrufen sollen?»

«So war es ausgemacht. Stattdessen schläfst du vor unserer Haustür im Auto», stellt Vic vorwurfsvoll klar. «Ich wäre sowieso noch wach gewesen.»

«Konnte ich ja nicht wissen.» Gemeinsam tragen wir die Überreste des Frühstücks in die Küche. «Wieso warst du noch wach? Du hast gesagt, Fin habe die ganze Nacht durchgeschlafen.»

«Weil ich mir Gedanken darüber gemacht habe, was bei dir zu Hause wohl gerade abgeht.»

«Viel krasser kann es jetzt immerhin nicht mehr werden.»

«Hm.» Vic klingt nicht besonders überzeugt. Sie öffnet den Kühlschrank und stellt die Marmelade und den Orangensaft hinein, während ich den Tisch fertig abräume.

«Am besten wäre es vielleicht, Edie würde Callan gar nicht erzählen, dass sie mit dir gesprochen hat», sagt Vic und reißt die Klappe des Geschirrspülers auf. «Sie könnte einfach so tun, als sei ihr selbst was an Callan aufgefallen.»

«Darüber habe ich auch nachgedacht, aber das funktioniert nicht.» Ich reiche Vic die Teetassen. «Erstes wäre das nach letzter Nacht zu auffällig, zweitens würde Edie das nicht wollen, und drittens ...» Vic nimmt mir den Tellerstapel aus der Hand. «... drittens will ich, dass Callan kapiert, dass es so nicht weitergeht.»

«Du lenkst dadurch aber seinen Ärger auf dich.»

Ich denke an die Wut in Callans Augen und nicke.

Vic lässt die Spülmaschinenklappe zufallen und richtet sich auf. «Warum? Das ist doch sinnlos.»

«Callan soll wissen, dass ich das aushalte. Dass er mir nicht drohen kann. Dass ich trotz allem ... eben sein Bruder bin. Irgendwie müssen wir da durch.»

Ein paar Sekunden lang sieht Vic mich nur an. Dann senkt sie den Kopf, tritt auf mich zu, nimmt meine Arme und legt sie um ihre Hüften. «Das ist mal wieder so typisch Jack», murmelt sie gegen meine Schulter. «Denkst du eigentlich auch mal an dich?»

«Na ja, dauernd», erwidere ich und lache, um der Situation ihre plötzliche Spannung zu nehmen, die vermutlich nur ich spüre. «Mir geht es schließlich auch dreckig, wenn es Callan runterzieht.»

«Oder Fin. Oder deinen Vater.»

«Kann man sich nicht aussuchen, Vic», erwidere ich langsam. «Irgendwann wird es wieder besser.»

«Mh», sagt Vic und schließt ihre Arme fester um mich. «Okay, ruf mich auf jeden Fall gleich an, ja?»

«Versprochen.»

KAPITEL 13

Edie ist noch nirgends zu sehen, als ich beim vereinbarten Treffpunkt ankomme. Es riecht nach Algen und gebratenem Fisch. Vor dem *Green Shack* drängeln sich Touristen ebenso wie Leute aus Oban, viele von ihnen balancieren bereits um diese Uhrzeit Miesmuscheln und Garnelen in Styroporboxen. Die Bude von John Odgen neben dem Fährenterminal ist schon lange kein Geheimtipp mehr. Würde das *Merry Men* auch nur halb so gut laufen ... Vielleicht sollte ich mich auch mal mit einer Flasche Whisky auf die Straße stellen und vorbeikommenden Leuten einfach ein Gläschen anbieten, so wie John es mit seinen Knoblauchmuscheln tut.

Egal. Im Moment spielt das keine Rolle.

Ich setze mich auf die niedrige Kaimauer und beobachte die Möwen, die hier mit mir warten. In ihrem Fall allerdings eher auf Essensreste statt auf die Freundin ihres älteren Bruders, dem vermutlich unmittelbar der Schaum vor dem Mund stehen würde, wüsste er, was ich gerade im Begriff stehe zu tun. Doch es gibt keinen anderen Weg. Oder? Gibt es doch nicht?

Als ich Edie sehe, stehe ich auf. Ihre roten Locken leuchten in der Sonne, und unwillkürlich suche ich die Umgebung nach Callan ab. Er ist nicht da, und ich schätze mal, das ist gut.

«Hi!», sagt sie. «Jetzt bin ich gespannt.»

«Laufen wir ein Stück?»

«Wohin du willst, aber erklär mir endlich, was das Ganze hier soll.»

«Klar.» Genau darum geht es ja, auch wenn ich in dieser Sekunde nicht so recht weiß, wie ich beginnen soll. Vics Worte fallen mir wieder ein. Vielleicht ist Edie ja auch schon aufgefallen, dass sich etwas an Callan verändert hat.

«Hast du Callan in letzter Zeit oft gesehen?»

«Was meinst du mit *oft*? Wir haben uns gesehen, klar, aber nicht häufiger als sonst auch. Vielleicht eher etwas seltener, weil Callan in den letzten Wochen mehr arbeiten musste. Warum fragst du das?»

Den Kopf gesenkt und die Hände in den Taschen, laufe ich neben Edie her, bemüht, die richtigen Sätze zu finden. Sätze, die Dinge erklären, ohne Callan dabei allzu mies aussehen zu lassen.

«Hattest du vielleicht mal das Gefühl, dass er sich anders verhält als sonst? Also, dass er besser gelaunt ist oder schlechter oder was weiß ich.»

«Nein», erwidert Edie sofort. «Nein, wieso? Er ist wie immer.»

Darüber muss ich nachdenken. Was bedeutet das? Dass er nichts nimmt, bevor er sich mit Edie trifft? Vielleicht eine Vorsichtsmaßnahme? Oder sehe ich doch Gespenster? Gespenster, die sich in unserer Diele übergeben und dann anfangen zu lachen.

«Weißt du», beginne ich, werde aber von Edie unterbrochen.

«Er kam mir ein paarmal etwas angespannt vor. Oder vielleicht auch nur überarbeitet. Sein Job bei Tesco und das *Merry Men* ... Er hat erzählt, es laufe nicht so gut, und das, obwohl er so viel Zeit da reinsteckt. Seit er nicht nur dienstags und freitags, sondern auch noch sonntags im Pub ist ...»

Sonntags? Er hat Edie erzählt, er habe jetzt auch noch meinen Sonntag übernommen? Es wäre zum Lachen, wenn es nicht so traurig wäre.

«Ich dachte, er ist gestresst», redet Edie weiter. «Ist alles in Ordnung mit ihm? Er ist nicht krank, oder?»

«Nein», erwidere ich, habe aber sofort das Bedürfnis, meine Antwort zu korrigieren, obwohl ich Edie in dieser Hinsicht gern einfach nur beruhigen würde. «Also, zumindest nicht auf diese Art krank, die du dir vorstellst.»

«Was heißt das?» Edie bleibt abrupt stehen. Eine Frau schiebt ihren Kinderwagen um sie herum und wirft uns dabei einen fragenden Blick zu. «Also stimmt was nicht mit ihm? Jack – jetzt erzähl es endlich!»

«Hör zu, ich rede mit dir darüber, weil ich hoffe, dass du ... dass du Callan unterstützen wirst, okay?» Das klingt jetzt fast etwas beschwörend, und könnte ich noch einmal zurückspulen, um anschließend dasselbe zu sagen, würde ich es in einem weniger flehenden Tonfall tun.

«Natürlich. Natürlich unterstütze ich Callan, das tue ich immer. Und er mich auch. Also, worum geht es? Wenn du jetzt nichts sagst, rufe ich ihn an und frage ihn selbst.»

«Er wird dir vielleicht nicht die Wahrheit sagen», entgegne ich erschöpft. «Ich denke, dass Callan irgendwas nimmt.»

«Wie – was nimmt?»

Eigentlich müsste ich dazu nichts mehr erklären, an Edies Augen erkenne ich, dass sie schon begriffen hat, wovon ich spreche. «Ich glaube, er nimmt irgendein Zeug», sage ich trotzdem. «Keine Ahnung, was genau, aber er steht seit Wochen immer mal wieder völlig neben sich, redet auf eine Art, die ich so von ihm nicht kenne, und ist immer seltener da. Um das *Merry Men* kümmert er sich schon seit Wochen so gut wie gar nicht mehr. Und gestern Nacht ist es ein wenig eskaliert.»

Die Details lasse ich aus, aber Edies Gesichtsausdruck hat sich bereits verschlossen, als ich erwähnt habe, dass Callan mit dem Pub kaum noch etwas am Hut hat. Von wegen, dienstags, freitags und sonntags – das sind dann wohl eher die Abende, an denen er mit Lewis herumhängt.

«Das heißt also, er war gestern nicht im *Merry Men*?»

Mir gefällt der Tonfall nicht, in dem sie das sagt, aber auf diese Frage gibt es nur eine Antwort. «Nein.»

«Scheiße.» Edie läuft wieder los, und ich passe mich ihrem schnellen Schritt an. «Scheiße, ich versteh das nicht – warum lügt er mich an?»

Das nehme ich jetzt mal als rhetorische Frage. Wie soll man so etwas beantworten?

«Ich meine ... ich dachte wirklich, er sei einfach nur fertig, weil es so viel zu tun gibt! Dass er die ganze Zeit versucht, euren Pub irgendwie zu retten, und nebenbei noch bei Tesco arbeitet und für euren Dad da ist und für dich ...»

Sehr viel weiter können Fiktion und Realität wohl nicht auseinanderklaffen. Seltsamerweise verspüre ich keine Wut darauf, dass Callan die Tatsachen so verdreht. Er hat ganz offenbar sehr sorgfältig – und erfolgreich – versucht, alles vor Edie zu verbergen. Und jetzt komme ich und zerre sein Geheimnis mit einem Ruck ans Licht.

«Edie, hör zu ...», beginne ich.

«Nein, jetzt hörst du mir mal zu!» Sie fährt herum und baut sich vor mir auf. «Das ist einfach ... das ist einfach nur kaputt! Er hat alles kaputtgemacht! Und ich weiß nicht ... ich weiß nicht, ob ...»

Edie ist den Tränen nah, und ich würde so gern etwas tun, um sie zu beruhigen. Wieso bin ich nicht auf die Idee gekommen, ihre Reaktion könne so aussehen? Wahrscheinlich, weil ich Callans Veränderung nun schon seit Monaten beobachte, während Edie jetzt alles präsentiert bekommt, wie eine unschöne Diagnose beim Arzt, nachdem man sich für kerngesund gehalten hat.

«Ich muss darüber nachdenken, okay?», sagt sie und presst kurz die Handballen gegen ihre Augen.

«Klar.» In diesem Moment weiß ich einfach nicht, was ich für Edie – oder Callan – tun könnte.

«Es tut mir leid. Ich ... Das kam zu plötzlich.»

«Lass ihn nicht einfach fallen.»

«Da verlangst du ganz schön viel. Er hat mich belogen. Die ganze Zeit schon.»

«Weil du ihm wichtig bist.»

«Wie wichtig kann ich ihm sein, wenn er anscheinend gerade dabei ist, sich abzuschießen?»

Berechtigte Frage. Noch eine, auf die es keine Antwort gibt.

«Sorry, Jack, aber ich kann dir da im Moment nichts versprechen. Ich muss das erst mal klarkriegen. Und dann mit Callan reden.»

Ich nicke. Lasse zu, dass Edie mit einer Hand kurz meinen Unterarm streift, bevor sie sich abwendet und geht. Ihre roten Haare leuchten immer wieder zwischen den

Menschen auf, die den schönen Tag nutzen, um an der Hafenpromenade spazieren zu gehen. Manchmal wird Edie von wildfremden Leuten fotografiert, die sie vermutlich für den Inbegriff einer hübschen schottischen Frau halten.

Auf jeden Fall ist sie das für Callan.

Eventuell habe ich das gerade zunichtegemacht, und ich weiß weder, ob Callan mir das jemals verzeihen wird, noch, ob ich mir das verzeihen kann.

Ich taste nach dem Telefon in meiner Jackentasche, drehe mich um und gehe langsam zurück. Normalerweise liebe ich das Schreien der Möwen und den geselligen Tumult in der Hafengegend, doch in dieser Sekunde fällt mir alles auf die Nerven.

Callan geht nicht ran. Ich hinterlasse ihm eine Nachricht, dass er sich bei mir melden soll, und rufe als Nächstes bei Vic an.

«Jack», höre ich ihre Stimme. «Und? Wie ist es gelaufen?»

«Nicht so gut.»

«Oh, verdammt. Wieso nicht? Hat Edie dir nicht geglaubt?»

«Doch, geglaubt hat sie mir schon – aber ich schätze mal, dass sie Callan nur vorwerfen wird, dass er sie monatelang belogen hat, und dann war's das.»

«Kann ich mir nicht vorstellen.»

«Du hast sie gerade nicht erlebt.»

«Es war bestimmt ein Schock für sie, aber wenn sie erst mal darüber nachdenkt …»

«Ich hätte das vielleicht anders angehen sollen.»

«Wie denn?»

«Keine Ahnung. Es noch einmal selbst bei Callan versuchen.» Ich weiche einer Gruppe junger Frauen aus, deren einziges Problem darin zu bestehen scheint, ansprechende Selfies hinzukriegen. Die Glücklichen. «Wenn das mit Edie wegen mir auseinandergeht, gibt es für ihn überhaupt keinen Grund mehr, sich zusammenzureißen.»

«Wenn das mit Edie auseinandergeht, dann, weil Callan sie angelogen hat und sich hinter ihrem Rücken zudröhnt – das hat doch nichts mit dir zu tun. Früher oder später wäre sie von selbst dahintergestiegen.»

«Vielleicht hätte er rechtzeitig die Kurve gekriegt, aber jetzt ...»

«Jack.» Vic unterbricht mich sanft. «Für das, was da vielleicht zwischen Callan und Edie läuft, trägst du nicht die Verantwortung. Es war richtig, mit Edie zu reden.»

Vics Zuversicht beginnt einen Hauch auf mich abzufärben.

«An deiner Stelle würde ich Callan aber vorwarnen.»

«Das werde ich. Wenn ich ihn vor Edie zu fassen kriege.»

«Fin kann das Wochenende über gern hier bei uns bleiben. Oder auch länger. Ist vielleicht besser.»

«Vielleicht, bis ich mit Callan gesprochen habe», erwidere ich. «Ich komme später noch vorbei und bringe Fin ein paar Sachen.»

«In Ordnung. Meinst du, du triffst Callan noch heute?»

«Keine Ahnung. In letzter Zeit ließ sich das nie so vorhersagen. Und heute Abend ist mein Vater im Pub.»

«Soll ich mit dir auf ihn warten?»

Ich denke an letzte Nacht. Es ist eine Sache, Vic davon

zu erzählen, und eine ganz andere, mir vorzustellen, sie wäre dabei gewesen. «Lieber nicht. Ich fahre jetzt nach Hause, und wenn Callan nicht da ist, komme ich erst einmal direkt zu euch und bringe Fin eine Zahnbürste.»

«Da wird er sich sicher freuen. Nach seiner Zahnbürste fragt er natürlich *andauernd*.»

«Dachte ich mir schon.»

Lächelnd schiebe ich kurz darauf das Telefon in meine Tasche zurück. Dann beginne ich zu überlegen, was ich zu Callan sagen werde, und der Anflug von Heiterkeit verfliegt.

Ich kann nur hoffen, dass dieses Gespräch besser laufen wird als das gerade eben mit Edie. Aber um ehrlich zu sein, glaube ich das nicht.

KAPITEL 14

Nur mein Vater sitzt in der Küche, als ich nach Hause komme, und ein kurzer Rundgang durch die Wohnung macht mir klar, dass außer ihm niemand hier ist.

«Hi.» Ich lehne mich gegen den Türrahmen. Genau so hat Dad letzte Nacht auch dagestanden, nur hat er sich den Actionstreifen in der Diele angeschaut, während ich jetzt eine Art Standbild vor mir habe. Alter Mann in kariertem Hemd vor einer Tasse Kaffee.

Wann habe ich eigentlich damit begonnen, von Dad als einem alten Mann zu denken?

«Hallo, Jack. Wo steckt Finlay?»

Immerhin. Es ist ihm aufgefallen. «Der ist bei Vic. Ihre Eltern sind mit ihm unterwegs.»

Mein Vater nickt, als sei es das Normalste von der Welt, dass sein jüngster Sohn mit anderen Eltern das Wochenende verbringt. «Was war hier gestern los?»

Interessante Frage. Ich stoße mich vom Türrahmen ab und nehme mir eine Tasse aus dem Schrank. «Du warst doch dabei.»

Meine Antwort ruft ein längeres Schweigen auf den Plan, währenddessen ich mir einen Kaffee eingieße und mich meinem Vater gegenüber an den Küchentisch setze.

«Kann sein, dass ich nicht alles richtig mitbekommen habe», sagt er schließlich.

Kann nicht nur sein, ist definitiv so. «Ich musste die

Leute aus dem Pub werfen.» Irgendjemand wird ihm das ohnehin erzählen.

«Was?» Der resignierte Tonfall, in dem mein Vater meistens spricht, schärft sich ein wenig. «Wieso das denn?»

«Ich musste Fin von seinem Freund abholen, Callan war nicht da, und du ...», ich umschiffe die Worte *du warst zu betrunken*, «... konntest auch nicht.»

«Was macht Finlay so spät noch bei einem Freund?»

«Er wollte da eigentlich übernachten. Hat nicht geklappt.»

«Und warum vereinbarst du solche Aktionen, wenn du weißt, dass du abends im Pub stehst?»

«Weil Callan dort hätte stehen sollen. Und weil ich Fin nicht die Übernachtung bei einem Freund verbiete, nur weil ich nie absehen kann, für wen von euch beiden ich einspringen muss.» Das kam jetzt mindestens genauso scharf, aber was soll's. Ich hab die Nase so gestrichen voll.

Über meine Tasse hinweg mustere ich meinen Vater, der offensichtlich versucht, eine Antwort zusammenzubasteln.

«Trotzdem kannst du nicht einfach den Laden schließen.»

Schwach, Dad. «Und was hätte ich sonst tun sollen?»

«Du hättest ...» Mein Vater kramt in seinen Erinnerungen an letzte Nacht. «Aber Callan kam doch noch.»

«Ja. Er kam, als ich dich schon fast an der Tür hatte. Aber auch Callan ging es nicht so gut.» Das betone ich so, dass mein Vater davon ausgehen muss, dass Callan genauso besoffen gewesen ist wie er. Mag sein, dass ihm dieser Gedanke nicht gefallen wird, aber außergewöhnlich ist er für ihn immerhin nicht.

Callan hat nie verraten, dass Vic und ich heimlich geraucht haben. Und ich werde mit Sicherheit nicht meinem Vater eröffnen, dass Callan aus ganz anderen Gründen vollkommen abgedreht war.

«Also», wiederhole ich. «Was hätte ich deiner Meinung nach sonst tun sollen?»

Statt zu antworten, setzt mein Vater seine Kaffeetasse an die Lippen.

Ein paar Sekunden warte ich noch, dann greife ich nach meiner eigenen Tasse und stehe auf. Ohne ein weiteres Wort gehe ich in Fins Kinderzimmer, packe frische Wäsche, einen Kulturbeutel und seinen Stoffaffen zusammen und strecke erst auf dem Weg zur Wohnungstür noch einmal den Kopf in die Küche. «Ich bringe Fin ein paar Sachen vorbei. Bis nachher.»

«Ja, ist gut», murmelt mein Vater.

Auf dem Weg zu Vic kämpfe ich einen Frustanfall nieder, einen von der Sorte, die mich zuverlässig überkommen, wenn ich mit meinem Vater geredet habe. So sinnlos, das alles. So trostlos. So ausweglos.

Alice und George sind mit Fin noch nicht wieder zurück, als Vic mir die Tür öffnet.

«Sie sitzen im Café und gucken Finny beim Spielen zu.» Vic hält mir ihr Smartphone vor die Nase, nachdem sie mir Fins Rucksack abgenommen hat. Darauf zu sehen ist mein kleiner Bruder, der fröhlich an einem Kletternetz hängt. Wenigstens einer in unserer Familie, der noch weiß, wie Glücklichsein funktioniert.

Eigentlich wollte ich direkt wieder zurückfahren, doch weil Vic mir jetzt einladend die Tür aufhält, gehe ich hinter ihr her ins Wohnzimmer.

«Du hast noch nicht mit Callan gesprochen, nehme ich an.»

Ich schüttele den Kopf. «Er war nicht zu Hause. Kann gut sein, dass Edie ihn zuerst sieht.»

«Das wäre schlecht.»

«Aber nicht zu ändern.»

«Vielleicht solltest du dann noch etwas länger bleiben. Bis Callan sich wieder abgeregt hat.»

«Das wird wohl ungefähr so um Weihnachten rum der Fall sein.»

«Du kannst dir ein Poster ins Gästezimmer hängen.»

Ich erwidere Vics Grinsen. «Es reicht wohl, wenn Fin ständig hier ist. Wir müssen ja nicht gleich zu zweit das Haus belagern.»

«Ich hätte nichts dagegen. Du dürftest sogar in meinem Zimmer schlafen.»

Kurz überprüfe ich den Ausdruck in ihrem Gesicht, um herauszufinden, wie sie das gemeint hat. Natürlich liegt nichts als Arglosigkeit darin. *Herrgott, Vic – hast du eine Ahnung, wie wenig ich dagegen hätte.*

Wir stehen voreinander neben dem Sofa. Standen wir früher eigentlich auch ständig so dicht zusammen? Oder fällt mir das erst auf, seit alles in mir sich danach sehnt, ihr Gesicht zwischen meine Hände zu nehmen, um endlich herauszufinden, wie es sich anfühlen würde, meine beste Freundin zu küssen?

Ich bin komplett irre.

Bei all dem, was gerade in Schräglage geraten ist – perfekter Zeitpunkt, um auch noch meine Freundschaft zu Vic aufs Spiel zu setzen.

«Vielleicht komme ich darauf zurück», erwidere ich

endlich und bemühe mich um einen ähnlich lockeren Ton wie sie. «Das entscheide ich, wenn ich Callan gesehen habe.»

«Ich hoffe, er kapiert, warum du mit Edie sprechen musstest.»

Jedes Detail der letzten Nacht habe ich Vic nicht erzählt. Callans Drohungen zum Beispiel. *Du wirst es bereuen.* Keine Ahnung, warum mir ausgerechnet dieser Satz immer wieder in den Sinn kommt. Vielleicht weil Callan ihn mit einer solchen Vehemenz hervorgestoßen hat.

«Das glaube ich nicht.»

«Na ja, vielleicht nicht sofort. Aber später. Und es kann ja auch sein, dass es ein gutes Gespräch zwischen ihm und Edie wird.»

Manchmal hätte ich gern Vics Gabe, alles erst einmal optimistisch zu sehen. Nach dem ganzen Mist, der in den letzten Jahren passiert ist, wäre es schön, würde es mir zumindest gelingen, nicht ständig die nächste Katastrophe zu befürchten.

«Abwarten», erwidere ich diplomatisch.

Noch immer hat sich keiner von uns auf das Sofa gesetzt, und ich beginne mich zu fragen, worauf wir warten. Darauf, dass ich mich verabschiede? Oder auf etwas ganz anderes?

«Weißt du, Jack», beginnt Vic, und da liegt etwas in ihrer Stimme, das mich hellhörig macht. Sie hebt eine Hand, wie um sie mir auf die Brust zu legen. «Manchmal denke ich ...»

Ein Schlüssel im Schloss, und als Nächstes ist ein ausgelassener Fin zu hören. «Jack!», ruft er quer durch die Diele. «Ich hab einen Salto gemacht!»

231

«Und mir ist fast das Herz stehen geblieben!», ruft Alice hinterher. «Hi, ihr zwei. Wolltest du gerade los, Jack?»

Vic und ich sind beide einige Schritte zurückgetreten, als wären wir im Begriff gewesen, etwas Unangemessenes zu tun.

«Einen Salto, Jack! Tante Alice hat Fotos gemacht!»

«Echt, einen Salto?» Ich beuge mich zu Fin hinunter, der keinerlei Umstände macht und mir direkt in den Arm springt.

«Ja! Durch die Luft! Und ich bin fast wieder auf den Füßen gelandet!»

«Wow! Die Fotos muss ich sehen!» Ich wende mich Alice zu. «Zeigst du sie mir noch, bevor ich losmuss? Ich wollte wirklich gerade gehen.»

«Och ... aber warum denn, Jack? Können wir nicht noch bleiben?» Der Glanz auf Fins kleinem Gesicht verblasst ein wenig. «Warum müssen wir denn schon gehen?»

«Nicht wir, nur ich. Ich muss noch ein paar Sachen erledigen, aber da musst du nicht mit und darfst deshalb noch ein bisschen hierbleiben.»

Sofort hellt sich Fins Miene wieder auf. Er windet sich aus meinem Arm und hüpft zu Alice. «Darf ich Jack die Fotos zeigen?»

«Sicher.» Alice tippt etwas in ihr Handy und reicht es Fin, der beide Hände danach ausgestreckt hat.

«Vorsichtig», sage ich automatisch, bevor er damit zu Vic und mir zurückspringen kann.

Ein paar Minuten lang beugen wir alle unsere Köpfe über das kleine Display und betrachten jede Menge Bilder von Fin im Flug, Fin, der mit dem Po zuerst auf dicken

Matratzen landet, und noch einigen Fotos mehr, die ihn mit tropfendem Softeis zeigen.

«Sieht alles nach Spaß aus», stelle ich schließlich fest.

«So ein cooler Salto, Finny», fügt Vic hinzu.

Fin strahlt jeden an, der in sein Blickfeld gerät. So begeistert habe ich ihn schon ewig nicht mehr erlebt. Kein Wunder, dass er nicht nach Hause will.

«Und jetzt darf ich Paddington Bear gucken! Und Tante Alice hat gesagt, wenn noch Zeit ist, spielen wir auch noch Memory!»

«Dann muss ich mich ja nicht beeilen, oder?», sage ich und grinse meinen kleinen Bruder an.

«Nö, musst du nicht.» Fin erklärt das so ernsthaft überzeugt, dass Alice und George auflachen.

Vic lächelt zwar, doch als ich mich von allen verabschiedet habe und vor der Haustür stehe, schlingt sie wie immer ihre Arme um mich und sagt leise: «Er ist hier gern, aber du bist ihm wichtiger.»

«Weiß ich doch», erwidere ich überrascht.

«Okay. Du hast gerade traurig ausgesehen.» Sie lässt mich los. «Melde dich, ja? Sobald du mit Callan geredet hast.»

«Mach ich.»

Im Auto halte ich kurz inne, bevor ich den Motor starte. Habe ich also gerade traurig ausgesehen, ja? Aber ganz sicher nicht, weil ich mir Sorgen mache, Fin könne lieber bei Alice und George als bei mir sein. Ich drehe den Autoschlüssel um. Eher weil Alice und George ihm um Längen mehr ein Zuhause bieten können, als meine Familie das kann.

Und das ist ja auch ziemlich traurig.

KAPITEL 15

Callan lässt sich den ganzen restlichen Nachmittag über nicht blicken und antwortet auch nicht auf meine Nachricht.

Mein Vater verlässt irgendwann seinen Sessel im Wohnzimmer, um in den Pub hinunterzugehen, doch ansonsten geschieht absolut nichts, das ich Vic berichten könnte, als ich sie gegen halb neun anrufe. «Könnte Fin vielleicht wirklich noch eine Nacht bei euch bleiben?»

«Klar. Er hat eh schon seinen Schlafanzug an. Noch nichts von Callan?»

«Gar nichts. Kann gut sein, dass ich ihn heute nicht mehr spreche.»

«Oh Mann.»

Sind meine Gedanken in den letzten Stunden ohnehin immer wieder zwischen Vic und Callan hin und her gewandert, wenden sie sich nach diesem kurzen Gespräch endgültig der Situation vor einigen Stunden im Wohnzimmer ihrer Eltern zu. Was hat sie mir sagen wollen, bevor wir durch Fin, Alice und George unterbrochen wurden? Ich hätte sie das gerade am Telefon fragen können, doch es schien mir dafür nicht der passende Zeitpunkt.

Der Fernseher im Wohnzimmer läuft weitestgehend unbeachtet vor sich hin, während ich auf dem Sofa liege und verschiedene Möglichkeiten durchgehe. Höchstwahrscheinlich ging es um Callan. Oder um das Gespräch mit Edie. Oder um Fin. Oder um das Leben im Allgemeinen, was weiß denn ich?

Manchmal denke ich ... wir sollten mal über uns reden.

Was, wenn sie das gesagt hätte?

Manchmal denke ich, da ist mehr zwischen uns.

Eine Wahrheit, eine Lüge und etwas, von dem du dir wünschst, dass es wahr oder gelogen wäre.

Keine Ahnung, warum mir ausgerechnet jetzt Vics komische Fragen wieder einfallen.

Eine Wahrheit: Ich hätte Vic vorhin gern geküsst.

Eine Lüge: Wenn sie so nah vor mir steht, lässt mich das völlig kalt.

Etwas dazwischen: Natürlich können wir auch einfach nur Freunde bleiben.

Vom letzten Satz weiß ich gerade nicht einmal selbst, ob es sich dabei um eine Wahrheit oder um eine Lüge handelt.

Ein Geräusch lässt mich hochschrecken.

Mir bleibt gerade noch Zeit festzustellen, dass ich wohl eingeschlafen sein muss, da ist Callan bereits über mir. Ich sehe seine Faust noch auf mich zukommen, ohne jede Chance, darauf zu reagieren. Schmerz explodiert in meinem Gesicht, bevor ich auch nur den Arm heben kann. Der nächste Schlag erwischt mich an der Schläfe, und das auch nur, weil es mir gelingt, den Kopf wegzudrehen. Callan rammt mir kurzerhand sein Knie gegen das Brustbein, als ich versuche, mich aufzurichten, und ich kann nicht mehr tun, als mich irgendwie vor seinen Schlägen zu schützen. Mit seinem ganzen Körpergewicht drückt er mich in die Polster, und seine Fausthiebe prasseln auf mich ein wie der heftigste Hagelsturm aller Zeiten.

Ich erwische eines seiner Handgelenke und klammere mich daran fest, als hinge mein Leben davon ab. Vielleicht tut es das auch. «Verflucht, hör auf!»

«Du dreckiger Scheißkerl!»

Es war ein Fehler, auf dem Sofa einzuschlafen. Ein Fehler, den ich niemals als solchen erkannt hätte. Selbst in dieser Sekunde, während ich eine von Callans Fäusten von mir wegstemme und gleichzeitig versuche, seiner anderen auszuweichen, spüre ich eine Form von Fassungslosigkeit, die ich so noch nie erlebt habe.

«Callan!»

Nichts dringt zu ihm durch. Er ist wie ein tollwütiges Tier. Bei seinem nächsten Schlag wird mir kurz schwarz vor Augen, sein Handgelenk rutscht mir aus den Fingern, und das ist der Moment, in dem ich alle Restenergie zusammenkratze.

«Scheiße, Callan!» Mit aller Kraft stoße ich ihn von mir und lasse mich unmittelbar danach vom Sofa fallen. Alles andere als elegant krieche ich zurück, während Callan sich blind vor Wut einfach direkt wieder auf den Platz wirft, an dem er mich gerade noch zu Hackfleisch verarbeitet hat. Das Erste, was mir in die Finger gerät, ist eine Bierflasche, und als Callan sich jetzt zu mir umdreht, packe ich sie wie eine Keule. Das gibt's doch alles gar nicht. Was ist das für ein völlig aus den Fugen geratener Film?

«Hör auf!», keuche ich und frage mich, ob ich es fertigbringe, Callan tatsächlich diese Flasche über den Schädel zu ziehen.

Mit einem Knurren, das die Realität für einen Augenblick endgültig zum Flimmern bringt, stürzt Callan vor, und ich kann es einfach nicht. Die Flasche fällt zu Boden, als ich Callans erneutem Angriff nur dadurch entgehe, dass ich ein Stück zur Seite springe. Geistesgegenwärtig verpasse ich ihm dabei einen Stoß in den Rücken, und dieser Stoß, zusammen mit seinem eigenen Schwung, bringt ihn ins Straucheln. Ein paar Sekunden lang ist er damit beschäftigt, sich zu fangen, und diese Zeit nutze ich, um zur Tür zu gelangen und dabei Dads Sessel zwischen uns zu bringen.

«Stopp, Callan!» Noch ein Versuch. «Hör endlich auf, verflucht noch mal.»

«Du verdammtes Arschloch!», zischt Callan. «Dreckiger Hurensohn. Ich hab dir gesagt, lass Edie da raus.» Er bückt sich nach der Flasche, die auf den Teppich gerollt ist, und schleudert sie in meine Richtung. Scherben schießen durch die Gegend, als sie neben mir am Türrahmen zerschellt.

Obwohl ich mich im ersten Moment geduckt habe, richte ich mich jetzt wieder auf, zu geschockt, um etwas anderes zu tun, als Callan anzustarren. «Was zum Teufel machst du da? Willst du mich umbringen?» Ich breite die Arme aus. «Na dann los. Mach doch, du Arsch. Weißt du, wie wenig Bock ich noch auf diese ganze Scheiße hier habe, dich eingeschlossen?»

Callan durchbohrt mich mit Blicken, doch es ist mir egal. Mir ist auch egal, dass seine Augen einmal mehr wirken wie schwarze Löcher, mir ist alles egal. Irgendwann ist es genug. Nein, es ist zu viel.

Ich bleibe einfach stehen, als Callan jetzt auf mich zugeht, und erwidere auch nicht den Stoß, den er mir verpasst, als er sich an mir vorbei zur Tür hinausdrängt.

«Wichser.»

Das ist das Letzte, was ich von ihm höre, während er durch die Diele stapft und Sekunden später die Wohnungstür hinter sich zuschlägt.

Wichser.

Ja, klar, Callan.

Geiler Abgang.

Es dauert ein paar Minuten, in denen ich blicklos die Scherben mustere, die überall zwischen dunklen Flecken im Teppich glitzern, bis mir endlich bewusst wird, dass diese Flecken wohl von mir stammen.

Mit der Hand fahre ich über mein Gesicht und zucke vor Schmerz zusammen. Blut rinnt meinen Unterarm entlang.

Okay, Bestandsaufnahme.

Auf dem Weg ins Bad wird mir schwindelig, und ich hinterlasse einen hässlichen, rostroten Streifen an der Wand, weil ich ins Taumeln gerate und mich abstützen muss.

Mit beiden Händen halte ich mich kurz darauf am Waschbeckenrand fest und mustere die roten Schlieren auf dem weißen Porzellan, bevor ich Luft hole und in den Spiegel blicke.

Wow.

Okay.

Die Unterlippe ist aufgeplatzt, und aus der Nase läuft das Blut so kontinuierlich, als hätte jemand vergessen, den Hahn zuzudrehen. Das linke Auge beginnt zuzuschwellen, und es tut weh, als ich die Lider schließe, weil ich mir ein paar Splitter aus den Haaren wische. Ich sehe aus, als hätte ich mich mit einem Schwergewichtschampion angelegt, dabei bin ich nur unter die Fäuste meines eigenen Bruders geraten.

Das hier hat Callan getan.

Wir haben uns schon oft gestritten, und wir haben uns auch schon oft geprügelt, aber anders. Es gab Grenzen. Immer. Heute Abend gab es keine mehr.

Gott, bin ich froh, dass wenigstens Fin nicht da ist.

So gut es eben geht, wasche ich mir das klebrige Blut aus dem Gesicht, bevor ich es aufgebe und so lange mit vorgebeugtem Kopf am Waschbecken stehe, bis endlich der Strom aus meiner Nase versiegt. Danach unternehme ich einen neuen Versuch und atme jedes Mal zischend ein, wenn ich versehentlich mein linkes Auge berühre. Scheiße. So eine gottverdammte Scheiße.

Noch immer ein wenig zittrig schrubbe ich anschließend die Wand im Flur, bis von dem rostroten Striemen nur noch ein nasser Schatten zu sehen ist, und zerre dann den Staubsauger aus der Kammer neben der Küche, um die Scheißscherben im Wohnzimmer zu beseitigen.

Als mein Telefon klingelt, bin ich dankbar, zu einer Pause gezwungen zu werden, und blinzele die Spiralen vor meinen Augen weg, während ich mich vorsichtig in dem Sessel meines Vaters niederlasse.

Es ist kurz nach Mitternacht, und es ist Vic.

«Hi», sagt sie leise. «Ich wollte mich nur noch mal melden.»

«Hi», erwidere ich.

«Hast du geschlafen?»

Über diese Frage muss ich grinsen und bereue das sofort, weil das den Schmerz in meiner Unterlippe wieder deutlicher pulsieren lässt. «Nein, hab ich nicht.»

«Gut, ich ... keine Ahnung, ich hab nur die ganze Zeit an dich gedacht. Du hast noch nicht mit Callan gesprochen, oder?»

Das ist eine sehr gute Frage. Lassen sich Beschimpfungen und Schläge als Gespräch bezeichnen? Zumindest sind Worte gefallen, also ... «Doch, ich hab mit ihm gesprochen. Kurz.»

«Du hast ... Hab ich euch unterbrochen?»

«Nein. Er ist schon wieder weg.»

«Aber ... warum hast du mich dann nicht angerufen? Was hat er gesagt?»

«Nicht viel.»

«Was heißt das? Was hat Edie zu ihm gesagt? Ist er sauer auf dich?»

«Vic ...» Zu dem dumpfen Pulsieren, das von meinem Auge, der Nase und der Unterlippe ausgeht, gesellen sich Kopfschmerzen. «Können wir morgen darüber reden?»

«Wieso?»

«Weil ich echt fertig bin.» Untertreibung des Jahrhunderts.

«Callan ist also sauer.»

«Könnte man sagen.»

«Hat Edie mit ihm Schluss gemacht?»

«Keine Ahnung.»

«Hat Callan denn nichts dazu ...?»

«Vic», unterbreche ich sie. «Ich ruf dich morgen an, okay?»

«Was ist los, Jack?»

«Ich muss einfach erst mal darüber schlafen.»

Darauf erwidert Vic nichts.

«Wäre es möglich, dass Fin morgen noch bei euch bleibt? Vielleicht bis Montag?»

Oder auch für die nächsten drei Wochen, bis ich nicht mehr ganz so heftig nach Verkehrsunfall aussehe?

«Was hat Callan gemacht?»

Ich schließe das eine Auge, das ich noch schließen kann. «Er ist komplett ausgerastet. Ich will hier erst mal etwas Ordnung schaffen.»

«Hast du was abgekriegt?»

«Ein bisschen.»

«Ich komm vorbei.»

«Nein!»

«Wieso nicht?»

«Es ist mitten in der Nacht ...»

«Ist mir egal.»

«... mein Vater kommt bald hoch ...»

«Ist mir auch egal.»

«... und Fin ist bei dir.»

Schweigen am anderen Ende.

«Wir telefonieren morgen, okay?», wiederhole ich.

«Brauchst du irgendwas?»

«Schlaf.»

Abermaliges Schweigen.

«Gut, dann morgen», sagt Vic schließlich. «Ich bin zum Frühstück da.»

«Vic ...»

Sie hat aufgelegt.

Langsam lasse ich das Telefon sinken. Ein paar Sekunden lang kämpfe ich mit dem Impuls, sie anzurufen und ihr zu sagen, dass sie nicht vorbeikommen kann, bis mir klar wird, dass sie meinen Zustand dann eben übermorgen mitbekommen wird. Oder überübermorgen. Oder danach, wenn alles blau und lila zu leuchten beginnt.

Ich lege das Telefon auf den Tisch neben dem Sessel und hieve mich hoch, um den Staubsauger anzuwerfen. Zumindest bevor mein Vater aufkreuzt, will ich alles so weit in Ordnung gebracht haben und in meinem Zimmer verschwunden sein.

Immerhin bei ihm bestehen gute Chancen, dass er von der ganzen Scheiße hier gar nichts mitbekommt. So genau achtet der ohnehin auf nichts mehr, was um ihn herum geschieht.

KAPITEL 16

Ein bisschen?»

Das ist das Erste, was Vic zu mir sagt, nachdem ich ihr die Tür geöffnet habe.

«Du hast *ein bisschen* was abgekriegt?»

Mein Vater schläft noch, und ich bedeute ihr, etwas leiser zu sprechen, bevor ich sie in mein Zimmer winke. Vic folgt mir mit einem Gesichtsausdruck, der klarmacht, dass sie eventuell leiser, jedoch nicht weniger deutlich werden wird.

«Damit musst du zur Polizei gehen», stellt sie ohne Umschweife klar, kaum dass ich die Tür hinter uns geschlossen habe.

«Vic ...»

«Komm mir nicht mit Vic, oder damit, dass es um Callan geht. Du siehst aus, als hätte dich jemand als Boxsack benutzt! Und zwar stundenlang!»

«Ich gehe nicht zur Polizei.»

«Aber du kannst nicht ...»

«Vic! Callan ist mein Bruder! Und er war gestern Nacht drauf.»

«Ein Grund mehr. Wenn er so etwas macht, sobald er zugedröhnt ist, ist er gefährlich!»

«Du verstehst das nicht – das war eine Extremsituation.»

«Ja, für dich! Sieht Callan genauso aus? Mit Sicher-

243

heit nicht. Jack.» Ihre Stimme wird eindringlicher. «Das kannst du nicht einfach so abhaken.»

«Das werde ich auch nicht.»

«Und was willst du dann tun?»

«Noch mal mit Callan reden. Wenn er nicht drauf ist.»

«Und wenn sich dann das von gestern Nacht wiederholt?»

«Wird es nicht. Er hat mich überrumpelt. Ich hab geschlafen.»

«Er ist auf dich los, während du *geschlafen* hast?»

Ich schließe die Augen. «Vic, können wir darüber reden, ohne dass du auch noch ständig ausflippst?»

«Weiß ich nicht», erwidert Vic angriffslustig.

«Hör zu, ich brauche einfach jemanden, um den ich mich nicht auch noch kümmern oder den ich runterregeln muss.»

Vic atmet einmal tief durch. «Ich kapiere nicht, was das bringen soll. Wozu willst du noch mal mit Callan reden?»

«Ich will wissen, was er sagt, wenn er in seinem normalen Zustand ist.»

«Wann war er das denn zuletzt?»

«Keine Ahnung. Aber darum geht es nicht.»

«Doch, darum geht es!» Die ganze Zeit standen wir neben meinem Bett, jetzt lässt Vic sich mit verschränkten Armen darauf fallen. «Du hast keine Ahnung, ob es bei Callan so etwas wie einen normalen Zustand überhaupt noch gibt. Was, wenn er diesen Zustand schon lange hinter sich gelassen hat? Jack, du siehst aus, als hätte er versucht, dich umzubringen!»

Auf ihren letzten Satz hin taucht Callans Gesicht vor mir auf und der Hass in seinen unnatürlich schwarzen Augen.

«Ich muss noch einmal mit ihm sprechen, okay? Wenn das nichts bringt ... dann überlege ich neu. Du kennst Callan – hättest du ihm so etwas jemals zugetraut?»

«Nein, aber das macht es nur schlimmer.»

«Ich kenne Callan schon mein ganzes Leben, Vic. Und er war immer für mich da. Wir haben alles zusammen durchgestanden. Nur, weil er jetzt seit einigen Monaten abdriftet, werde ich ihn nicht gleich fallen lassen.»

«Das sollst du doch auch gar nicht! Aber ... du musst dich schützen. Und Finny auch. Callan braucht Hilfe. Professionelle Hilfe. Von Leuten, die etwas davon verstehen.»

«Das sehe ich ganz genauso, aber die finde ich nicht bei der Polizei.» Ich setze mich ein Stück von Vic entfernt ans Fußende. «Wenn ich mit ihm rede und das Gefühl habe, da ist kein Rankommen, dann gehe ich den nächsten Schritt, versprochen.»

Vic starrt mich nur an.

«Wie geht es Fin?»

«*Dem* geht's prima», erklärt Vic, und dieser schnippische Ton in ihrer Stimme ist neu für mich.

«Kannst du damit aufhören?»

«Womit?»

«Einfach ... damit?»

Vic presst kurz die Lippen zusammen, dann sinken ihre Arme herab, und sie atmet aus. «Ich find's einfach so ... heftig, Jack. Du siehst echt schlimm aus.»

«Weiß ich. Ist jetzt nicht zu ändern. Du könntest einfach nur bis hierhin gucken.» Ich halte die flache Hand an meinen Hals.

Vic senkt automatisch den Kopf. Sie lacht auf, und es klingt ein wenig verzweifelt, bevor sie zu mir rutscht und vorsichtig ihre Arme um mich legt.

«Hi, übrigens», sagt sie, und mir wird bewusst, dass sie mich zum ersten Mal zur Begrüßung nicht umarmt hat. Das wäre hiermit dann wohl nachgeholt.

Sie weicht wieder zurück. «Tut es sehr weh?»

«Geht so. Ich würde Fin gern erzählen, dass ich gestürzt bin. Die Treppe runtergefallen oder so. Und deinen Eltern übrigens auch.»

«Ob die dir das abnehmen, kann ich dir nicht versprechen.»

«Sie können aber auch nicht viel tun, wenn ich darauf bestehe. Ein Gespräch mit Callan, okay? Und wenn ich das Gefühl habe, es ist sinnlos, breche ich ab.»

«Am besten sprichst du mit ihm an einem öffentlichen Ort.»

«Okay», stimme ich zu und lasse unerwähnt, dass ich nicht glaube, dass Callan gestern Nacht an irgendeinem anderen Ort der Welt ruhiger an die Sache herangegangen wäre.

«Was sagt dein Vater zu allem?»

«Der hat das gar nicht mitbekommen.»

«Und was willst du ihm sagen?»

«Nichts.»

«Jack», sagt Vic. «Wenn er dich sieht ...»

«Sonnenbrille. Nach unten schauen. Und die Haare ein bisschen ins Gesicht. Das passt schon.»

«Aha. Stehst du so heute Abend dann auch im *Merry Men*?»

Ach, scheiße. Das habe ich ja völlig vergessen. «Wenn jemand fragt, kommt der Treppensturz zum Einsatz.»

Vic sieht alles andere als überzeugt aus. «Wo ist Callan jetzt?»

«Ich weiß es nicht», erwidere ich.

Ein unbehaglicher Ausdruck huscht kurz über ihr Gesicht, und ich überlege, ob sie sich gerade fragt, was sie tun soll, käme er jetzt zur Tür herein. Was würde ich tun? Der Gedanke, er könnte so drauf sein wie gestern Nacht, obwohl Vic hier sitzt – oder Fin in seinem Zimmer spielt –, lässt mich Vics Worte von vorhin zum ersten Mal ernsthaft in Betracht ziehen. Es geht nicht nur um Callan und mich, sondern auch um andere Menschen. Was ist eigentlich mit Edie?

«Vielleicht solltest du Edie mal anrufen», sagt Vic in diesem Moment, als hätte sie denselben Gedanken wie ich gehabt.

Wortlos ziehe ich mein Telefon aus der Tasche. Je länger es in der Leitung tutet, desto unruhiger werde ich.

«Ja?»

«Hi, Edie, Jack hier.»

«Jack, wenn du mit mir über Callan reden willst, lass es einfach.»

«Ist er ... also ... Wie war euer Gespräch gestern?»

«Beschissen.»

«Bist du in Ordnung?»

«Nein, es geht mir mies, was denkst du denn?», fährt sie mich an. «Ich heule, seit er zur Tür raus ist, zufrieden? Und jetzt lass mich in Ruhe!»

«Edie, es …»

Sie legt auf.

«Das hab jetzt sogar ich gehört», sagt Vic nach einigen Sekunden. «Klingt immerhin nicht so, als sähe Edie genauso aus wie du.»

Verflucht, allein, dass ich kurz darüber nachgedacht habe, es könne so sein – «Ich geh ihn suchen», sage ich.

«Was? Wieso denn?»

«Weil du recht hast. Er ist gerade unberechenbar, das kann so nicht weitergehen.»

Vic nickt. «Nur wo willst du ihn auftreiben?»

«Es gibt da ein paar Orte, die ihm wichtig sind. Uns beiden.»

«Mitkommen lässt du mich nicht, oder?» Ich schüttele den Kopf, und Vic seufzt auf. «Wieso warte ich in letzter Zeit eigentlich ständig auf einen Anruf von dir und mache mir Sorgen?» Bevor ich darauf etwas erwidern kann, beugt sie sich zu mir, so nah, dass ich ihren Atem spüre. «Tu nichts Blödes, okay?»

«Nie.»

Nie. Und deshalb überbrücke ich jetzt auch nicht die letzten Zentimeter und küsse Vic, was ich trotz meiner pochenden Unterlippe wohl tun würde, wäre das nicht einfach verflucht blöd. Zumindest jetzt nicht. Und jetzt immer noch nicht. Darauf, dass ich das ewig durchhalten kann, würde ich allerdings nicht wetten.

Vic weicht zurück. «Dann melde dich.»

«Mach ich.»

«Sobald du Callan findest.»

«Okay.»

«Am besten, bevor du ihn ansprichst.»

«Ich nähere mich ihm nur mit einer Hundestaffel.»

Vic stupst mich an. «Plan.» Noch einmal beugt sie sich vor, und ihr Duft umfängt mich, als sie mir abermals die Arme um den Hals legt. «Sei wirklich vorsichtig, ja?»

Ungelenk erwidere ich ihre Umarmung, fühle ihren Herzschlag an meinem und frage mich, wieso ihr nicht auffällt, was es bei mir auslöst, wenn sie mir so nahe ist, wo sie doch sonst einfach alles bemerkt.

KAPITEL 17

Es gibt wirklich ein paar Orte, die Callan und mir etwas bedeuten, doch es wundert mich nicht, dass ich meinen Bruder an keinem von ihnen finde. Mit den meisten dieser Orte verbinden wir friedliche Zeiten, glückliche Zeiten, in denen wir mit unseren Eltern am Meer picknickten oder den Klippenweg zum Dunstaffnage Castle entlangwanderten. Callan hat mir mal auf sein Leben geschworen, dass er in der Burgruine eine Frau in einem dunklen Kleid gesehen habe, die in einem der steinernen Wälle verschwand, als er näher auf sie zuging.

An all diesen Orten wäre Callan vielleicht, würde er sich traurig oder einsam fühlen – wohin er mit seiner blinden Wut abgezogen ist, kann ich nur raten.

Sein Telefon ist ausgeschaltet, und als ich am frühen Nachmittag zu Hause anrufe, erfahre ich von meinem Vater nur, dass er Callan den ganzen Tag über nicht gesehen hat.

«Aber du denkst an den Pub heute Abend?», will er wissen.

Ja, klar. Klar denke ich an das *Merry Men*, wer sollte es sonst tun? Spätestens um halb sieben muss ich wieder zurück sein, was wiederum bedeutet, dass ich Callan innerhalb der nächsten zwei Stunden finden muss. Ich starte den Motor des Wagens neu. Als Nächstes will ich zu Jacob Dunns Spirituosenladen. Hamish meinte doch, er habe Callan dort in der Nähe mal mit Lewis gesehen – vielleicht steht er ja wieder da. Mit seiner Wut wäre er bei diesem Sackgesicht garantiert gut aufgehoben ... Der drückt ihm bestimmt einfach irgendein Zeug aufs Auge, und schon sieht alles besser aus.

Was genau ich tun werde, sollte ich Callan tatsächlich zwischen Lewis und den anderen Idioten sehen, überlege ich mir dann.

Vielleicht ist es auch völliger Blödsinn, es jetzt so dringend zu machen – Callan ist ja keine entsicherte Handgranate. Zumindest nicht, wenn es um andere Menschen als um mich geht.

Trotzdem wüsste ich gern, wo er gerade ist und was er macht – ich bin ziemlich sicher, dass nicht nur Edie sich gerade elend fühlt.

Jack, der Samariter, mal wieder. Ich muss daran denken, wie Vic meinte, ich würde mich ständig nur um andere kümmern. Aber mein Vater, Callan und Fin sind meine Familie. Eine alles andere als perfekte Familie, aber jeder kämpft, so gut er eben kann, oder?

In der Hofeinfahrt gegenüber von Jacobs Laden ist niemand zu sehen, und jetzt gehen mir die Ideen aus. Wo steckt er nur?

Mit den Fingern trommele ich auf dem Lenkrad herum.

Bei Lewis vielleicht? Wäre das eine Möglichkeit? Lewis ist der Einzige von Callans neuen Freunden, von dem ich weiß, wo er wohnt. Ein letzter Versuch. Und wenn er dort auch nicht ist, fahre ich nach Hause.

Lewis wohnt in einem dreistöckigen weißen Haus in einer Straße mit vielen dreistöckigen, weißen Häusern. Hinter den meisten Fenstern versperren graue Gardinen den Blick auf das Innere, und die Klingelschilder sind alt und teilweise gesprungen. Von dem wenigen ausgehend, das Callan bisher über Lewis erzählt hat, hat er immerhin eine eigene Wohnung, wenn auch nicht in der schönsten Ecke.

L. Donnelly. Ich drücke auf die Klingel. Falls die Anordnung der Namensschilder etwas aussagt, wohnt Lewis im Erdgeschoss.

Ein Kratzen in der Sprechanlage. «Ja?»

«Hi, hier ist Jack. Ist Callan da?»

Erneutes Kratzen, doch keine Antwort. Dann knirscht es, und die Sprechanlage verstummt. Großartig. Was jetzt? Noch mal klingeln? Dürfte nichts bringen.

Gerade als ich mich abwenden will, knirscht es erneut. «Er sagt, du sollst dich verpissen.» Auf diesen Satz hin folgt bescheuertes Gelächter, das abrupt endet.

Diesmal nehme ich den Finger erst gar nicht vom Klingelknopf und kann den schrillen Ton durch die Gegensprechanlage hören, als diese erneut zu Leben erwacht.

«Hau ab, du Arschloch.» Callans Stimme.

«Ich muss mit dir reden.»

«Aber ich nicht mit dir.» Ein Knirschen, dann Stille.

Mir ist danach, gegen die Tür zu treten, stattdessen drücke ich einmal mehr auf den Klingelknopf.

Keine halbe Minute später wird die Haustür aufgerissen, doch heraus tritt nicht Callan, sondern Lewis mit einem zweiten Typ, der den schlaksigen Lewis – und auch mich – um einen halben Kopf überragt.

Lewis lacht auf, als er mich sieht. «Hey, Jack. Wer hat dir denn die Fresse poliert?»

«Ich muss mit Callan reden.»

«Aber der hat keinen Bock auf dich, hast du das nicht kapiert?» Lewis macht Anstalten, mir einen Stoß vor die Brust zu versetzen, und ich schlage seine Hand weg. Sein blödes Grinsen verschwindet. «Hau ab, Jack. Bevor du's bereust.»

Der Typ neben ihm nimmt die Hände aus den Hosentaschen. Mir gefällt sein fixierender Blick nicht. Genau genommen gefällt mir nichts an der ganzen Situation, aber da drin ist Callan, vermutlich keine zehn Meter von mir entfernt.

«Hör zu, ich will nur kurz mit meinem Bruder reden, okay?», versuche ich es noch einmal auf die vernünftige Tour. «Und dann bin ich schon wieder weg.»

Eine der Gardinen im Erdgeschoss bewegt sich. Steht da Callan?

Ein Schlag trifft mich an der Schulter, und zwar so heftig, dass ich zurücktorkele.

«Hau ab.» Der Typ, der sich bisher darauf beschränkt hat, mich anzustarren, setzt mir die paar Schritte hinterher, die ich nach hinten getaumelt bin. «Oder müssen wir noch deutlicher werden?»

Noch bevor ich darauf antworten könnte, holt er ein zweites Mal aus, und es hilft nicht viel, mich unter diesem Schlag wegzuducken, weil mir als Nächstes ein vor Lachen kreischender Lewis in den Rücken springt. Es gelingt mir noch, den Sturz mit den Händen abzufangen, doch als ich jetzt den Stiefel des anderen Typs auf mich zuschießen sehe, versuche ich erst gar nicht, schnell genug wieder auf die Beine zu kommen, sondern krümme mich vor dem zu erwartenden Tritt zusammen.

«Scheiße, was soll das denn? Will! Stopp!»

253

Der Stiefel erwischt mich trotzdem zwischen den Rippen, aber durch diesen Ausruf vermutlich nur halb so heftig. Nachdem nichts weiter folgt, gehe ich das Risiko ein, die Arme zu senken.

Callan steht da und starrt mich an, als hätte er mich noch nie gesehen. Hinter ihm verschwinden Lewis und sein Arschloch-Freund im Inneren des Hauses.

Umständlich stehe ich auf, wobei ich gerade nicht weiß, ob meine Rippen mehr schmerzen als mein zugeschwollenes Auge, und komme vor Callan zum Stehen, der keine Anstalten gemacht hat, mir auch nur eine Hand zu reichen. Nicht, dass ich sie ergriffen hätte.

«Jack ...» Callan tritt einen Schritt nach vorn, und abwehrend hebe ich eine Hand.

«Bleib stehen.» Es würde mir besser gefallen, in dieser Sekunde nicht zu schwanken, aber irgendwie habe ich in den letzten Stunden eindeutig zu viel abgekriegt. «Bist du in der Lage, mit mir zu reden, oder eher nicht?»

«Jack, dein Gesicht ...»

Man kann auch nur ein Auge verdrehen. Ja, mein Gesicht. Sieht scheiße aus, aber dazu kann ich ja wohl nichts, oder?

«Das ... das wollte ich nicht.»

«Fällt dir ein bisschen spät ein.» Mir wird schon wieder schwindelig. Vielleicht habe ich eine Gehirnerschütterung? Aber als Fin letztes Jahr mit dem Roller gegen eine Wand gefahren ist, meinte der Kinderarzt, man müsse sich dann auch übergeben. Egal. Auf jeden Fall muss ich mich setzen, und das werde ich nicht hier tun. Ich drehe mich um und gehe zu meinem Wagen, wobei ich mir sicher bin, dass Callan mir folgen wird.

In dem Moment, in dem ich die Autotür wieder zuziehe, lässt Callan sich auf den Beifahrersitz fallen. Eine Weile starren wir einfach nur nach vorn, auf diese öde, ausgestorbene Straße mit ihren langweiligen, weißen Häusern.

«Es tut mir leid.»

«Bist du gerade klar im Kopf, oder hast du irgendwas eingeworfen?»

Callan schüttelt den Kopf. «Du bist dazwischengekommen. Jack, ich ... verfluchte Scheiße.»

Das fasst es ganz gut zusammen, finde ich. Ich wollte mit Callan reden, ja, aber in diesem Moment weiß ich nicht, wie ich anfangen soll. Sein Gesicht ist kalkweiß, beinahe grau, doch immerhin ist der grüne Ring seiner Iris erkennbar. Wir haben dieselbe Augenfarbe.

«Ich weiß, dass ich das war, aber ich weiß nicht, was da über mich gekommen ist», sagt Callan.

Ich weiß es durchaus, und ich wette, er ebenfalls, auch wenn er das Gegenteil behauptet.

«Es tut mir leid, Jack.»

«Das hast du schon mal gesagt», erwidere ich. «Du brauchst Hilfe, Callan.»

Callan richtet seinen Blick wieder zur Windschutzscheibe hinaus. «Edie hat Schluss gemacht.»

«Ich weiß.» Müsste ich jetzt sagen, dass mir das leidtut? Ich will nicht, dass Callan mich missversteht. «Du hast sie angelogen.»

Callan nickt. Er sieht müde aus. Mehr als das.

«Meinst du, das kann noch einmal etwas werden zwischen euch?», frage ich.

«Ich glaube nicht.»

Nein, so wirkte Edie auch nicht, weder beim Spaziergang noch am Telefon.

«Du brauchst Hilfe, Callan», wiederhole ich. «Und ich brauche dich. Ich schaff das alles nicht allein.»

«Du siehst gerade eher so aus, als wäre es besser, es gäbe mich nicht», sagt Callan tonlos.

«Ist nur eine Momentaufnahme.» Ich bemühe mich um ein Grinsen, gebe es auf und atme stattdessen einmal tief durch. «So geht es jedenfalls nicht weiter.»

In den Graben der Stille hinein, der sich auf meine Worte hin zwischen uns auftut, ist nur unser beider Atem zu hören.

«Ich weiß nicht, ob ich weitermachen will», sagt Callan irgendwann. «Seit Mum gestorben ist … Ich vermisse sie, Jack.»

Der plötzliche Stich in meinem Herzen schmerzt mehr als alles andere zusammen. Mum. Normalerweise erlaube ich mir Gedanken in dieser Richtung nicht, doch jetzt sehe ich sie vor mir, all die Bilder, die in meinem Kopf von ihr geblieben sind.

«Ich auch», sage ich leise.

«Es ist …»

Callan redet nicht weiter, eine Art trockenes Schluchzen entringt sich seiner Kehle.

Ich habe ihn noch nie weinen sehen, nicht einmal in den ersten Wochen nach Mums Tod oder in den Nächten, in denen ich bei ihm im Bett lag und heulte. Callan war damals sechzehn, ich vierzehn, die verlassensten Brüder auf der ganzen Welt, und da beziehe ich auch Fin mit ein, der im Schlafzimmer neben unserem Vater lag und schrie und schrie und schrie. Wir sind alle ein Stück weit zerbrochen in dieser Zeit, und die Risse und Sprünge währen bis heute fort.

Ich lege einen Arm um Callans Schulter und ziehe ihn zu mir. Sein Kopf sinkt gegen meine Brust, und das, was er seit Jahren in sich hineinfrisst, schüttelt ihn dermaßen, dass ich ihn mit beiden Armen an mich presse.

Wir sitzen ewig so da, ewig, und als sich das Licht draußen zu verändern beginnt, wird mir bewusst, dass ich zu spät bin, um den Pub aufzumachen.

Spielt keine Rolle.

Erst das Summen meines Telefons bringt Callan schließlich dazu, sich wieder aufzurichten, während ich kurz das Display überprüfe. Vic. Ich stecke das Telefon zurück. Nachher.

Mit einer Hand fährt Callan sich durch die Haare, dann sieht er mich an. «Es tut mir leid», sagt er, zum dritten Mal heute.

«Okay.» Ich nicke. «Kann ich irgendetwas tun, dass du zu einer Beratungsstelle oder so was gehst?»

«Du könntest mitkommen.»

«Okay», wiederhole ich. «Okay.»

KAPITEL 18

Callan hat erklärt, er werde den Abend heute im *Merry Men* übernehmen, und das will er so lange tun, bis ich wieder ansatzweise normal aussehe. Als ich mit ihm zu Hause ankam, war Dad noch nicht einmal aufgefallen, dass der Laden schon vor über einer Stunde hätte geöffnet werden müssen.

Es muss sich einiges ändern, und zumindest für den Augenblick sind Callan und ich uns da einig.

Eine Weile sitze ich noch im Auto, nachdem er ausgestiegen ist, und überlege, was ich als Nächstes tun soll. Nach oben in mein Zimmer gehen und von dort aus Vic anrufen? Nur ist mir nicht danach, meinem Vater zu begegnen. Noch mehr Problemfälle heute kann ich echt nicht ertragen.

Ich könnte auch direkt zu Vic fahren, will aber nicht schon wieder in ihre Familienidylle einbrechen. Zumal nicht mit diesem Gesicht und Klamotten, auf denen ich gerade Blutflecken entdeckt habe. Müssen von meinen Händen kommen, die ich mir vorhin bei dem Sturz aufgeschrammt habe. Herrgott, ich bin ein Wrack.

Ich könnte Vic auch einfach eine Nachricht schreiben. Zumindest muss ich klären, ob jemand Fin morgen früh zum Kindergarten bringen kann.

Als mein Telefon erneut zu summen beginnt, bin ich noch zu keinem Entschluss gelangt, doch ein kurzer

Blick zeigt, dass wohl in den nächsten Minuten eine Entscheidung getroffen werden wird.

«Jack! Oh, Gott sei Dank – ich hab vor einer halben Stunde schon mal angerufen!»

«Ich weiß, da ging es gerade nicht.»

«Bist du okay?»

«Denke schon.»

«Hast du Callan gefunden?»

«Ja ...»

«Siehst du jetzt schlimmer aus als heute Morgen? Wo bist du gerade? Was hast du ihm gesagt?»

«Ich sitze im Auto», beantworte ich die einfachste Frage zuerst. «Und sehr viel schlimmer sehe ich nicht aus, nein.»

«Was heißt das?»

«Können wir uns sehen?» Mit dieser Frage überrasche ich mich selbst. Ich bin müde, ich bin kaputt, ich fühle mich im wahrsten Sinne des Wortes völlig zerschlagen, aber ich würde Vic trotzdem wirklich gern sehen.

«Soll ich zu dir kommen?»

«Nein», erwidere ich und weiß für den Moment nicht weiter. Zu Vic fahren will ich nämlich auch nicht. Ich brauche eine Pause von Leuten, die mir ins Gesicht gucken und entsetzt aussehen.

«Ganavan Sands?»

«Okay.» Gute Idee. Um diese Zeit ist dort nicht mehr viel los.

«Dann bis gleich.»

«Ja, bis gleich.»

Unmittelbar nachdem ich mich von Vic verabschiedet

habe, starte ich den Motor, doch erst nachdem ich zu meiner Linken das Meer sehen kann, fällt ein Teil dieses verdammt langen Tages von mir ab. Ich stelle den Wagen auf dem fast leeren Parkplatz ab und greife nach meiner Jacke auf dem Rücksitz.

Der kühle Wind, der vom Meer heraufzieht, fühlt sich gut an. Als würden meine Lungen sich zum ersten Mal seit Tagen wieder ganz entfalten. Ein paar Leute spazieren noch am Strand entlang, als ich mich unweit der steinernen Rampe im Sand niederlasse, dort, wo Vic und ich immer sitzen. Die Sonne steht niedrig über der Isle of Mull, und die Wolken über den schwarzen Hügeln beginnen langsam, sich zu verfärben.

Als Vic über den Sand auf mich zukommt, ist der Himmel in rotgoldenes Feuer getaucht. Schweigend setzt sie sich neben mich, Arm an Arm, und umfasst ihre Knie, und ich bin dankbar für diesen Moment der Stille in dem Chaos, das sich mein Leben nennt.

Erst als das Grau der hereinbrechenden Dämmerung alle Farben aufgesogen hat, legt Vic ihren Kopf auf meine Schulter. «Hi.»

«Hi.»

«Erzählst du mir jetzt mehr?»

Ich erzähle ihr fast alles. Wo ich Callan überall gesucht und wo ich ihn gefunden habe. Von Lewis und diesem Schlägertyp und wie Callan dazwischenging. Ich erzähle Vic auch, dass Callan sich bei mir entschuldigt und außerdem versprochen hat, eine Beratungsstelle aufzusuchen. Nur den Teil mit meiner Mutter lasse ich weg. Der ist zu schmerzhaft.

Ihr Kopf liegt noch immer gegen meine Schulter gelehnt, als ich aufhöre zu reden. «Ich wünschte, ich könnte dir irgendwie helfen», sagt sie.

«Du hilfst mir doch.»

«Wie?»

«Indem ich mit dir über alles reden kann. Indem du da bist. Das reicht schon.»

«Ich würde gern mehr tun. Irgendwas.»

«Du kümmerst dich um Fin.»

«Weißt du ...» Vic hebt den Kopf und sieht mich an. Noch ist es hell genug, dass ich ihre Augen, ihre Nase und ihren Mund erkenne, diesen Mund mit der entschiedenen Kerbe in der Oberlippe, diesen Mund, den ich bereits so oft betrachtet und mir dabei vorgestellt habe, ihn zu küssen, und ein paar Sekunden lang bin ich mir nicht sicher, wer von uns dem anderen gerade näher und näher kommt. Dann schließt Vic die Augen, und ihre Lippen berühren meine.

So behutsam. So vorsichtig. Als würde sich durch jede hastige Bewegung, jedes Drängen alles auflösen, würde vom Wind verwehen, wäre nur noch rieselnder Sand.

Ich falle in diesen Kuss hinein, spüre die Wärme und schmecke die Süße, so viel näher als jemals zuvor.

Irgendwann liegt Vics Stirn an meiner, noch immer hat sie die Augen geschlossen. Und dann sinkt ihr Kopf zurück auf meine Schulter.

Wir reden nicht. Schweigend sitzen wir da, bis der Mond aufgegangen ist, und als Vic plötzlich erschauert, stehen wir auf und gehen zum Parkplatz, auf dem unsere beiden Wagen die letzten sind.

Ein paar Sekunden stehen wir noch da, in einer Welt, in der sich etwas grundlegend verändert hat.

«Sehen wir uns morgen?», fragt Vic schließlich, und ich nicke.

Ihre Arme um meinem Hals, ihre Verabschiedung in meinem Ohr, und dann sitze ich im Auto und frage mich, was das jetzt war. Was es zu bedeuten hat. Wie es weitergeht.

Den ganzen Weg nach Hause denke ich darüber nach, auch dann noch, als ich an den erleuchteten Fenstern des *Merry Men* vorbeigehe und die Haustür aufschließe, und noch immer, als ich kurz darauf in meinem Bett liege, die Arme im Nacken verschränkt, und auf das blasse Mondlicht starre, das in mein Zimmer hineinfällt.

Ich muss mit Vic reden.

Ich muss ihr alles sagen.

Muss endlich damit aufhören, mir Sorgen darüber zu machen, etwas könne dadurch zerstört werden, alles könne sich verändern.

Es hat sich schon etwas verändert.

Und wenn ich irgendetwas nicht mehr kann, dann so tun, als hätte es das nicht.

Morgen, nehme ich mir vor. Morgen werde ich nichts mehr zurückhalten.

Und dann geschieht, was eben geschehen soll.

KAPITEL 19

Callan und mein Vater schlafen noch, als ich am nächsten Morgen das Haus verlasse, nach einer Nacht, in der ich kaum geschlafen habe. Stattdessen habe ich mit Sätzen gerungen und nach Worten gesucht, bis ich irgendwann beschlossen habe, dass es da gar nicht so viel zu sagen gibt.

Ich empfinde mehr für dich, und das schon seit einer ganzen Weile.

Vielleicht geht es dir auch so.

Eine Wahrheit und etwas, von dem ich mir wünsche, dass es die Wahrheit wäre. Die Lügen lasse ich weg.

Um Vic damit nicht noch vor dem Frühstück zu überfallen, bin ich noch einmal zum Strand gefahren, auch weil ich weiß, dass die sanft anbrandenden Wellen mich beruhigen. Normalerweise jedenfalls. Allerdings nicht, wenn man sich ständig ins Gedächtnis zurückholt, was sich nur Stunden zuvor hier zugetragen hat.

Alles verblasst vor diesem einen Kuss. Einzig dem Gedanken an Callan gelingt es, sich hin und wieder durchzusetzen. Aber damit werde ich mich später beschäftigen, wenn ich Fin abgeholt habe und mit ihm wieder zu Hause bin.

Als hinter mir das erste Auto auf den Parkplatz rollt, tippe ich eine Nachricht an Vic ins Smartphone und warte.

Eine halbe Stunde später warte ich immer noch.

Kurz kontrolliere ich, ob meine Frage auch wirklich gesendet wurde.

Wann hast du heute Zeit?

Abgeschickt.

Statt eine zweite Nachricht hinterherzujagen, rufe ich an, doch bereits nach wenigen Sekunden ist die Mailbox in der Leitung.

Irritiert mustere ich mein Telefon, als wolle es mich veralbern. Vic ist Frühaufsteherin, und eigentlich antwortet sie schnell, doch irgendetwas scheint heute anders zu sein als sonst.

Vielleicht ist was mit Fin?

Auf diesen Gedanken hin rufe ich bei Alice und George auf dem Festnetz an.

«Hallo, Jack.»

«George, hi. Entschuldige, ich wollte mich nur erkundigen, ob ich Fin vom Kindergarten oder bei euch abholen soll.»

«Ich habe ihn vorhin in den Kindergarten gebracht.»

«Gut, dann ...» Dass George es bei diesem einem Satz belässt, ist ungewöhnlich. Normalerweise würde er mir jetzt erzählen, was sie mit Fin unternommen haben und wie der Tag mit ihm war. Und warum ist George überhaupt zu Hause? Müsste er um diese Zeit nicht schon längst bei der Arbeit sein? «Dann weiß ich Bescheid. Ist alles in Ordnung?»

Vic, die sich nicht meldet, George, der so kurz angebunden ist. Vielleicht geht meine Frage zu weit, doch jetzt ist sie nun mal ausgesprochen.

«Jack ... hier gibt's gerade ein paar Diskussionen. Ich bin sicher, Vic wird sich bei dir melden, ja? Bis dann.»

Er hat aufgelegt, noch bevor ich darauf etwas erwidern kann. Nun vollends verwirrt mustere ich das Telefon in meiner Hand, das nur Augenblicke später zu summen beginnt.

«Jack, können wir uns treffen? Jetzt gleich?» Vic. Und sie klingt, als habe sie geweint.

«Klar. Sicher. Ich bin gerade noch am Strand, aber ich komme ...»

«Nein, ich komme zu dir.»

Ein zweites Mal innerhalb weniger Minuten starre ich mein Telefon an, in dem niemand mehr in der Leitung ist, noch bevor ich dazu gekommen bin, mich auch nur zu verabschieden. Was ist denn da los?

Zu unruhig, um weiter herumzusitzen, stehe ich auf, und ich bin zweimal bis zu den Felsen am Ende des Strandes und fast wieder zurück gewandert, bevor ich Vic erkenne, die hastig auf mich zuläuft. Schon beim Näherkommen sehe ich, dass ich mich nicht getäuscht habe – sie hat tatsächlich geweint.

«Hi», sage ich und werde langsamer, im Gegensatz zu Vic, die einfach auf mich zustürzt und sich in meine Arme wirft.

Das ist nicht die Umarmung, die ich von ihr kenne, und sie hat auch nichts mit dem zu tun, was letzte Nacht passiert ist. Vic umklammert mich so fest, als stünde sie im Begriff, zu ertrinken.

Vorsichtig streiche ich über ihren Rücken. «Was ist los?»

Keine Antwort.

Wir stehen da, die Sonne scheint warm auf uns herab, und ein paar Leute laufen lachend mit Taschen und Strandlaken an uns vorbei. Alles ganz alltäglich, nur die zitternde Vic in meinen Armen nicht.

«Vic», versuche ich es noch einmal. «Was ist denn passiert? Ist was mit Alice?», füge ich hinzu, einer Eingebung folgend. «Geht's deiner Mutter gut?»

Auf diese Frage hin sinken Vics Arme herab. «Ich habe keine Ahnung, wie es meiner Mutter geht», sagt sie leise. «Aber mit Alice ist alles in Ordnung.»

«Was?» Diese beiden Aussagen bringe ich auf die Schnelle nicht zusammen. «Okay, noch mal bitte, ja?»

«Alice ist nicht meine Mutter.» Vic starrt mich an, blass und mit unnatürlich riesigen Augen. «Und George nicht mein Vater. Ich war nur zufällig das Baby, das sie gekriegt haben, als sie ein Kind adoptieren wollten.»

Bei ihren letzten Worten beginnt sie wieder zu weinen, und jetzt bin ich es, der beide Arme um sie legt, um sie an mich zu ziehen.

Das darf doch jetzt alles nicht wahr sein.

«Meine Mutter wollte mich nicht, Jack!», schluchzt Vic verzweifelt. «Sie hat mich weggegeben! Sie wollte mich loswerden, ich war nur ein Baby, aber sie hat mich schon gehasst …» Vic hängt in meinen Armen wie eine Marionette, deren Fäden gekappt wurden. «Und sie haben mir das nie gesagt und immer so getan, als wäre ich wirklich ihr Kind. Dabei bin ich das nicht. Ich bin nur jemand, den man nicht wollte. Und ich … ich …»

Vic ist immer leiser geworden, ihre letzten Worte sind kaum noch zu verstehen. Und ich halte sie einfach nur fest, so lange, bis ich fühle, wie sie die Füße wieder in den Sand stemmt.

«Was soll ich jetzt machen, Jack?» Sie sagt das, den Kopf noch immer unter mein Kinn gepresst. «Was mach ich nur?»

«Was fällt dir als Erstes ein, wenn ich dich frage: Was willst du?»

«Die Frau, die meine Mutter ist, fragen, warum sie mich nicht wollte.»

«Dann solltest du das vielleicht tun.»

«Aber wie? Wie denn? Sie wollte nicht, dass ich sie jemals finde!»

«Wir finden sie trotzdem.»

Stille. Die wenigen Menschen außer uns am Strand haben sich zurückgezogen. Vielleicht hat Vics lautes Weinen sie abgeschreckt.

«Wir?», fragt Vic.

«Natürlich wir.»

Sie weicht ein Stück zurück, um mich anzusehen. Tränenspuren schimmern auf ihren Wangen, und ihre Nase läuft. «Du würdest mir dabei helfen?»

«Was ist das denn für eine blöde Frage?»

Vic senkt den Kopf, doch nur kurz. «Ich dachte, du würdest vielleicht sagen, dass diese Frau gar keine Rolle spielt. Dass sie mit meinem Leben nichts zu tun hat. Meine Eltern – Alice und George sagen das.» Sie sieht mich an. «Aber ... ich will das wirklich. Meine andere Mutter finden.»

In einem Aufblitzen vergleiche ich die Situation jetzt mit der, die ich heute für Vic und mich eigentlich geplant und für die ich mich nach dem Abend gestern endlich bereit gefühlt habe. Doch ihr zu sagen, was ich fühle, und einfach zu hoffen, dass unsere Freundschaft es irgendwie überleben wird, sollte sie nicht dasselbe für mich empfinden … Unter normalen Umständen wäre das okay. Jetzt allerdings braucht Vic mich als Freund.

Ich atme einmal tief durch und schiebe alles andere beiseite, sosehr es mich auch zerreißt.

Irgendwann wird dafür der richtige Zeitpunkt gekommen sein, für den Moment jedoch gebe ich Vic nur ein Versprechen: «Dann werden wir deine Mutter finden.»

Kira Mohn hat schon die unterschiedlichsten Dinge in ihrem Leben getan. Sie gründete eine Musikfachzeitschrift, studierte Pädagogik, lebte eine Zeit lang in New York, veröffentlichte Bücher in Eigenregie unter dem Namen Kira Minttu und hob zusammen mit vier Freundinnen das Autorinnen-Label Ink Rebels aus der Taufe. Mit der Leuchtturm-Trilogie erschien sie erstmals bei KYSS, mit der Kanada-Reihe gelang ihr der Einstieg auf die *Spiegel*-Bestsellerliste. Nach Island entführt sie ihre Leser:innen in ihrer neuen Reihe nun in die beeindruckende Landschaft Schottlands. «Because It's True – Ein einziges Versprechen» ist der Auftakt zu dieser Reihe. Band 1 «Du irgendwo» wird Vics Geschichte erzählen, in Band 2 «Wir irgendwann» geht es um Emmeline.

Kira wohnt mit ihrer Familie in München, ist auf Instagram aktiv und tauscht sich dort gern mit Leser:innen aus.

WEITERE TITEL

Island-Reihe
The Sky in your Eyes
The Sea in your Heart

Kanada-Reihe
Wild like a River
Free like the Wind

Leuchtturm-Trilogie
Show me the Stars
Save me from the Night
Find me in the Storm

Nikola Hotel
Anya Omah

BECAUSE IT'S TRUE

Tausend Gefühle und
ein einziger Kuss

*Was ist wahr? Was ist
gelogen? Und was ist Liebe?*
Stell dir vor, der Mensch,
den du liebst, kommt zu
dir. Er erzählt dir von der
Three-Things-Challenge,
dem neuesten Social-Media-
Phänomen. Man soll jeman-
dem drei Dinge über sich
erzählen: eine Wahrheit,
eine Lüge und etwas, von
dem du dir wünschst, dass
es wahr oder gelogen wäre.
Und dann sagt dein Partner:

Erscheint am 14.03.2023

«Ich habe jemand anderen geküsst. Ich habe mit jemand
anderem geschlafen. Ich habe mich in jemand anderen
verliebt.» In diesem Moment weißt du, dass sich alles
ändert. Weil eine Wahrheit deine Beziehung zerstört.
Oder eine Lüge sie rettet ...